星期六 / 公主时间

Saturday / Princess Time

俞文虹 著

世界知识出版社

ครูหยูมาสอนภาษาจีนอยู่หลายปี นอกจากสอนภาษาจีนแล้ว ยังช่วยรับแขกชาวจีนระดับผู้นำที่มาเยือน เวลาเดินทางไปประเทศจีนจะช่วยเรื่องการกล่าวสุนทรพจน์ และช่วยคิดคำที่เหมาะสมสำหรับเขียนพู่กันจีนเวลาไปเยี่ยมสถานที่ต่างๆ ในช่วงเวลาเรียนภาษาจีนครูหยูเลือกเรื่องให้แปล เป็นเรื่องที่น่าสนใจที่ช่วยให้คนไทยได้รู้วรรณกรรมจีน เรียนรู้วัฒนธรรมความเป็นอยู่ของคนจีนมากขึ้น นอกจากนั้นยังได้คุยกันเหมือนคุยกับเพื่อนคนไทย เรื่องที่ครูหยูบันทึกช่วงเวลาที่เรารู้จักกัน เป็นส่วนหนึ่งของความสัมพันธ์และมิตรภาพไทยจีนระดับบุคคลต่อบุคคลซึ่งเป็นหลักฐานต่อไป

俞老师给我上了好几年汉语课。除了上课之外，她还多次协助我接待来泰国访问的中国领导人。每次我访问中国，她不但帮助我准备汉语演讲稿，还提前推敲出一些恰当的汉语用词，这样如果我访问某个地方或景点需要书写题词时可以马上拿来使用。

我们上汉语课时，俞老师会特别挑选一些非常有意义的中国题材的文学作品，让我学习并翻译成泰文。这样一方面可以帮助我们泰国人增长有关中国文学的知识，另一方面还能让我们学习和深入了解中国的文化与社会生活。

我与俞老师交流谈话时就像跟我的泰国朋友聊天一样，俞老师之所以将我们俩相识与相处的这一段时光记录下来，在我看来这既是我们个人之间的友谊，也是中泰友好的证明。

诗琳通

前言
PREFACE

非常有幸能比一般读者更早拜读我的同事——俞文虹老师的大作《星期六 公主时间》以及诗琳通公主撰写的序,此书记载了俞老师和她尊贵的学生——泰王国玛哈·扎克里·诗琳通公主教学相长的近五年的时光。

之所以称为《星期六 公主时间》,我思忖可能是因为百忙中的诗琳通公主,只有每周六在沙芭通宫里跟俞老师研习中文的缘故,尽管有时教室被延伸到病房或者"踏访龙的国土"的旅途中。古人云:"人贵以恒,事成于敬。"勤勉的诗琳通公主每星期六的学习自1983年一直延续至今,先后与我们北京外交人员语言文化中心九位老师因中文结下了深厚的友谊。

公主殿下在汉语和中国文化方面建树颇丰,著作等身。不但是第一位荣获"中国语言文化友谊奖"的国际友人,还于2009年当选"中国缘·十大国际友人",深受中泰两国人民的尊敬和爱戴,也是我们北京外交人员语言文化中心半个世纪来两万余名外国学生中最为知名、最为特殊的一位。

从俞老师的文章里,我看到了诗琳通这位东方公主的勤勉、睿智、博学、谦逊,感受到她对人的关怀,对国家的热爱。每一个故事都好像电影里的分镜头一样,串起了一部感人至深的"人物传记电影",让我有幸近距离观察公主身上所发散出的"光芒"。

正如书中所说,"语言是一座桥",这座桥不仅架起了公主与老师个人之间的友谊,也是中泰友好、中泰文化交流的最好见证。我欣慰地看到,在各位德才兼备的中文老师的担当与传承下,新老交替已顺利完成,连公主都开玩笑说:"我越来越老,我的老师越来越年轻。"像俞老师这样新一代的老师已经把中泰友好的职责扛在肩上。

最后,我想向俞老师表示衷心感谢:虽然前任老师们曾先后撰写过多篇回忆与诗琳通公主相处的文章,但据我所知您是第一位把您在泰国常驻并任教期间的日记汇编成书的老师,相信这些珍贵的瞬间将伴随一篇篇隽永的文章永远珍藏。

北京外交人员语言文化中心主任

梅笑寒

2018年3月 于北京

自序
PREFACE

  拜谢泰王国玛哈·扎克里·诗琳通公主殿下对我的信任，恩准我撰文，写一写我们之间因为中文课结缘的情谊。正如公主所赐序言里面说："俞老师之所以将我们俩相识与相处的这一段时光记录下来，在我看来这既是我们个人之间的友谊，也是中泰友好的证明。"

  作为诗琳通公主的汉语教师，我每周六上午与公主见面，每次三个小时零距离相伴。每年伴随公主访华，一起看春花烂漫，一起参观博物馆，走访学校、研究所。在我的生命旅程中，这是一段最特殊的经历。我从来没有和任何一个人，在四年零八个月的时间里，进行过如此密集的倾心交谈。跟公主在一起的时光非常美妙，我们每一次见面都有新的话题、新的知识和新的趣味。虽然我是公主的中文老师，但是，公主的境界，公主的高度，公主的渊博，公主的担当……常常成为启迪我内心的那把钥匙。

  离任前的最后一节课，《红楼梦》正好学到"宁国府凤姐理丧"一章。讲到安排秦可卿的葬礼，公主很自然谈到即将举行的，九世君主普密蓬国王的国葬。在大王宫对面的王家田广场，民众看到的将是美轮美奂的设计，宏大辉煌的场面，藏于身后的，公主和家人深沉而内敛的悲痛，是不为人所知的。

失去了父亲的公主语调平和地跟我聊着家事，骨灰怎样安置，媒体怎样安排，民众怎样慰藉。在公主这里，家事即国事。公主的平静，比悲伤更有力量。我说不出一句宽慰的话，在公主波澜不惊的讲诉中，我的眼泪终于忍不住流下来，止都止不住。公主静等我擦干眼泪。她懂得我的悲伤和不舍。

无数次想到告别，无数次告诉自己，不要哭。告别没有到来的时候，我以为自己已经足够强大，强大到可以看淡生死。遥远的生死也许看淡了，眼前的告别却无法面对。离开沙芭通宫，我不敢回头，怕再一次流下泪来。我心里默默念叨着我的祝福：愿平安喜乐常伴公主左右！

当我在景物荒疏、气候寒冷的北京回忆跟公主在一起的时光，我仿佛听见公主的笑声，那么明亮，那么温暖。我是如此想念沙芭通宫的一切：花草树木、早餐、公主的学习室、那张磨出了包浆的学习桌……

当我坐下来写这本书的时候，我知道，离开公主之后，文字是我重回沙芭通宫的唯一路径。尽管遇到很多困难，我坚持下来了。

在这一路的坚持中，有很多给我支持和帮助的人：泰国前驻华大使伟文、中国驻泰国大使馆文化参赞蓝素红、曼谷中国文化中心资深顾问秦裕森、北京外交人员语言文化中心主任梅笑寒、世界图书出版公司郭力老师、首都师范大学历史系阎守诚教授、世界知识出版社马凤春社长、作家川妮，还有我的家人和朋友……有了这么多的支持、帮助和鼓励，才使我心中这些温暖故事，得以与更多的人分享。感谢这一路相遇的每一个人，我对你们心存感激。写书路上相遇的美好，已经成为我内心柔软的部分。

谨以此书，纪念我和诗琳通公主神奇珍贵的缘分。如果你愿意了解，希望这本小书，告诉你一位我眼中至情至性的泰国公主，还有关于中泰之间，那些带有善意与爱的美好故事。

二零一七年末于北京

目 录
CONTENTS

伟大的父亲·001
国之瑰宝——诗丽吉王后·009
与中文结缘·015
沙芭通宫,我来了·019
"太傅"的日常·026
踏访龙的国土·033
公主的本子·040
我老师姓俞,可是她属猪·045
公主和她的老师们·050
语言是一座桥·060
忙得忘了呼吸·066
在病房里上课·075
自家的果园·079
最有经验的导游·084

090 · 彩虹之国

095 · 紫色的猴子

100 · 公主怎么不穿白裙子

105 · 拐杖帮

111 · 不动声色的体贴

117 · 淘气过人的盖珥

123 · 王宫学校

128 · 你是被抓来的吗

134 · 我喜欢李白

140 · 走进《茶馆》

147 · 从莫言的狗说起

153 · 北京烤鸭与红酒鸡

158 · 公主赐福的异国情缘

164 · 穿越四朝代

170 · 鬼的故事

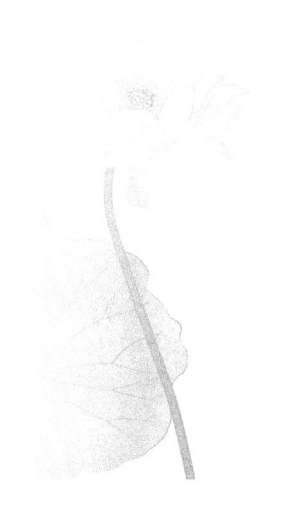

泰丝的魅力·175

黄袍佛国·181

永世佛光·189

尊贵的高度·195

火车票忘带了·201

欢乐永远进行时·207

唐人街的大年初一·215

来曼谷湿身·221

神奇的酱料与美食·226

无冰不欢·232

大　象·237

留住传统·242

百炼钢与绕指柔·249

一个甲子的深情·256

伟大的父亲

这是一位伟大的父亲。高大俊朗、博学多才、精通六国语言。爱好文艺体育，善弹钢琴、吹萨克斯，并且能够自己作曲。喜欢滑雪，还得过东南亚帆船比赛冠军。一生中只爱恋唯一的一位女子，那就是气质如兰、优雅聪慧的诗丽吉王后。国王和王后琴瑟和谐，相濡以沫，共同走过了整整六十六个春秋。

陛下曾经说过，我无法定义"国王"这个词，我就是尽我的力量，做好该做的事情就够了。这位伟大的父亲就是曼谷王朝的第九世君主——普密蓬·阿杜德国王。

"普密蓬"，意为"国家的力量"，冥冥中好像预示着这位国王的一生，要与国家的命运紧密相连。

国王陛下从年轻时候就开始"上山下乡"，去偏远地区指导农民修路，建水坝，帮助他们选种培育庄稼；在水灾来临的时候坐镇指挥，牙疼得受不了，也舍不得花两个小时去医院诊治。在泰国民众眼中，这位父亲一般的国王无所不能。他会利用干扰云团的办法，为干旱的地区实行人工降雨；他会分析气象局的统计数据，预报天气，比气象局预报得还准确。为了改善环境、净化水质，他还发明了"漂浮式慢转水面充气机"，并获得了专利证书。

在这个世界上，可能只有这位国王的王宫里长满了"草"，那是国王的示范农场、鱼塘和稻田。普密蓬国王亲自引进了一系列农业项目，把自己的王宫变成了实验田，取得的试验成果通通惠及百姓，让贫困的农人能够在国王的项目上获益，安居乐业。

在国家面临政治危机的时候，持不同政见的双方几乎兵戎相见，局势剑拔弩张。还是这位国王，紧急召见敌对双方领袖，轻言细语，晓以利害。两派在国王的感化下，跪倒在君父面前，神奇地握手言和，化干戈为玉帛。在泰国民众眼中，国王就是头顶上的一片天，在每个困难的时刻，为他们遮风挡雨。

和普通人一样，伟大的性格往往源自家庭的教育。虽然贵为王族，物质丰盈，九世王仍然在母亲诗纳卡琳王太后的教导下，从小养成了节约的习惯。铅笔用到断了才买新的，牙膏要用到像纸一样平才更换。有一次，陛下想要一个电动玩具火车，可是并没有像其他孩子那样去商店购买，而是在母亲的鼓励下，自己动手，用家里的晾衣架、电线等材料，组装了一个。

作为父亲，国王非常关心孩子们的教育，为了不给普通学校的孩子带来困扰，国王和王后创立了王家教育机构——吉拉达学校，供王子和公主以及王室工作人员的孩子读书。国王专门找到孩子们的老师，请老师们严格教育，不要因为是国王的孩子就放松要求。这所学校伴随孩子的成长，从幼儿园，一路开设到了中学。等孩子们长大了，离开学校，这所王室学校就变成了普通人的学校。泰国孩子都可以来这里上学，大家都以能够在这所学校读书为荣，因为这是国王和王后开设的学校，秉承了一贯严格管理的理念和传统。

因为成人的科普读物孩子们不太容易看懂，国王颇有创意地请人编写了青少年百科全书。有小孩子看的，有大孩子看的，还有学生看的，分为不同的水平，全世界恐怕没有一种百科全书像泰国的这样，有多种不同水平的版本。这套书让很多青少年开卷有益，不过有些遗憾的是，百科全书编写完工的时候，小王子和小公主们都已经长大了。

泰国大学的毕业典礼非常隆重，会邀请家长参加，也会邀请高僧到场诵经祝福。而王室成员亲自到场颁发毕业证书，这恐怕是泰国大学所独有的，也是毕业典礼上最为重要的一个内容。

为了迎接这个庄严的时刻，做到礼仪周全，全体人员都会彩排多次。到了那一天，学生穿着毕业礼服，按照顺序排成队伍，走到颁奖台前来。一个队列领取证书完毕，就座的学生又排成下一个队列。上千人就这样一个接着一个，在司仪的悄声指挥下，井然有序地移动，场面宏大却听不到一声咳嗽。

国王端坐在椅子上面向学生，学生们依次走到国王面前，男同学行鞠躬礼，女同学行屈膝礼，然后右手接过国王亲手递过来的毕业证书。在接过证书的一刹那，早已等候在旁边的专职摄影师会按下快门，给每位毕业生留住这庄严的时刻。如果一个毕业生家里，放上这样一幅领取毕业证书的照片，那将是全家人终生的荣耀。

普密蓬国王从1950年开始，就亲临泰国的大学为学子们颁发学位证书。据统计，国王陛下共出席了四百九十场学位证书授予典礼，每场差不多持续三小时。从国王手中递出的学位证书多达四十七万本，重量总计约一百四十一吨。国王的一位勤勉刻苦的女儿诗琳通公主的大学毕业证书，就是国王和王后亲自颁发的。看到自己的女儿得到全校第一的成绩，作为父亲的国王，心里一定是非常骄傲的。

这么多的学校，这么多的证书，可能有人会问：国王的日常工作已经相当繁杂，为什么还要劳心费力，坚持来亲自颁发证书呢？可能下面的这段记述可

以解开这个疑问,一位来自泰国朱拉隆功大学的毕业生,深情回忆了国王的一个感人片段:

1985年毕业典礼上的这一天,让我永生难忘,当时我和同学们都很荣幸地到国王面前领取毕业证。但是轮到我的时候,突然间就停电了,现场拍照的照相机也无法正常工作。但颁证仪式必须继续进行,所以算上我大概有六名同学没能跟国王合影。我当时就心想,我这辈子肯定再没有机会能跟国王合影了,感觉很可惜!

没过多久,电力恢复了正常,国王颁发完几百人的毕业证后,跟学校老师说,要找回刚才停电那会儿没有拍照的六名同学,来重新领一次证书并且拍照!我当时感动到说不出话来,我只是一粒小小的尘埃,微不足道,他是一位尊贵的国王,为什么要理会我们这些小事,并且我们丝毫没有感觉到国王的疲累和不耐烦。我们当时就下定了决心,以后一定要给社会做好事,报答国王的恩情,并且这张照片这一辈子都在鼓励着我勇往直前……

国王认为,自己只需几秒钟就可以发一张文凭给毕业生,但可能这几秒,

普密蓬国王与王后为诗琳通公主颁发毕业证书

就会让这个学生一辈子受到鼓励和鞭策，努力做好人，为社会服务。国王对学子的这份父亲般的关爱，坚持了二十九年，直到年纪大了没有力气了，才让王子公主们代替自己去颁发。

国王的这份宽容与仁爱，让泰国百姓深深铭记，而这份父亲般的关照，在国王自己身处险境的时候，更加显示出人格的伟大魅力。

国王是帆船爱好者，在一次帆船比赛的时候，国王驾驶的帆船乘风破浪冲在第一位。这时候发生了一个意外，后面跟着的帆船突然失控，撞到了国王的船，把国王吓了一跳。当时国王并没有理会，继续向前航行，可是那个比赛中惹祸的小伙子却因为冲撞了国王的船，吓得腿发抖，无法继续驾驶帆船了。

颁奖仪式后，国王特意接见了这个忐忑的小伙子，还有他惴惴不安的父亲，当时国王只是微微一笑，并没有责怪。父子俩对国王感激涕零。后来那位父亲对儿子说，这要是在其他王朝时代，冲撞国王的船是要被处死的。

诗琳通公主也给我讲述过一个亲身经历的惊险故事：有一次公主跟着国王和王后去泰国南部参加一个活动，泰国南部是穆斯林集中的地区，民族之间的冲突时有发生。当时平静的会场上突然传来一声爆炸，声响很大。在场的民众受到惊吓，纷纷往外面跑，一时间场面异常紧张混乱。刚才在典礼上端坐的穆斯林宗教领袖，已经反应迅速地趴在椅子旁边躲避危险。而国王却不动声色地安静地坐着，国王如此镇定，王后和公主也陪伴在国王身边，一动不动。过了一会儿，跑出去的人忽然醒悟，又赶快跑回来保护国王。老百姓看到国王都这样毫无惧色，自己也没什么好害怕的了，于是活动照常进行。

当时听着公主的描述，我的心都紧张得不行，好像闻到了爆炸的硝烟味道，从而也真正体会到了勇气的力量。我在泰国履职的时候，没有机缘见国王一面，深以为憾。而这个故事中，国王镇静自若、内心宽仁的形象永远留在我的记忆里。

不仅对泰国百姓，对一草一木，对弱小的动物，国王都怀有一颗仁慈之心。历史上王宫里有喂养大象的传统，有一次外府进献大象，这头大象和一只叫 Bio 的狗从小要好。两个小伙伴一起长大，每天一起玩耍，非常快乐。可是照看大象的人要带大象去王宫了，Bio 小姐很不开心。国王听说了这件事，就提出建议：不要让他们分开吧，带大象来，也可以带上它的伙伴啊！于是 Bio 小姐和大象一起来到了吉拉达王宫，过上了幸福的生活。

国王有三十多只狗，其中不少是流浪狗，最有名的 KhunThongDaeng（通丹）就是国王从路上捡来的。如果有人询问狗的品种，国王就开玩笑，称之为"路中间的品种"。爱吃柿子的通丹的工作，就是保卫国王，陪伴国王出访，也是国王拍照的模特。它最喜欢的就是洗完澡以后，四仰八叉地等候国王给它涂抹痱子粉，并且认真地舔国王的手表达谢意。

国王的狗都很聪明。一次，国王回来，有一只狗好像很委屈的样子在诉说什么，国王感到它可能不太开心，就问周围的人，谁欺负它了。果然，一个服务人员不好意思地说，我今天打它了。国王还有一条嘴巴皱皱的拳师犬 boxer dog，它也很聪明，有时候会对前来觐见的官员搞恶作剧。国王曾经对它说，不要对年幼的女儿不友好。于是当小公主们对它又抓又挠的时候，这只国王叮嘱过的宠物的经典表现是：深深地叹了一口气。有些无奈，但是绝对不会对小姑娘进行报复，它是真的听懂了国王的话啊。诗琳通公主讲这个故事的时候，依然记得小时候的情形，还模仿那只狗的样子，深深地叹了一口气。

12 月 5 日是国王陛下的生日，也是泰国的父亲节。这一天泰国的各大路口、政府机构、商场门前，还有家家户户，都会摆放国王的照片和黄色的花朵。因为按照泰国传统，黄色是国王出生日期的颜色。每年的 12 月，黄色是

普密蓬国王永远在泰国人民心中

最美的色调，黄色的王旗，黄色的丝带，黄色的衣衫，在大街小巷闪耀。

在位七十年，国王陛下已经和泰国这片土地无法分开，甚至在泰国最偏远的地区，也留下了国王的足迹。谁也说不清楚国王的脚步到底走了有多远，只知道曼谷的市民非常嫉妒外府的人，觉得他们有更多的机会见到国王。联合国决定将12月5日，普密蓬国王生日这一天定为"世界土地日"，永远纪念这位一生为国为民的好国王。

曼谷的雨季本应该10月结束，2016年的雨季却一直持续到11月下旬。雷声隆隆，雨大风急，好像老天一直在为国王哭泣，不愿意停止下来。泰国老百姓怎么也不愿意相信，每一个困难的时刻都会守护在身边的国王，有一天，真的会离开。直到今天，泰国的民众依然觉得，国王并没有离开，他是希望之光，是信心的源泉，他是泰国民心凝聚的中心，是永远的父亲。

作为全球在位时间最长的君主，普密蓬国王留给泰国百姓太多的精神财富和美好圣洁的回忆，他的离去带走了一个时代，也带走了泰国的一个传奇。

国之瑰宝——诗丽吉王后

1950年3月，一艘白色的巨轮行驶在浩瀚的红海上，轮船冒着袅袅烟气，向远东驶来。甲板上一位戴着眼镜，书卷气十足的青年望着大海沉思，身边是一位秀发乌黑的亭亭少女。两人一边观赏海景一边轻声交谈着，他们正是泰国普密蓬国王和他十七岁的未婚妻蒙拉差翁诗丽吉·吉滴雅贡，此行的目的地是他们日夜思念的故乡。那里，欢迎的人群已经沸腾，一场盛大的国王登基大典和结婚大典正在等待着他们。

国王偕美貌的未婚妻回归祖国，湄南河两岸万人攒动，争睹芳容。烈日炎炎下，泰国民众拥挤在一起喜笑颜开，连木桥都挤塌了也毫不在意。国王登岸的时候三架小型飞机腾空而起，按照泰国古老的吉祥仪式在空中抛洒下花瓣和米花，喜庆的气氛感染到每一个人。婚庆典礼简朴而庄重，在王室成员和嘉宾的祝福中，国王和王后在婚书上签下自己的名字，并以刻有二人名字首字母的银烟盒馈赠来宾。从此以后，诗丽吉王后的名字与国王的名字紧紧相随，泰国人民从此有了一位多才多艺、温婉秀美的王后。

美国报纸曾经援引了一段国王和农夫的问答，一时传为佳话："国王陛下啊，为什么您从不露出笑容呢？"国王作答时指向了王后，"跟着我的这一位，她的笑容足以代表我们两人。"

国王的幽默让记者们记住了王后最美的微笑。当年在法国枫丹白露宫的初次相遇，谁又能说得清，是不是那抹灿烂的笑容俘获了国王的心呢？作为泰国驻法国大使的女儿，诗丽吉王后弹得一手好钢琴，当时正在巴黎学习音乐和法语，正是那次随父母觐见国王的礼节性相遇，铺垫下了这对伉俪喜结良缘的伏笔。

后来国王在瑞士驾车时遭遇车祸，伤势严重，诗丽吉王后的母亲听到消息非常焦急，带着女儿前去协助护理。因为同在瑞士学习，诗丽吉王后得到学校的批准，每天下午请假去照料国王的饮食起居。等到国王病愈，二人已经心心相印，订下终身。

诗丽吉王后出身王族，作为长女，由当时的国王拉玛七世的兰派帕尼王后赐名"诗丽吉"。"诗丽"意为吉祥，"吉"意为荣耀。在王后出生的那一年，一批以欧式教育为背景的人发动了旨在反对君主专制的不流血的政变，得到国王拉玛七世的认可，并颁布了一部永久宪法，推动泰国成为君主立宪制国家。1935年3月2日，旅居英国的拉玛七世退位。由于国王没有子嗣，年仅十岁的玛希敦王子被推为王位继承人，而他的弟弟，普密蓬·阿杜德王子，就是诗丽吉王后未来的丈夫。

诗丽吉王后不仅拥有美貌和才艺，还兼具温婉的气质和智慧的头脑。她坚定地站在国王身边，把自己最忠诚的呵护奉献给这个国家。她不遗余力地支持国王的事业，跟随国王到泰国各地探访民众，不辞劳苦。电视新闻里有关王后的报道，总是与国王繁荣国家的项目息息相关的。她所取得的成就让大家看到，在很多复杂的情形下，温婉也是一种力量。

诗丽吉王后非常关注泰国生态系统的保护。面对自然资源缺乏有效管理的问题，王后鼓励人们要热爱自然、依恋自然，对森林、水资源、动植物等加以保护，人与自然要和谐相处。她说，泰国是全体泰国人民的泰国，不是属于某一群人，因此，所有人都有义务关心国家。

当王后陛下在泰国南部视察时，有村民拿来罕见的鸟喙，作为漂亮的礼物敬献给她。王后非常理解，这是村民的一片敬意。但是她说：如果真想让我快乐，下次就送我一只活着的鸟儿吧。

为促进落后地区的经济发展，帮助当地民众增加收入，王后发起了"振兴工艺美术项目"。王后敏锐地看到，有些地区的传统手工艺非常独特，有特殊的丝织品，有藤编的手包，还有一些精致的金银器制品。于是她鼓励农民进行手工生产，由项目的基金买回这些工艺品到城市里出售。精美的泰式手工艺品在王后的支持下，还出口欧美，得到了广泛的赞誉，拥有了稳定的市场。

手工艺匠人还展开竞赛，心灵手巧的优胜者，会得到王后亲手赐予的劳动奖章。中国农业时代的传统是男耕女织，泰国也有一个说法是"男做刀，女织布"。而在当代社会，泰国的男人同样可以织出漂亮的布来。王后曾经给诗琳通公主拿来一块漂亮的布，让公主猜是男人织的还是女人织的，并讲了这个高超的织布男人的故事。这个泰国男人手很巧，喜欢织布，而且织得又快又好。可是村里很少有男人参与织布的工作，周围的邻居嘲笑他像女人。为了避免别人说闲话，他就在夜里偷偷地织，织得非常漂亮，超过了其他的女人，在比赛中得到了王后的奖章。

王后还十分重视手工艺的传承，鼓励年轻人学习古老的技艺，鼓励老匠人多带徒弟，培训贫困家庭从事副业。这些技师成长之后又继续培训其他人，传统工艺就这样得到了传承与保护。王后说，我很自豪，泰国人能够生产美丽的手工艺品，生产这样的制品能够让人们自立，这才是帮助民众的真正目的。

诗丽吉王后认为读书大有裨益，每次从国外回来，她给别人带的礼物大多是逛书店选来的图书。即使自己分身无术，也要让身边的人代她去书店购书。她不仅给孩子们选书，还给贴身侍卫购买军事题材的书籍。

王后还曾经给一个村里的儿童上过课。当王后车子一到，学生们就会马上跑进教室，互相通报："我们的王后老师来啦！"王后把学生编成小组，选用当地人感兴趣的民间故事、泰国小说、佛本生故事等当教材，并且给阅读速度快、勤奋读书的优秀学生发奖。

诗丽吉王后曾经说，最好让书去照顾孩子，如果从小养成读书的习惯，一本书就可以让孩子安静下来。书籍是世界上最好的保姆。诗琳通公主少年时期常常生病，躺在床上看书成了最大的安慰。以至于公主的同学解释自己为什么没时间读书的时候，开玩笑说：这个嘛，是因为我没有生病啊！母亲的言传身教，使得公主一生与书结缘相伴，并与母亲一样，喜欢买书送书给别人。以书相赠，真是"予人玫瑰，手有余香"啊。

读书使得公主想象力丰富，写作水平也比一般的孩子高。我给公主上汉语课的时候，对公主极高的文学天赋感受颇深。比如讲一个故事，情节还没有深入下去，公主已经即兴往下编了，往往和小说中故事的发展脉络八九不离十。而且很多时候，公主即兴原创的故事，比故事本身更曲折有趣。这个本领和王后的教育有关。公主记得小时候母亲给自己讲故事的时候，总是不按照书中所写的内容来讲，讲着讲着，更有意思的新故事就自然而然地编出来了。

泰国是个佛教国家，也是众多民族、种族的共同家园，带有多元文化的氛围。尽管诗丽吉王后可能和这些人群信仰不同，但她认为，不同的信仰和风俗丰富了国家的文化，应该加以尊重。

王室对居住在泰国的难民的孩子，同样投入了关注。王后要求边境巡警学校向难民开放，以前这些学校招收的都是泰国学生。王后认为，难民会在泰国的土地上生活相当长的时期，所以要教他们泰语和泰国文化，这样孩子们才能够自立，实现自我价值。他们将学会照顾自己，即使将来去第三国生活，也不会成为他人的负担。如果有朝一日能回到自己的祖国，也需要有建设国家的本领。王后认为钱不是摆脱贫穷的治本之道，教育比金钱珍贵，只有教育才能让人摆脱贫困。

有着作曲天赋的普密蓬国王曾经写下一首动人的浪漫曲《天赐良缘》，歌词唱道：夜夜思念，伴君流连，东方既旦，天赐良缘……诗丽吉王后陪伴着国王走遍了泰国的山山水水，泰国百姓对国王和王后陛下的爱戴之情更是山高水长，没有任何语言能够表达。

那一天，国王的生命之火越来越弱，身边许多的仪器和管子维持着他的生命。诗琳通公主告诉我：妈妈悄悄走过来，轻声说，你父王已经走了。大家都难以相信。相濡以沫的感应和六十六年的深情，无须语言。

诗琳通公主的母亲——诗丽吉王后

与中文结缘

普密蓬国王与诗丽吉王后共有四位子女：乌汶拉塔纳公主殿下、王储哇集拉隆功殿下（现为十世国王）、诗琳通公主殿下、朱拉蓬公主殿下。诗琳通公主是普密蓬国王的二女儿，不少人说，公主很多方面像父亲，智慧、勤勉、坚韧，性格中有一种深沉的责任感和勇气。

公主在不满二十岁时，曾经写下一首法文诗：《跟随父亲的脚步》。诗中有这样的句子：

在任何人面前都不要气馁，

要用智慧和毅力面对痛苦，

为有如此可贵的信念而感到幸福。

……

在泰国的媒体上，经常可以看到这样的照片：公主跟随父亲的脚步，一起跋山涉水，在泰国偏远的地区访问。父亲挎着相机在田野里跟农民交谈，女儿在身后拿着大本子做记录。和父亲一样，公主单独外出访问的时候，也有挎着相机的习惯，她接受父亲的教导，把当地的问题，看到的实际情况，都用照片记录下来。

　　小的时候，老师问同学们长大以后的理想是什么？同学当中有的想当科学家，有的想当医生，公主的回答却和别人的不太一样，她说自己长大后想当村长。国王了解情况后并没有觉得奇怪，而是启发她说，想当村长那就要学好英文，以后你们村子如果和外国人做生意，你这个村长不会用英文交流怎么行呢。于是公主后来果然努力学习英文。天资聪慧的公主，不仅英文成绩优秀，法语、汉语和德语也都非常流利。就连已经没有多少人能懂的梵文、巴利文、吐火罗文，因为研究需要，她也下功夫学好。

　　在一次采访中，记者问公主：您为什么要学习中文？

　　中国记者对于喜爱中文的外国友人都喜欢问这个经典问题，每个人的回答不尽相同，却都表现出了各自的智慧，以及邂逅中文的传奇经历。记得我的法国博士导师白乐桑教授，一位自称已经"汉化"的儒雅的法国汉学家，经过多年思考之后，他给这个问题找到了一个自己满意的答案：当年我选择学习中文的原因，就是为了今天有人不断追问，您当年为什么要学习中文？

　　在白乐桑教授开始学习中文的七十年代，选择中文作为外语的外国人，大多是出于自己的兴趣，因为中国历史悠久、中国汉字美丽、中国是一个神秘的未知的国度，因为好奇，因为偶然，因为挑战，因为……而当今社会因为中国经济的发展，中外合作交流的加强，学习中文有了更多的现实意义。学会中文可以增加就业的渠道，可以更容易在文化交流中发挥作用。这些兴趣之外的附加值，让中文成为越来越多的年轻人选择修习的对象。

　　在中国的很多城市，出门一不小心就会碰到普通话字正腔圆的老外。他们"赖"在自己喜欢的城市娶妻生子，盖房子，乐不思蜀地过着自己的小日子。在北京的老外更是会骑着共享单车，津津乐道中国的新四大发明，告诉那些新来的"歪果仁",高铁是多么迅捷,移动支付是多么方便。

诗琳通公主对这个问题的回答非常实在:我大学毕业后才开始学习中文,刚开始没考虑学习中文,觉得太难了。大学的专业是语言学,想毕业后再学一门农业。有朋友想去学德语,我也想试试学德语。可是母后说,你英文法文还学得不到家,如果再学一门欧洲语言的话,很可能混在一起了,用处不大。中国的文化很丰富,学中文会更好些。中国人爱研究,爱学习,而且有很多著作,如果中文学得好,可以从中文书里获得很多知识,将来会对社会有用。

正是因为聪慧美丽的诗丽吉王后的建议,公主才开始学习汉语,而且依照公主的个性,无论做什么都要做到完美,绝不半途而废。斗转星移,公主在学习汉语的道路上,至今已经坚持不懈地走了三十多年。

"读万卷书行万里路"。诗琳通公主从1981年开始到中国访问,迄今已经到访中国近四十次。每次公主都能发现中国新的发展和变化,可以说洞察中国社会、历史、文化的方方面面。足迹遍及大江南北,走过了很多中国人都没有涉足的山山水水。

公主到过零下三十度的东北黑河,领略过黄沙漫漫的西北大漠,登临过布达拉宫的金顶,也到访过中国最南端的海南岛。记得2013年王毅外长访问泰国时,公主在自己的沙芭通宫设宴款待,席间宾主兴致勃勃地聊到在中国旅行的事情。外长问公主,都去看过中国的哪些名胜古迹。公主骄傲地用中文回答,去了哪些哪些地方。大家提到的中国地名,很少有公主不知道的,让在座的各位都钦佩不已。

公主不仅行了万里路,还写出了《踏访龙的国土》《平沙万里行》《云雾中的雪花》等作品,向泰国人民介绍中国的风土人情,旅行中的经历和趣闻。并且翻译了很多中国的小说和诗歌作品,让越来越多的泰国友人了解中国。

公主还通过自己努力学习的范例，来鼓励身边的人关注中文学习，支持泰国的中文教育。她从来不在穿衣打扮上浪费金钱和精力，而是用自己的钱资助优秀的泰国孩子到中国的高等学府进修学习。不仅让他们学习语言，还鼓励他们学习科技知识，希望他们将来成为对国家有用的人。

公主到中国的旅行常常包含有一项重要内容，就是与中国学者进行科技、文化方面的交流与合作。因为研究佛教典籍，公主了解到，很多佛经的内容至今在中文书写的文献里保存完好，而这些古老佛经的原始版本，都已经在历史变迁中湮没难寻了。无独有偶，在北京大学，国学大师季羡林老先生，也发出过类似的感慨。基于文献的关系，佛教产生于印度，而佛教研究在中国。

中泰两位学者在佛教典籍研究上的遥相呼应，促成了一次美好的会面。那一天下午，穿着一身中山装的季老早早就等候在门口了，常常被季老写进书里的那只白猫，似乎也知道今天有尊贵的客人要来，先是跟着季老到门口迎接公主，然后乖乖地坐在季老的腿上，认真"聆听"这位国学大师与公主的对话。在北京大学季老的书房里，金色的阳光漫洒在满墙的图书上。对梵文和巴利文有着同样深厚研究的诗琳通公主，与季老一见如故，侃侃而谈，成就了中泰两国文化交流史上一段佳话。

沙芭通宫,我来了

飞机降落曼谷素万那普国际机场。一月,从冰天雪地的北京起飞,四个多小时以后,降落已是盛夏。跟随前来接机的同事走出机场大门,立刻感受到了曼谷火一样的热情。那个时候我还不知道,"素万那普"真正的含义是——黄金之地。

那一天是星期五,我一直记得那个日子。因为第二天早上我就要面见我尊贵的学生——泰国的诗琳通公主殿下。在今后的几年时间里,我将陪伴公主学习汉语和中国文化,我的生活里将要有一位公主,想想都有些激动呢。

晚上早早躺下,仿佛床还是北京的床,身体里的生物钟还没有调整过来,曼谷火红的朝阳已经迫不及待地升起。匆忙梳洗打扮,准备跟随前任汉语教师进宫。前任教师是辞行,并且上完她的最后一节课,我的任务是熟悉环境,礼节性拜见公主。

公主的司机 Dan 先生差十分八点准时在楼下等,笑容满面,一身米黄色的王宫制服,很神气。用英文互相问候就上了车。印有王室徽记的黄色轿车在曼谷喧闹的街市里穿行,热带的树木和花朵一丛丛一簇簇从眼前闪过。Dan 先生一面开着车，一面和我们用英文聊天。原来他已经跟随公主近三十年，三十年的时间里，中国派出的汉语教师，都是由他来接送的。丹先生自豪地扳着手指头，细数着曾经接送过的教师的名字。北京外交人员语言文化中心的老师，任期有长有短，数到我这里已经是第九任。他口中念念有词的名字，都是我熟悉的前辈。

大概半小时后，车子驶入一处僻静的园子，大门口的墙上，贴着蓝色的标志牌，上面用泰文和英文两种字体写着"沙芭通宫"。普通的白色宫墙和平常人家的院子没什么区别，

沙芭通宫入口

汽车、摩托车很随意地在紧贴院墙外面的道路上穿行，周末早上出门的泰国市民就那么大摇大摆地在宫门口走来走去，见到大门口的王家警卫也没有多看一眼。如果没有人告诉，从外面真的看不出院墙内绿树如茵的园子里，是泰国王室成员生活工作的所在。丹先生用对讲机和门内的侍卫联络，大门徐徐打开，我们的车子经过立正敬礼的侍卫，沿着林荫道进入了宅院。

雨滴挂在树叶上，亮晶晶的。我们踏着清晨的微雨，进入了公主府邸。沙芭通宫是公主敬爱的奶奶留给她的礼物，公主大多数时间就生活在这里。草地、树木、房子，看上去朴素、内敛。房子外面点缀着荷花、兰花。

公主的秘书接待了我们，和我们共进早餐。他给我一张名片，告诉我如果有什么紧急的事情，或者生病了什么的一定要找他，不能耽误了。第一次见面就给我这样一个坚实的承诺，让我感到无比温暖。当然，任期内，我从来没有因为自己的事情麻烦过他。

第一次吃到王室的早餐。菜品基本上是吉拉达大王宫餐车运来的。泰式和西式结合的早餐：葡萄干面包、水果、咖啡，还有一大碗叫作泰国粿条的东西，细细的米粉条，配着一些青菜和大块的猪肉。据说这是中国潮汕地区传过来的饮食，我这个北方人是第一次吃到。在公主家的餐桌上吃到粿条，我自然以为这是王室的特别食品。后来在泰国待久了才知道，粿条这种食品既可以出现在路边摊上，也可以出现在高档宴会上，是泰国人最热爱的食品。据说去国外出差的泰国友人，最想念的家乡食品，就是这个粿条。

除了人人喜欢的粿条，泰国的美食丰盛到永远也吃不完。不论是清晨还是深夜，走出家门就能够找到可心的食物。泰国人特别热爱美食，吃，是生活里最重要的事情之一。这里是吃货的天堂。

到宫里上课差不多三个月的时候，我经历了一次吃的考验。那天，因为要随公主一起去外府参加活动，早上六点半秘书就把我接进宫里，这样可以避免堵车。曼谷堵车是出了名的，和北京不相上下，我们都说曼谷是一个"慢慢的谷"。我刚打算到平常的等候大厅里面吃早饭，秘书走来，请我加入到公主的早餐桌上去。这是我到任后第一次跟公主一起吃饭，有些紧张。跟随秘书走过一片修剪得平平整整的大草坪。草坪上，有一条弯弯的石板路，一直通向公主居住的

公主老师的美味泰式早饭

地方。公主和她一些很亲近的朋友们，正在共进早餐。大木桌摆放在房前空地上，周围绿树鲜花围绕，很有草地野餐的感觉。

公主看着我，笑容很温暖，她用中文问我吃早饭没有。我说还没有。于是公主叫工作人员上一碗粥。我心里很高兴，一碗热乎乎的早餐粥正合我的胃口。一会儿粥来了，却不是我想象中的北方白粥。碗挺大，粥里面和着芹菜叶和好几块排骨，很像广东那边的粥。泰国的饮食，似乎跟广东的饮食有很深的渊源。

公主安顿好我，继续和朋友们早餐，他们一边用泰语交谈，一边开始吃甜点了。虽然是泰式早餐，看起来是西餐的顺序。我和大家都是初次见面，稍作寒暄之后，我打算以最快的速度把粥喝完。我得赶上大家的节奏。很快我就明白了，众目睽睽之下，吃这碗粥的技术难度很大。这种广东风格滋味丰富的肉粥，我在北京不太常吃。排骨虽然很诱人，只能放弃了，我实在没办法优雅地在众人面前啃排骨。我努力用勺子把粥塞进嘴里，

沙芭通宫的草地

不弄出一点声音。出于社交礼仪，吃的过程中，还要不时地从大粥碗里抬起头来，礼貌地看看大家，略作微笑，尽管她们说的泰语我一点儿都听不懂。

越怕出错越紧张，我一边吃一边心里嘀咕，千万别喷饭，勺子千万别飞出去，碗千万别打了……这顿饭，吃得我心惊胆战，好不容易吃完，腮帮子都酸痛了。开始和大家一起吃水果盘，我才恢复了优雅的姿态。在大餐桌上谈笑风

生的公主，哪里知道就在她的眼皮底下，我这个初来乍到的中文老师，静悄悄地跟一碗粥干了一仗。

赴任的时候我已经四十不惑，可是，在我有限的人生阅历中，跟公主在一起的场面，是从未经历过的。当了公主的老师，跟着公主经历了许多的大场合，参加了许多大活动。我感觉到了自己的成长，待人接物越来越成熟，做事说话的分寸拿捏得越来越好，后来即使跟总理、部长等高官同桌，即使在众目睽睽的场合中，也可以从容相待，云淡风轻。

差十分九点，我和前任教师吃好早饭，一起来到公主学习的屋子里做课前准备。学着工作人员的样子，我脱掉鞋子光脚走进去，抬眼一看，一股中国风扑面而来。室内墙上张贴着大红的福字，挂着绸缎做的装饰红鞭炮、红辣椒，还有不同年代的生肖剪纸。这些都是前辈教师们过春节的时候陆续送给公主的，公主对老师的礼品非常重视，拿它们装饰汉语课堂，既有中国味道，又彰显师生情谊。

诗琳通公主在泰国人民心中有着崇高尊贵的地位，很多泰国人以一生中能见公主一面而自豪。作为公主的中文老师，我是多么有幸，每个星期都能够与公主见面。在四年的任期里，我会一直陪伴公主，在她那张大大的实木桌子前面，零距离倾心交谈。那张学习用的桌子，已经被公主磨得发亮了，看得出公主一直是非常用功的学生。

九点，公主准时来了，身后跟着贴身护士。公主穿着粉色的泰丝套裙，微笑着和我们打招呼。公主的书包又大又重，放着不少学习资料。公主的笑容很暖，样子很亲切。我一直紧张的心情放松下来。

我来泰国之前翻阅了资料，请教了前任教师，精心准备了给公主的见面礼。有公主喜欢的中国民乐CD，有热播的《舌尖上的中国》光盘，还有几本新出版的中国文学作品，礼物包装得如待嫁的新娘。公主非常喜欢我的礼物。在以后的日子里，我给公主带去过中国结、故宫大殿拼插摆件、二十四节气的日历等代表传统中国文化的小物件。这些礼物，一直摆在公主学习中文的教室里。

聊天中得知我是第一次来泰国，公主说希望我在泰国过得愉快。又问我去过亚洲哪些国家，我说去过柬埔寨的吴哥窟。公主笑着说自己以前可以说柬埔寨语呢。公主的汉语表达非常流利，简短的对话之后，气氛更加轻松欢快。没有陌生感，没有距离，恍惚感觉跟公主本来相识，今天只是重逢。

结束之后，汽车沿着长满植物的花园小路驶出了沙芭通宫。公主和善的笑容浮在脑海，我对今后的驻泰生活充满了美好的期待。我将在这个鸟语花香的

沙芭通宫的花朵

国度，度过作为外交官的一个任期。作为公主的汉语教师，每个星期到访一趟沙芭通宫，与公主一起分享中国文化的美丽和芬芳。尽管有压力，但我要像前辈教师一样，努力承担起这份责任，完成自己的使命，让这段时光成为永恒的记忆。

　　汽车驶入曼谷的街道。曼谷街头浓艳的色彩，简直要醉了我的眼睛。

"太傅"的日常

有历史系同学开玩笑说,给公主当老师,在中国古代那要称作"太傅"了,多么荣耀啊!的确,做公主的老师,是一件非常荣幸的事,但同时也是一份艰巨的责任,因为我们面对的是泰国尊贵的公主。那么,诗琳通公主到底是什么样的人呢?

学识渊博、温婉娴雅、智慧幽默,这些词语不足以用来形容一位可亲可敬的公主,公主很多不为人所知的优秀,都是在我与公主长期相处中发现的。公主小学毕业考试全泰国第一,高考以全泰国第四名的成绩,进入泰国最高学府朱拉隆功大学学习泰国文学、历史、巴利文、梵文等专业,得到四年考试成绩第一的金质奖章。之后获得朱拉隆功大学梵文-巴利文硕士,艺术大学东方文字考古学硕士,诗纳卡琳威洛大学教育发展学博士。这样一份沉甸甸熠熠闪光的履历,背后付出的辛苦自不必言说。明明可以靠家室靠颜值,这位泰国公主却偏偏靠才华。

作为作家、语言学家、翻译家,公主自己著述、翻译出版了很多文学著作,公主的书一经出版就洛阳纸贵,深受泰国民众的喜爱。不仅如此,公主还走上讲台，为泰国帕尊拉宗诺军官学校讲授历史。公主讲历史不喜欢照本宣科，而是有自己的方法，她特别重视材料和论据，总是从实践出发，启发学生对当今社会的思考。公主在学术上涉及的领域，永远比我们想象得还要多。她文理兼通，遥感、地球物理、生物学、公共卫生，很难想象有哪些知识是公主不擅长的。公主曾经说：国家需要什么，我就应该去学习什么。

作为中国人民的老朋友，公主了解到中国的科技发展得很快，自主研发的产品越来越多，她经常鼓励泰国学生"到中国多学习些东西"。2000年3月，为表彰诗琳通公主传播中国文化方面的贡献，中国教育部授予她"中国语言文化友谊奖"。2009年，在"中国缘"十大国际友人评选活动中，公主殿下被中国网友投票评选为"十大国际友人"。相比其他的荣誉，公主心里最看重这个评选，亲自到北京去领奖，因为这是民众网上投票得到的奖项。

就是这样一位自带光环的公主，当你作为中文老师站在她面前的时候，心里面怎么可能没有压力呢？你自以为厚重的履历，博士学位也罢，会几国语言也罢，有丰富的国内外任教经验也罢，在公主的光环面前都显得那么单薄。

作为"太傅"，内心时常是慌张的，我们远远不够完美，很多方面的知识不足以担起这份重担，只有捧着一颗诚挚的心，努力做最好的自己，才对得起这份信任。陪伴在侧的这几年，受到公主勤奋好学的感染，一直不敢松懈。给智者作先生，可以从智者身上学到很多东西，受益匪浅，这就是教学相长吧。

教师作为中泰文化交流的使者和桥梁，知识结构上的"杂取并收"给教学增添了很多助力。近二十年在外交系统进行成人一对一教学的经历，给了我很多潜移默化的帮助，对于不同水平学习者的学习需求，在课堂上会有敏锐的把握。

与中国文化相关的元素都会让公主感到新鲜有趣，上课的时候公主聊到什么话题，老师就应该在接下来的课程中把相关的内容呈现出来，加深，扩展。我不仅给公主推荐了《红楼梦》《聊斋志异》等古典小说，也推荐了不同的文学形式，比如剧本《茶馆》，这是公主第一次接触中国的戏剧作品。另外公主也希望了解当代作家的作品，那些最能反映中国当代百姓生活的，接地气的作品。通过广泛阅读，我推荐了作家川妮的《哪一种爱不疼》，受俏的《双食记》。因为公主非常关注中国和泰国的儿童教育，于是又给公主推荐了童话大王郑渊洁的童话，让公主多了解一些中国的儿童作品。谈到中国文学，中国第一位诺贝尔奖得主莫言绝对是不能错过的，公主也饶有兴致地翻译了他的几篇短文。

　　经过一段时间的积累和摸索，在给公主推荐文学作品的过程中，我给自己提出了几点要求：首先要考虑小说的内容和反映的时代性，能否反映那个时期的历史特点、人文风貌；第二要文风大气文字优美，可读性强。另外因为作家以后将要成为公主的朋友，和公主见面，还会一起探讨文学，我也会多了解一下作家的个人经历，希望这位作家不仅作品优秀，而且也和公主一样有着善良悲悯的情怀。中国的优秀作家浩如烟海，作为老师，我希望做个伯乐，牵线搭桥让有缘的作家和公主结缘，成为中泰友好的使者。《哪一种爱不疼》泰文版出版的时候，作家川妮来泰国出席公主的新书发布。看到她站在自己的作品大海报前面，开心地与公主合影，作为伯乐的我内心也是非常欣慰的。

　　为了给公主推荐一篇作品，我会看上几十篇不同时期的不同作家的代表作品，鉴别各方面的要素。在阅读过程中遇到什么问题，我也会主动与作家本人联系，找到一位埋头写作的名作家并不容易，不过功夫不负有心人，使馆文化处的同事也会在我需要支援的时候给予协助。这些联络工作看似微不足道，却可以为公主的新书出版提供便利。每当公主的一本新书完成付梓，泰方出版社常常会通过泰国外交部和公主的中文老师联络，希望得到作家的信息，以便商谈版税等事宜，这样，前期工作的价值便显现出来。

在与这些作家邮件交流的过程中，我也增加了很多文学鉴赏方面的知识。这也是这份工作对我的要求，不断地去学习，丰富自己的内涵，学无止境。公主也会认真了解和分析这些作家和作品，热爱阅读和写作的公主，对文学作品有自己独到的审美，翻译作品的时候，会不时地融入自己的思考，经常会提出一些自己的见解。

讲中国的传统故事，讲到许仙和白娘子的时候，说到端午节的雄黄酒。许仙为了验证白娘子是不是一条蛇，给她喝了雄黄酒，逼她现出原形。中国人大多听说过这个传说，也没觉得有什么不妥，而富有同情心的公主却觉得许仙做得不太对。当时许仙并不确认白娘子是不是蛇，如果白娘子不是蛇，那么喝了有毒的雄黄酒，不是要死的吗？

公主听到白娘子生了孩子之后便被压制在雷峰塔下面，忽然问，那孩子是白蛇生的蛋吗？我愣住了，蛇当然是生蛋的了，因为白娘子是蛇，公主自然会有此一问。可是她又是仙，生的应该是婴儿吧。没想到公主对一个传说故事如此认真探究，我以前从没有想过这样的问题。后来查了资料才告诉公主，传说中白蛇吃了观音娘娘给的仙丹，是可以生孩子的，和人类一样的正常的孩子。传说也要有逻辑，不能想当然，公主的执着探究精神让我感动，也让我脑洞大开。在故事的最后，我请公主想象一下法海后来跑到哪里去了。对于这个多管闲事的坏家伙，公主给出了比原版更加大快人心的结局：他后来变成了石头。

讲到迟子建老师的作品，其中有这样一句描写："这是一头漂亮的小公熊，胸前有V字形白毛。"这句话普通人看了肯定会一带而过，不会有丝毫停留，而对动植物颇有研究的公主，做起了我的老师。她给我讲解说：熊在泰国有两种，一种是胸前有V字形白毛的熊，就是小说中的那种，这种熊非常凶猛，急了会吃人。另一种是胸前有U字形白毛的熊，这种熊性格不太凶，很温顺。我听得目瞪口呆，从小在王宫里长大的公主竟然还懂得熊的品种。果然在小说的结尾，这头V字熊真的吃掉了进山取冰的女主角！可能作家也不会想到，远在泰国的公主，居然对自己小说中的一个配角这么在行，迟老师这段关于熊的描写碰到了有缘人。

这还不够，凡事认真的公主为了让我更好的理解，特意在本子上画出熊的样子，胸前的毛画得唯妙唯肖，带有公主笔下一贯的卡通喜感。后来我了解到，公主有个很厉害的能力，就是无论说到什么都能立刻用笔画出来。比如我们上课时提到一种铁锅，或者一件家具，又或者是一种动物，如果语言描绘不清楚，公主就打开本子，三笔两笔，立马轻松解决了问题，比她老师画得可漂亮多了。语言比较抽象，图画往往最能表达具象的东西，公主从小爱画画，对事物的观察非常细致，能够几笔画出典型的特征，相当传神。

公主手绘小棕熊

和公主交流我会尽量使用汉语解释汉语，如果不行就利用图片和肢体语言，尽量不使用媒介语。有些词汇需要使用外语就选择用法语，因为法语在表达上比英语更准确些。公主法语流利，词汇量丰富，有机会一起说法语的时候，看得出她也很开心。有一次学到"匍匐"这个词，我法语英语都忘了怎么表达，情急之下，直接趴地毯上演示匍匐了，公主体恤我的奋不顾身，赶快笑着说明白了。

公主和老师学汉语

上课的时候经常会碰到一些问题，难以立刻找到答案，我会在下课之后进行梳理。我身后是强大的"亲友团"——我亲爱的使馆同事们，他们来自五湖四海，对于我提出的问题，尤其是关于食品方面的疑问，总会有出色的解答。比如公主有一次问到一种食品，广东的同事马上就知道那是一种白面蒸的，上面放上肉、腌萝卜等做成的菜脯，广东叫水粿条。作为北方人，我简直连听都没有听说过。还有一次提到疙瘩汤的做法，公主很想知道，疙瘩是怎样形成的。我向老北京的同事请教，他们手把手教我，于是第二次上课，我带着面和碗，成功地演示了疙瘩汤的做法。公主说原来疙瘩是这么做出来的啊！

公主对未知的事物总是保持着强烈的好奇心，这个食品是怎么做的，那件东西原来是什么样子，那些国家有什么风俗，公主都想了解。当有身边的朋友并不觉得某些国家值得去的时候，就会说，某某国家有什么好看的呢。公主就会对这个朋友说，因为没有去过这个国家，所以想亲自去看一看，哪怕什么都没有，也没关系。如果小说中谈到一种食品，公主就特别想弄明白这种食品到底是什么味道，铁凝小说里的松仁小肚，池莉小说里的热干面，公主一直念念不忘。如果没有机会找到那些食品，公主还会亲自下厨试验烹制，一丝不苟地探索其中的奥秘。

这份执着与探索精神让我明白，试验做一锅菜还是探索空间物理方面的问题，抑或处理国家大事，本质上并没有什么区别。

踏访龙的国土

这篇的题目是公主的一本访华游记的书名。

公主说自己小时候常常生病发烧，不能和小伙伴们出去玩，只好待在家里读书。图书馆里各种类型的书，法律啊，地理啊，看得懂的看不懂的都喜欢拿来翻看。那些不能在外面玩耍的孩提时光，公主用来养成了读书的好习惯，在书的世界里，公主的童年充满了想象的色彩。

有一次上课时公主告诉我，"去年一年，我读了八十多本书。"我算了一下，差不多一周看一本半，速度惊人啊，这还是在公主每天完成大量的出访、接待、参观等一系列国事活动的基础上做到的。我们常说"读万卷书行万里路"，公主的确做到了，每年春天访问中国，踏访龙的国土，就是万里长路中公主很重视的一段旅程。

到了四月，公主的生日一过完，就带着队伍出发了。感谢公主厚爱，每年邀请中文老师，以及朱拉隆功大学中文系的领导和教授伴驾随行。跟随公主走访各个城市，参观学校、科研中心和博物馆，是我们最快乐的时光。现在想来，我的祖国大江南北发生的许多变化，还是公主带我看到的。

那一次出访贵州，是为了参观中国最大的射电望远镜 FAST。这项工程的里程碑式的意义不需多说，多少人都想亲眼看看这口世界上最大的"锅"。即便如此，当地接待人员还是不相信自己的眼睛：从泰国那么远的地方，专程赶来参观"天眼"，作为一位高贵的公主，真的值得吗？

我懂得公主，因为又可以了解新知识而兴奋，山高路远又算得了什么。公主也懂得中国。作为友好邻邦，中国的科技成就，一定会惠及周边国家的，中国并不看重一家独大，而是诚邀世界各国共享发展机遇。睿智如公主，早已懂得，中国越强大，与中国合作的前景越乐观。

为了多了解一些有关"天眼"的知识，公主临行前做了很多准备。到达贵州的时候，已经成为这方面的专家了，在旅途中与该领域的科学家谈笑风生。为了跟上公主的节奏，随访队伍里一路上都飘着"量子物理"、"微中子"等学术方面的字眼。秘书、武官、联络官、中文老师，都变成了临时的科学研究者，就自己感兴趣的问题展开热烈的讨论，翻译们也受到学习气氛的感染，加入到讨论中。一时间感觉自己参加的不是观光团，而是科考队。

公主的队伍在访问行程中角色会经常发生变化，这个时刻是科考队，一会儿又成了航空航天小组，等又过了几天，则可能又变成了考古工作队。所到之处，接待讲解的都是某一领域的专家学者，有高能物理专家、航空航天专家、文物专家，还有建筑师和文学家。大家跟随着公主，抱着赤子之心，在接待专家的引领下，努力了解和探究未知的世界，与公主一起，感受着学习带来的快乐。

第一次跟公主访华，有种眩晕的感觉，不仅出访的行程紧凑，节奏快，还有许多领域的新讯息，让人不知道正确的打开方式。而泰方人员早已经熟悉公主的工作模式，轻车熟路，游刃有余。大家都非常感恩公主，向上向善的榜样力量是无穷的，公主帮助我们打开了一扇窗口，让我们看到了更加多彩的世界。

每年去中国都赶在公主生日的时候，因此泰国航空的机组人员在公主登机之后，都会贴心地敬奉一只硕大美丽的生日蛋糕，跪着推进机舱，请公主殿下御赐第一刀。带着公主幸运色的紫色蛋糕给机舱里带来了欢乐的气氛，到了送餐的时候，大家都很有福气地分享到一块公主的生日蛋糕。因为公主乘坐的飞机机舱并没有全部预定，有时候舱内还有其他国家的乘客，他们事先并不知道有位尊贵的客人和他们同乘一架飞机。带着些许疑惑，他们惊喜地发现，自己居然也被邀请共同分享蛋糕。

读万卷书——泰文的、中文的、英文的、法文的各国语言都有；行万里路——北半球和南半球都留下足迹，甚至包括南极和我国的西藏，这就是公主的真实写照。曾经有泰国的高僧给公主算命，公主抽的吉祥签的意思是旅行很多。公主说：父亲常常觉得我读书慢，尤其是英文和法文书，比如某位作家的书，今年我才看了这本和那本……听到这里，我不好意思地想，我去年开始看的一本英文书，到现在还没有看完，好惭愧。

我告诉公主，现在中国的电视里有一档节目叫作《朗读者》，请人来朗读自己喜欢的一段作品，并且分享自己的故事，有明星、有作家，也有普通人，这样的节目在中国非常受欢迎。现代人沉湎于碎片化阅读和快餐文化，真正的读书人越来越少，这个节目就是想唤醒大家对读书的热

泰王国驻华大使馆新馆落成典礼

爱和重视。公主觉得非常有意思，很认真地在本子上记了这件事。

泰国驻华大使馆新馆在北京落成时，泰国驻华大使邀请公主前来剪彩，公主趁着访华的机会，亲自莅临新馆落成剪彩仪式。这座由北京外交人员服务局监理，中建公司承建的大使馆，在大家多年的期盼中终于投入使用了。剪彩当天，使馆大门口张灯结彩，公主的紫色徽记分外醒目。各路宾客云集，王毅外长、北京外交人员服务局局长、中建的领导齐聚一堂，看着付出多年心血和努力完成的作品，都很欣慰。在泰国尊享盛誉的赵坤通猜大和尚也应邀参加典礼，熟识他的泰国信众纷纷跪拜行礼问候。

公主在泰国大使的陪同下，兴致勃勃地参观了新建成的大使馆。一层中间是一片小花园，环绕草坪的是一圈带有泰式风情的木结构长廊，因为公主的到来，各处装饰着紫色的绣球和粉色的玫瑰。鲜嫩的花朵，让人差点忘了这是春天刚刚落脚的北京。二层有专门给公主预留的办公室，布置得非常温馨。明亮的飘窗光线充足，可以看到整个花园，阳光明媚，视线绝好。办公桌上摆着公主与国王和王后的大照片，还有可爱的三只小羊。知道公主喜欢读书，办公室

公主的随访团在新建泰国使馆合影

旁边还特别设有一个小型图书馆,一进门的书架上,已经摆好了公主出版的作品。整个大使馆以崭新的容颜、周到的安排、细致的礼宾,迎接着远道而来的公主。

那一次出访公主还参观了故宫新开放的慈宁宫。公主一进门就拿出笔记本,一边听导游讲解,一边记录。为什么慈宁宫的匾额上有三种文字?乾隆皇帝下令建造的纯金发塔是做什么用的?明朝的哪位皇帝废除了后妃的殉葬制度?公主很了解中国历史,根本不用泰语翻译,一边听中文导游的讲解,一边提问题。公主的问题给导游的讲解提供了很好的补充,走过的一座座宫殿,在轻声细语中串起了一段段明清的历史。

最疯狂的一次旅行是跟随公主一日往返广州,从凌晨3点赶赴机场到当天半夜返回。公主带领泰国军校的学生,参观了广州的黄埔军校和羊城古迹,早出晚归,精神抖擞。这是公主特意给军校学生安排的一堂历史课。公主说飞机是从泰航的朋友那儿借的,只借一天,一起去

公主参观故宫

广州好不好?当然好呀,当我乐呵呵登上飞机的时候,一头撞见一整架飞机的军装,泰式军装非常修身,年轻的军人腰身挺拔地就座,等待公主的到来,让身着便装的我感觉乘坐的不是民航。

忽然见到平日里只穿泰丝套裙的公主，居然也是一身戎装。看我愣在那里，公主的朋友都善意地笑了：第一次见吧，还不赶快拍照。相信那一天的急行军旅行，会令所有的军官学生终生难忘，他们紧紧地跟在公主身后，认真地上了一堂生动的历史课。

公主与军校学生在广州

公主参观的地方不仅有高堂大厦，还有胡同里不起眼的小书店，比如三里屯那个"书虫"书店。满架的英文书和一边喝咖啡一边翻书的青年人，让整个书店挤满青春的气息。一位居住在北京不想回美国的大胡子作家，是书店老板的朋友，送给公主一本自己的书。公主回到曼谷很快就读完了，还给我讲述了书中有意思的故事：这位大胡子作家喜欢待在中国，交了很多中国朋友。其中一位中国朋友出差很多，从世界各地买回礼品带给家人。可是他儿子总是抱怨说：爸爸，您买的东西都写着中国制造啊！回国再买不好吗？公主笑道：这说明中国的发展多么快啊！

在中国的旅行中会有很多有趣的故事，其中充满着发现的快乐。

公主在自己的游记里这样写道：在西安住宿的房间非常宽敞，浴室比卧室大两倍，从浴室出来，有衣橱，柜门与房门一样大，我几次打开柜门走进橱柜里去……在参观兵马俑的时候，看到一队士兵的头发打成发髻，不戴帽子，军官士兵都是以布条把头发束在脑后。随行的泰国朋友跟公主开玩笑说：如果是秃头的人可怎么当兵呢？公主还记载过在四川农村看到的有趣一幕：大雨天，车队行进的路边，有一头穿着雨衣的猪，而赶猪的人却自己在一旁淋雨。

有时候我告诉公主计划去哪里旅行，公主都非常赞成。她说，应该多出去走走看看。由于我想去的地方公主都已经去过，于是她热情地给我介绍那些地方的风土人情，应该看些什么有意思的东西。比如有一次我想和同事一起去印尼的巴厘岛。公主说，这是个很有意思的岛屿，印尼大多信仰伊斯兰教，而这个岛上却保存着很多印度教的寺庙，文化非常独特。那里有非常传统的石刻和绘画作品，舞蹈也很有特点，跳的时候把眼睛鼓起来，睁那么大。公主可能觉得语言说起来不够形象，于是一边说一边学着当地舞蹈夸张的样子，手掌张开，眼睛睁大，简直唯妙唯肖。见多识广的公主真的就是一本百科全书。

公主非常珍视各地访问的见闻和那些有趣的经历。对于旅行的意义，公主在《踏访龙的国土》一书中这样写道："我认为能到国内和国外广大的世界去旅游，是给予我们研究自然和社会变化的好机会。虽然人的寿命比起山岭、海洋、江河这些自然界的生命来说非常短促，但我们将利用这仅有的时间作为代价来学习、体验人生，为我们所居住的国家社会服务。能离开出生的乡土到别处去，是一种好事，可以观察他人如何为他们的国家民族做贡献。尤其以国宾身份参加更加难得，因为东道主肯定尽量为我们展现他们认为最好的事物，使我们有机会观赏、考察这个国家的现代社会思想与价值观，并为我们提供有益的启迪。"

公主的本子

见过诗琳通公主的人都了解,外出参观访问,公主的标配是这样的:脖子上挂着个小相机,手里拿着个大硬皮本子,一边听讲解,一边专注地记录。但这只是公主出现在公共场合的样子,大家不一定了解的是:接待公主使用的语言,可能是汉语、英语,也可能是法语、德语;谈论的话题,可能是文化、历史,也可能是自然、物理。

泰国九世王关心民瘼,政事繁忙。公主和其他王室子女一样,要帮助父亲处理国事,为国王分忧。尽管公主资助出国留学的泰国学生不计其数,但她自己却分身无术,没有时间出国深造。公主的语言天赋极高,当然也希望和泰国其他年轻人一样,有机会到外面的世界看一看,学习自己喜欢的东西。在中国政府的邀请下,诗琳通公主作为奖学金获得者,来到北京。

一个月的进修时间并不长,公主非常珍惜。在北京大学学习期间,公主特别勤奋努力,仅仅一个月,就用完了八支圆珠笔、三个大笔记本。无论多忙多累,完成作业和写日记都是公主每天雷打不动的功课,后来这些留学日记出版成书,书名是《我的留学生活》。

公主在书里这样记述自己的生活：

2001年2月19日星期一，早晨又学习了两种太极拳招式，一种叫"白鹤亮翅"，还有一式的名字记不住了（实际上有介绍练太极拳的书）。

张英老师用了一个半小时授课。她教的是关于教育与就业。王老师接着又上了一个半小时，是关于拜会李岚清副总理的会话课。

2001年2月22日星期四，今天学第二课2.2段中文，有作业。……今天还不能去第四中学（四中），因为奥林匹克委员会要到该校区考察，那儿有很好的运动场和游泳池。……入选标准要从多方面考虑，还要采访北京人的想法。今天北京的运气不好，奥林匹克委员会来北京考察时，北京的天气不好。自从我到北京，这里天气一直很好，就今天不好。

2001年3月9日星期五，昨晚写的作文，今早起打开一看，真是一塌糊涂（写的时候已经困了）。昂来把电脑弄好了，重新写作文可是还没写完……

有一次我问公主，您写日记写了那么多年，日记本得有几百本了吧？公主想了想说，可能有上千本，放满了一屋子！公主的很多著作就是根据自己的旅行日记整理出来的。公主在书中的叙述朴实而生动，笔下有不少旅行中遇到的有趣的人和事，为泰国人民打开了一扇了解中国的窗。为了记述准确，回国之后，公主还根据日记查找资料、翻阅史书，追本溯源，让读者在阅读时仿佛身临其境，既开阔了眼界又增长了知识。

我多次陪伴公主外出参加中泰两国的活动，印象最深的就是公主那形影不离的笔记本，还有公主那让人惊叹的记笔记速度。有一次访华期间，我们在北京一所科研中心听关于遥感卫星的英文报告，那些专业术语听得我一头雾水，抬眼望去，却见公主和同行的科学家在刷刷地做笔记。公主不仅做了好几页笔记，还结合泰国的实际情况提出了相关的问题，用英文和中国科学家一起探讨。还有一次我跟随公主的团队去土耳其的伊斯坦布尔博物馆，那次参观并没有清馆，参观者众多。熙熙攘攘的人群，嘈杂的声音，时不时还有粉丝请求合影，但这些丝毫没有影响公主的专注。她一边听讲解员用带着阿拉伯味道的英文讲解历史，一边抓紧记录，我刚刚记下几行，公主已经记下一大篇了。

上中文课的时候，公主也是一样的认真。有一次上课前给公主准备了成语练习，把所学的成语列出来，然后给出一个句子，请公主把这些成语填入句子中恰当的位置。公主非常认真，这些列出的成语其实都已经打印好，在句子中插入ABCD即可，可她还是工工整整地抄写在本子上，还加上汉语拼音和泰文解释。可以看出，公主掌握了很好的学习方法。刚学外语的人，很多都不敢当众用外语说话，可是公主说：我敢！如果不敢说，别人怎么知道我错在哪里。公主不仅敢于开口说汉语，还能活学活用，举一反三，用汉语词语的巧妙组合开别人的玩笑。比如老师说酷爱喝酒的可以叫"酒鬼"，喜欢抽烟的是"烟鬼"，公主的一位大学同学酷爱喝咖啡，公主就笑她是"咖啡鬼"。那位同学非常开心地对大家宣布，我是"咖啡鬼"。

在课堂上公主的本子用得很快，记得也很多。这些本子，有的是朋友赠送的，有的本子上面还有朋友编织的漂亮的封皮，和公主一起欣赏这些本子也是愉快的回忆。公主外出旅行回来，也喜欢送我笔记本或者书签当纪念。每年年初，公主都会送我一个大记事本，上面有时间和空白页，可以记录每天的事情。新的一年刚过没多久，看到公主的大本子上已经密密麻麻地写着很多活动计划，有些计划已经安排到了年底。

如果我们要在非常遥远的一个日子里增加一项活动，公主就会拿出大本子，翻开那一页，上面会有全天的工作安排，非常紧凑。公主在那些挤挤挨挨的小字中费力寻找，如果能寻到一个空当，就把新的活动安排进去。很多时候，塞进一项微小的活动都非常不容易，因为每一天，公主的时间都排得满满当当的，几乎没有什么空余。

有一种文字记录叫 scrapbooking——中文可以称作手账，公主非常喜欢。照片、车票、景点门票、地图、明信片，这些五花八门的东西都可以组合粘贴，还可以在空白处写下心得体会，成为一个完整的旅行记录，很能体现作者的独具匠心。公主说，到 2018 年她就已经参观访问了一百个国家了。这不是世俗意义上的一场说走就走的旅行，旅行对公主来说，绝不是到一个有异国情调的地方走走看看就算了的事情，在行走中，处处体现了一颗关怀社稷民生的心。

对于公主这样一位到过世界上大大小小很多国家的杰出旅行家，风光灵秀、鬼斧神工固然是大自然的恩赐，而真正触动她的是那些在历史中融入了人类智慧的巧夺天工。比如云冈石窟、敦煌莫高窟，比如解决了冻土问题并且给动物迁徙预留了通道的青藏铁路，这些成就都让公主惊叹，欣喜，并认真记录在自己的游记中。

公主是一个热爱写作的人，《袋鼠之乡游记》《新加坡游踪》《印度记行》《云雾中的雪花》等都是公主的访问游记。有一次面对中国的记者，公主说：我非常喜欢写作，问题是缺少时间。因为我在工作之余还要写一些别的东西，比如要编写备课的教材，给学生找资料。到每个地方参观我都会详细记录，回去以后再补充整理，个人记录和给公众看的书不一样，后者需要考虑到读者的感受。每出一本书之前，查证我记录的资料准确性是一件困难和费时的工作。我以前做事从不拖延，但是现在情况正如泰国成语所说，越积越多，无处下手。

我真心希望公主将来如果有时间，能把她的记录越写越丰富，精彩的故事，永远流传。

公主在做笔记

书店里摆放着公主的著作

我老师姓俞，可是她属猪

连我自己都忘了什么时候告诉公主我属猪这事儿了，反正公主不经意间就记住了。公主身边的朋友都说公主的记忆力超好，我也深有同感，聊天的时候，公主可以对很久以前的一个人或者一件事娓娓道来。小学老师的生日，一个朋友孩子的爱好，王宫学校一件有趣的陈年旧事，公主的心里都清清楚楚。正如我属猪这件事，总会有一些惊喜突然出现在眼前。

周末上课的时候，桌上出现了一块粉色的棉布，上面的图案是一群憨态可掬的猪。公主说，我去华欣（离曼谷不远的海滨小镇）参观纺织厂，特意给你带回来的，正好你属猪。这是我第一次知道公主记住了我的属相。我猜想公主应该希望我拿这块布做件小猪衬衫吧。因为公主童心未泯，喜欢把小动物穿在身上，而且很多小动物是她亲手画的，非常可爱。上一次来上课的时候，公主的套裙上飞的是羽毛鲜艳的小鸟，这次上课，衣服上欢跑着沙芭通宫的小狗，下一次衣服上的图案又会是什么呢？是公主喜欢的智慧象征猫头鹰，还是公主亲手画的顽皮的猴子？

公主擅长画画，尤其是卡通画。根据中国的十二生肖，公主每年都画一种生肖图案，配上可爱的文字，在农历春节的时候推向市场，非常受欢迎。在泰国很多人快到春节的时候，最开心的事情就是等着公主的设计上市，每年这些产品都会很快脱销。尤其是春节活动中人人要穿的红色T恤，上面印着公主画的生肖图案，"三阳开泰"的小羊，"马到成功"的马，尾巴吊在树枝上吃着香蕉的小猴子，大家都排着队争相购买。公主有自己的"普发"（泰文发音）专卖店，专门售卖这些创意产品。俏皮可爱的卡通画印在杯子上、T恤衫上、铅笔袋上，让人爱不释手，售卖这些纪念品的款项都会用于公主的基金会。

有一次看到公主的套装上不再是可爱的小宠物，而是许多威猛的恐龙。我还没开口，公主好像看出了我的疑问，笑呵呵地解释说：我和一些同年龄的朋友都喜欢说自己是恐龙队的，而且每人做了一身恐龙图案的衣服，一起参加活动的时候穿上，自称恐龙。意思是我们比较古老，而且恐龙也很厉害呢！对不对？我想能和公主玩到一起的也都是"老小孩"吧，真是童心未泯啊！

有一年陪同公主赴烟台访问，烟台的海边有一处风景秀丽的小山，行程中要参观的那位有名的剪纸艺人的工作室，就坐落在这个小山上。随行的当地记者很多，我们一行人一进去几乎把工作室占满了。工作室里陈列着不少剪纸作品，也早早准备好了剪纸工具，准备请公主体验一下中国的剪纸艺术。

我们退到一边，公主跟剪纸大师肩并肩坐在小板凳上。在众多记者的包围下，公主神情专注，仿佛周围咔嚓作响的闪光灯都不存在，一

公主在烟台学剪纸

板一眼地和艺人一起剪一幅作品。初春的季节，周遭还泛着一股寒意。我抬眼望去，夕阳透过窗子，那一抹暖红色正好落在公主的头发上。发丝闪亮，映着手里的红色剪纸，定格成一幅唯美温馨的画面……

作品剪完，快要离开的时候，公主挑了几幅漂亮的剪纸准备带回泰国。因为知道公主属羊，那位剪纸艺人特意拿给公主一幅剪好的羊作品。公主意犹未尽，又饶有兴致地看了看陈列成一排的其他作品，突然问："有猪吗？"艺人以为公主喜欢猪，赶快从展柜上拿下一只漂亮的丰收猪的剪纸。公主脸上露出满意的笑容，让秘书准备掏钱付账。这位山东的剪纸大师赶快拦住，直爽地说："这些都送给公主了，不要钱。"公主开心地拿着丰收猪剪纸转身对我说：这个送给你。然后用中文郑重向大家介绍：这是我的汉语老师，她属猪，可是她姓俞（谐音"鱼"）。周围听得懂中文的人，都被公主的幽默逗得哈哈笑起来。众目睽睽下，接过公主手里红彤彤的剪纸猪，我深深感受到了公主的一份厚重的关爱。从此以后公主向别人介绍我的时候，经典介绍语就成了：这是我的中文老师，她姓俞可是她属猪。

公主赠送的剪纸猪

同样的联想还有一次发生在北京，公主因为翻译了中国作家协会主席铁凝的小说《永远有多远》，到访北京时特意安排与作者会面。这部小说描写了一个没心没肺、善良、豁达、不记仇的北京姑娘的爱情生活，展开了北京胡同平民生活的画卷。见面时，铁凝女士拿出为公主精心准备的见面礼，一位大师设计的紫砂壶，壶身上有吉祥鱼的图案。公主看见鱼，眼睛一亮，转身对站在旁边相陪的我开玩笑说：哈哈这就是你啊！我俩心领神会地笑起来。铁凝和身边的陪同人员都愣在那里，公主赶忙抛出她的经典介绍语解释，大家才弄明白是怎么回事，也都笑起来，弄得我都不好意思了。作协的朋友不仅领教了公主的好学，也领教了她的幽默气质。第二年，恰逢公主六十寿诞，铁凝老师用充满感情的文笔，深情回忆了这次短暂而有意义的会面，文章中还特意提到了这一段小插曲。

公主六十岁生日的这一年，身体时常有些不适，不知哪位高人告诉她，应该多跟猪在一起才能安稳度过本命年。于是公主的本子上、书上都贴了猪的卡通画。有一次上课我看到这样的本子感到奇怪，向公主询问才知道原来是这么回事。我笑着说，难道您忘了我属猪吗，咱们每星期都可以见面呢！

据说泰国南部把属猪的人也说成是属大象的，不知道是不是因为泰南穆斯林比较多的原因。无独有偶，马未都先生在《醉文明》这本书里，提到一个清朝晚期的鼻烟壶，上面画了12种动物，貌似十二生肖，但仔细看上面没有猪，取而代之的是一头大象。马先生说，大象把鼻子去了就是一头猪。看来猪和大象之间还真是有很深的渊源。

春节是中国人传统意义上团圆喜庆的日子，这个时候应该是父母家人围坐在一起吃大餐，过大年。虽然远离北京，在曼谷的唐人街，我却体会到了更加浓厚的年味。公主非常体贴地邀请我和一些会中文的朋友一起去唐人街礼佛，看花灯，共同度过这个隆重的节日。除了节日，中方领导人来访，公主也会邀请中文教师作陪，一起品尝宫内厨师的美味佳肴。和公主共进午餐是非常令人期待的，沙芭通宫的厨师总能带给人惊喜，制造味蕾的狂欢。

有一次，因为宫里召唤得比较晚，让我准备得有些仓促，其实也没有什么大不了的。我很开心地去赴宴了，没想到公主在宴会开始前，特意走过来，郑重地说了声"对不起"，让人心内五味杂陈，感动莫名，这大概就是传说中的王者风范吧。

公主对老师非常关照。有一次我上火很厉害，嘴巴起泡。上课的时候公主看到，说自己前一阵子也上火，用了一些清凉的中药就好了。说着请护士把自己没开封的药找来，吃的药片，喷的药水都有，连稀释药水的量杯都体贴地让我带上。这些药不仅医好了我的上火之症，还让我的内心无比清凉。

有一年我生了场小病，在北京治疗了一段时间，好几个星期没有去给公主上课。有一天忽然收到一个信息，在任上对我关照有加的董参赞回京了，发信息说：吴公参托我把公主的慰问卡带回来啦！我又惊又喜，拿到卡片后迫不及待地打开，卡片上是一个医生和一个病人的可爱卡通画，这肯定是公主的风格。看着卡片上公主的亲笔签名，身在北京的我一下子感受到了远方的浓浓情谊："俞老师：It's horrible feeling poorly, take it easy and get some rest. And hopefully you'll soon be feeling at your very very best！JUST FOR YOU. 诗琳通"。无数个与公主相处的动人瞬间涌现在眼前，这份情谊带来的温暖一定会长长久久。

公主所赐祝福卡片

公主和她的老师们

寸土寸金的三里屯，有一所特殊的学校，说它特殊，是因为这所学校的前后左右，都是武警站岗的各国使馆和驻华机构。这片使馆区有北京三环内最茂盛的一片浓荫，春有桃李芬芳，夏有杨柳荷塘，集中着北京四九城的不少老外。漫步在小街上，各国的餐馆云集，酒吧林立，不经意间就会与各国的国旗偶遇，仿佛置身于一个小小的联合国。我们的学校——北京外交人员语言文化中心，就坐落在这片绿色的核心区域。

北京外交人员语言文化中心

这是一栋不小心可能会错过的四层小楼，藏在满墙的爬山虎后面。那个年代，居住在北京的外国人还凤毛麟角，在周总理的亲切关怀下，这里开天下之先，悄悄开始了对外国人的汉语教学。学生来自驻华使馆、国际组织、外国新闻机构和跨国公司，迄今已经有包括二百八十余位驻华大使在内的，一万八千

> 友谊之桥
> 诗琳通
> 二〇〇二.十.十五

公主为北京外交人员语言文化中心留下墨宝

余名外交官及企业高管在这里就读。

走进教学楼的大门,就可以看到一幅挂在醒目位置的书法:"友谊之桥"。当我第一眼看到这幅字的时候,从来没觉得这幅字的书写者会和我产生什么交集。那幅字一直挂在那里,和我每天的匆匆奔波擦肩而过。后来才发现学校里的人谈论这幅字的语气里充满了自豪,才知道这幅字原来大有来历。没错,这是深受爱戴的泰国诗琳通公主留给我们学校的墨宝。记得那是2002年,领导和几位老师簇拥着公主在学校参观,恰巧走进了我的课堂,当时我正在给一位洋学生上课。公主悄悄地走进来,笑容温暖。记得我们站起身,礼貌地向公主问好,然后继续上课。当时完全不知道这位尊贵的公主从哪里来,到哪里去,这一场会面将来有什么特殊的意义。

短暂的一瞬之后,我就去法国教书,读博,回来继续教书,进修。读了很多书,做了很多工作,后来才悟到,所有的这些努力和修炼都是为了做一个更好的自己,为了能够有足够的理由靠近她。那些奔跑在诗和远方的日子,原来都是为了能够拥有更高的学识和资格站在她面前,做她的老师。

公主精通英语、法语、德语,通晓拉丁文。有朋友问她怎样才能会那么多外语?公主说,当初学外语时并不感兴趣,父母告诉她,要发展自己的国家,就需要得到外国友人的帮助，利用外语和他们交流，语言会成为无往不胜的利器。这种情况下"一个想成为成熟的人的诱惑，让我才回过头来学习外语"。1980年，公主开始学习汉语。

从1983年王晔老师进宫授业，成为北京外交人员语言文化中心第一任诗琳通公主汉语教师以来，时光荏苒，到我任职开始的2013年，已经是公主的第九任教师了。在公主的沙芭通宫，从1983年开始，进进出出了我们学校的九位教师。一任又一任教师，尽管教学风格不同，擅长的领域不同，个人兴趣和特点不同，但大家都能一边在驻泰使馆担任相应的工作，一边为公主的教学尽心尽力。公主的聪敏好学，几十年如一日的坚持不懈，加上历任老师们不间断的努力，使得公主的汉语水平到达了相当高的层次，在听说读写各方面，都是泰国人民汉语学习的楷模。

来自我们学校的每一任老师，都在为自己的职责加分，并以自己的真诚与公主结下了深厚的友谊。公主汉语的点滴进步，有我们每一位教师的辛勤付出，从最开始的汉语拼音，到现在可以无障碍阅读《红楼梦》，我们都为公主的学习成果感到自豪和喜悦。

当我终于走到公主面前时，我忽然明白学校里那幅字的真正含义了。冥冥之中，那幅字就是要指引我，去承担责任，通过教授汉语这种形式，架起中国和泰国之间的"友谊之桥"。

记得跟公主出席活动的时候，公主跟身边的人开玩笑说："你们看，我越来越老，我的老师越来越年轻。"

的确，公主的前任教师中，有七位赴泰国任教的时候年龄比公主大，和公主经历了同一个时代，她们都是德才兼备、经验丰富的前辈教师。而随着公主年龄的增长，老教师们陆续退休了，给公主作教师的责任就落到了我们中年一代身上，接过这份重担，压力山大。

幸运的是，老教师们都保持着年轻人的心，对晚辈关照有加。记得我在赴任之前，特意向王晔老师、马燕华老师等几位前辈教师请教，老师们毫无保留地告诉我教学方面需要注意的问题。前辈的鼓励是最贴心的，每当遇到困难的时候，那些温暖的话语都能让我鼓起勇气。

各位教师都知道，诗琳通公主对自己的学习要求严格，从来没有因为私事缺过课，即使出国访问回到泰国的时间是周五的夜里，或者周六的凌晨，也都会坚持上课，从不缺席。公主如此，老师们也都自觉地严格要求，尽量少请假。尽管使馆常常组织周末的活动，很多长假期也都连着周末，老师们都会妥当安排时间，把周六的上午留给公主。星期六，是公主的专属汉语时间。

公主仁慈宽厚，对老师礼遇有加。上课的时候会请老师品尝水果，下课后也会让老师带些泰国的美食，与家人朋友分享。沙芭通宫如果组织有意思的活动，也不忘记邀请老师一起参加。这段美好的时光，相信都成为九位老师生命中最值得回味的珍贵记忆。

诗琳通公主每年四月春暖花开的时候，有一个固定的活动，就是带队出访中国。每年这个时候，公主都会邀请现任教师和自己的队伍同行，公主的这份体贴和关爱相信每位老师都感同身受。有时候，公主还会到老师的家乡去做客，好几位老师都很荣幸地在自己的家里接待过尊贵的公主。有的老师陪公主爬过黄山，有的老师陪公主坐火车到了拉萨，还有的老师得到了公主唯一一张入场券，陪同公主亲临了2008年北京奥运会开幕式的现场！

记得有一年公主屈尊来到我的小区，打前站的大使馆工作人员，并没有劳烦社区增加特殊的安排。公主驾临，整个车队就那么静悄悄地驶入，几乎没有人注意到。虽然家里做了史上最严格的清扫和安排，但正如公主的朋友所说，如果要接待公主，房间怎么打扫都觉得不够，直到公主驾临的那一天才能真正停止。用什么颜色的地毯，擦手毛巾怎么放，公主的座位怎么摆放，陪同的客人如何安置，请公主品尝点什么美食……我不在北京，只能在电话里远程指手画脚，具体操作全仰赖家人，大家齐心协力，尽最大努力做到最好。

公主来了，一进门就看到一桌子北京小吃在迎候殿下。那是老爸提前预订，当天一早跑去隆福寺取来的新鲜出炉的美食，驴打滚、艾窝窝、豌豆黄……这些北京人耳熟能详的

公主给北京小吃拍照留念

小吃让远道而来的公主眼前一亮，兴致勃勃地拿起相机给这些可爱的小吃拍照。家人曾经到曼谷拜见过公主，大家都不陌生，公主特意带来一篮子水果送给老妈。我照顾公主，先生给大家泡功夫茶大红袍，老妈则跟各位贵宾摆起了龙门阵，幽默风趣地招呼大家喝茶，吃点心，把一屋子人照顾得妥妥帖帖，欢天喜地。既然到了北京，生日的惊喜当然少不了传统的老北京大寿桃，妹妹一家提前预定了老正兴的寿桃礼篮，请假赶过来献给公主，希望这些传统工艺精心制作的老北京面点，带给公主福寿绵长。

喝着功夫茶大红袍，吃着北京小吃，还有公主在泰国念叨很久的松仁小肚，大家其乐融融。公主像在家里一样，自在开心，跟一大桌子人讲着笑话，笑声朗朗，逗得守在门口的美女保镖都笑起来。

然后公主参观我的书房，公主最喜欢书，看得很仔细。忽然看到我的几本

希腊语书,问:你为什么还学希腊语呢?我说每次去别的国家旅行的时候,就学几句那个国家的语言,这样旅行途中可以拉近人与人之间的距离。尤其是当老师,学生来自不同的国家,了解的语言越多,越容易进行比较教学。公主点点头,就这个话题和

公主给作者的小外甥高高发礼物

随行的朋友聊起来,还夸我的家非常温馨。美好的时光总是过得很快,大家都没有注意到规定的停留时间已经匆匆而过了。

每年公主来京的时刻,也是泰国驻华大使馆的良辰吉日。馆里会像过年一样张灯结彩,隆重布置,铺满紫色兰花的大宴会桌上,泰国大使会精心准备一席盛大的泰餐宴会。这个宴会邀请来的嘉宾都是很亲近的"自家人",有历届前任中国驻泰大使,还有前任汉语教师。公主每年访华带来的沉甸甸的行李里面,都会装着一份神秘礼物,并亲手送给在座的每一位老师和前任大使。礼尚往来,各位前任教师也会施展各自的想象,精心准备献给公主的生日礼物,排着队,一个一个走到公主面前,展示自己的礼物,期待公主的惊喜。公主兴致盎然地一件一件地看过去,开心地接受大家的祝福。

因为公主属羊,有一次我从网上购得了一只超大的绵羊玩具当生日礼物,那白色的卷曲的羊毛据说是用真的羊毛做的。公主非常开心,因为她收集了很多种不同的羊,在她的屋子里大大小小地陈列着,我想这只大绵羊应该会加入到公主的羊群里吧,公主说以后一定要办一场羊的展览。看着温暖的"纯羊

前任公主老师马燕华给公主演示倒流壶

泰王国驻华大使官邸的宴请

毛",公主忽然想起,以前有个朋友送她一只熊猫玩具,据说是狗毛做的。

大家欢聚在泰国驻华使馆,吃一顿正宗的泰餐,和公主聊聊天,共同回忆当年有意思的经历。公主看到大家,尤其是老教师们身体健康,每次都很欣慰。那时候新一任泰王国驻华大使醒乐堃先生赴华上任前,受到诗琳通公主的召见,公主特意嘱咐,一定要照顾好她的中文老师们。听到这样的话,语言中心的老师们无不为之动容。

这些感人的经历在公主六十华诞的时候,汇聚成了一本专刊。九位老师在书中深情回忆了与公主相伴的日子,用朴素的语言和珍贵的照片串起了在泰国公主身边的点点滴滴。与公主相聚的那一天,梅笑寒主任带领我们这几位公主的老师,把精心编辑的这本书敬献给公主,为公主的生日庆祝活动增添了温馨华彩的一笔。

老师们在泰王国大使馆给公主送书

2016年10月13日,泰国人民最挚爱的父亲——普密蓬国王逝世。噩耗传来,中心的各位老师难以掩饰心中的悲痛,为泰国人民悲痛,更是为公主失去了父亲而难过,大家都想为公主做点儿什么,表达心中的挂念和慰问。正巧我当时在北京休假,几位老师一商量,决定在北京的老师每人手写一封信,向公

公主拆阅中心老师们的慰问信

老师们对公主的情意

主表达哀悼与慰问。从信封颜色、信纸式样的选择，到信中一字一句的斟酌，老师们都花了不少心思，字里行间都饱含着对公主及泰国王室的情谊。这些公主的前任老师有的已经八十多岁，公主的第三任教师李田夫老师因为身患疾病，手抖不止，仍坚持自己执笔。我返回泰国前，还特意打电话叮嘱我，要向公主转达一份歉意。

看到我带回来的老师们书写的一沓信，公主非常高兴，赶快拆开信件，一封一封朗读，有不知道的词就马上学习。老师们真挚的话语，熟悉的字迹让公主倍感亲切。每拆开一封，公主都要念着老师的名字，念完名字，相信老师的音容笑貌就已经浮现在公主面前了。

老师们各有文采，信中都表达了对公主的慰问和惦念，希望公主能保重自己，健康平安，继续每年到中国的旅行。公主一边读信，一边询问老师们的近况，殷殷之情，溢于言表。我征得公主同意后，拍了一张公主阅读信件的照片，照片上公主正笑吟吟地看着这些信。我懂得前辈们的惦念，下课回家后不敢怠慢，连忙把这张照片发到公主老师的微信群里。

老师们见到公主安然无恙都深感欣慰。驻泰期间，我们这些老师是和公主距离最近的人，每位老师都演绎着自己和敬爱的公主独一无二的故事。相信有各位老师心灵的陪伴，公主会更有力量度过这段特殊的日子。

语言是一座桥

曾经听到过这么一个故事：公主还很年轻的时候有一次出访朝鲜，在与朝鲜领导人金日成会谈的时候，翻译不巧正患严重感冒，不停地咳嗽，尽管他尽量抑制，中间还是有一次起身到室外去咳嗽。这个时候公主和金日成只能面面相觑，依靠简单的肢体语言和目光进行交流。正当两人手足无措的时候，不知道谁一不小心说出了一句汉语，另一位马上用汉语做了回答。当两人发现双方可以用汉语交流的时候很是喜出望外，不约而同哈哈大笑起来。等翻译匆忙返回的时候，发现两人正愉快地用中文进行交谈，这回轮到翻译愣在那里了。

与公主上课时学到白居易的《长恨歌》，公主说一直非常喜欢《长恨歌》，因为这首诗，她还和一位香港总督成了很好的朋友。因为《长恨歌》？注意到我探寻的神情，公主就给我讲起来：有一次去香港访问，接待人员询问要见一下香港总督吗？公主觉得见不见都可以，后来就见了。没想到这位总督也是很有文化造诣，热爱中国文化的人，公主谈到喜欢《长恨歌》，总督说我也很喜欢啊！于是因为白居易的《长恨歌》，两个人成了很好的朋友。总督卸任后，两人还经常远隔万里互致问候。公主后来去英国访问，还是当年的香港总督，那位英国勋爵老朋友陪同。没想到中国一千年前的一首诗歌，成了两位异域友人的文化使者。

公主去其他国家访问旅行的时候，有时候会碰到一些导游，或者接待的人，如果他们会说中文，一下子就拉近了彼此的距离，让旅行变得生动有趣起来。有一次公主从意大利米兰的世界博览会回来，兴致勃勃地告诉我，这次在博览会上参观了中国馆，负责讲解的意大利小伙子居然可以熟练地使用中文！那位年轻的意大利导游看到公主懂中文也非常高兴，于是两位外国人用中文，在遥远的意大利开启了中国文化之旅，探讨的居然是哈尼族的文化！

说汉语的中国人如果学泰语，在逻辑对应上相对比较容易，相信泰国人学汉语，应该有同感。泰文虽然属于拼音文字，却和汉语有相似的"组合"特性。词汇都是由单字的意思组合而成，很容易扩展。泰文和中文的语法也比较相近，除了修饰语在后有所不同之外，句子的层层递进结构与汉语很相似，这在一定程度上也体现了思维方式上的相似性，尤其是在习惯用语的使用上。

比如学习作家迟子建的小说《白银那》，写到村民骂乡长的时候说："你这个蔫茄子。"翻译的时候公主说，这在泰文里也有相似的表达。比如一个政府里的人很老，政策也很软，大家就说他们像"烤茄子"。这和蔫茄子真的很像，茄子一烤不就蔫软了吗？如果说一个政府用的都是老脑筋的人，泰文就称之为"老姜政府"，这个词看来也和中国的用法一样，我们常说生姜还是老的辣嘛！

已经进入雨季，正上课，外面雷声起。公主说，泰国人决定什么事常常会发誓，发誓说的话如果没做到天就会打雷。我回应说，这个和中国也是一样的，我们许愿的时候也会说，如果做不到就天打雷劈。还有学到《红楼梦》，刘姥姥到贾府求助于王熙凤，她说的一句话非常形象：您拔根毫毛都比我们腰粗。公主理解得很顺畅，因为泰文里面也有类似的表达。

为了更好地比较中文和泰文的习惯用语，下课后我找来泰文成语书，发现泰文里的很多成语表达非常形象，而且和泰国的生活习惯、文化特征相关。比如有很多关于大象的成语："象前腿，象后腿"，意思是夫唱妇随；"杀大象取象牙"，意思是杀鸡取卵；"骑着大象追蚱蜢"，意思是兴师动众；"大象死了拿荷叶盖住"，意思是欲盖弥彰。还有很多是关于佛教的，比如"在佛背面贴金"，意为做好事不留名。另外还有一些泰国成语也非常有意思：中文如果要说"才出虎穴又入狼窝"，泰文说"逃离了老虎又碰到鳄鱼"。若要表达"马马虎虎"的意思，泰文用的是另外两种动物："蛇蛇鱼鱼"。这一定程度上反映出，泰国水域辽阔，成语里更多的是水里的动物，有鳄鱼，有鱼，还有很常见的蛇。

另外一些成语里用的是当地的植物："吃槟榔肚子发热"，意思是做贼心虚。泰餐里有一种甜品叫"香蕉尼姑"，是香蕉放在椰汁里做成的。如果不了解泰国的佛教文化，就不太容易理解为啥叫这样的名字，因为在泰国，尼姑一般穿白色的衣服……

泰文的声调有五声，对于习惯四声的中文学习者来说并不太困难，不过也可能闹出笑话。有一次我称呼会中文的泰国朋友"马老师"，公主身边的秘书姑娘用中文开玩笑说："哈哈，俞老师您为什么说'狗老师'呢？""啊？什么情况？"中文系毕业的秘书姑娘慢悠悠地给我解释：因为汉语的规律是两个三声并列，前面一个就要变成二声对不对？那么叫"马老师"，实际的发音是"麻老师"。而"麻"的发音在泰文里是"狗"的意思啊。哦！原来如此。我接着问：那么"马"的发音在泰文里什么意思呢？她回答说：是"妈妈"的意思啊！好吧，我完全被搞晕了。

相对于口语，泰文的书写更加不容易，字母是由圆圈和曲线组成，写起来跟画花边似的。加上是无标点语言，整篇书写不着一个标点，只是词与词之间有空格，看起来简直是眼花缭乱。感觉泰文字母很圆融，有如泰国人的性格，柔软、宽容，凡事好商量。而汉字书写起来则是横平竖直，每个拐弯处都是折线，一副直来直去、刚直不阿的样子。真是非常互补的两种书写形式。

据我所知，公主有两任中文老师都讲法语，一任是王晔老师，一任就是我。公主喜欢讲法语，上课的时候碰到汉语不容易理解的词我们就用法语沟通。说到公主和法语的渊源还有一个故事：公主说曾经有一家法国电视台采访她关于革命的话题，公主用法语巧妙地回答，不仅回避了敏感话题，而且推介了泰国的音乐、舞蹈、美食等，成了泰国的宣传片，非常成功。可是国王看过片子，却对公主说，看得出法语表达还有很多问题。公主那时候跟着父亲治理国家，从来没有出国留学的机会，面对严格要求的父亲，灵机一动说，那好吧，我去法国进修三个月怎么样？父亲想想说，不行，三个星期还可以。于是公主踏上了去巴黎访学的旅程，住在一位法国房东家里，放学回家就和房东练习口语。虽然留学时间短暂，公主不但精进了语言，而且还顺便学习了做法国菜，真是收获满满。

公主曾经送我一本她早年出版的法文诗，文字优美，情感真挚。有一次公主说到她的法文老师上课的情形，那位老师给公主讲解法国象征派诗人波德莱尔 Baudelaire 的一首诗，非常浪漫。公主记得大意是在美丽的季节，人死去，掩埋在泥土中，有虫子来吃……公主听到这样的句子忍不住大笑，法国老师觉得奇怪，就问她读诗笑什么？公主说，哈哈，死了被虫子吃，我们死了就不会，因为我们是烧尸体的。没想到小孩子的一句话，令法国老师有所感悟，可能她也觉得被虫子吃掉并不是什么浪漫的事。后来她立下遗嘱，百年之后不按照传统的做法入土埋葬，而是烧掉尸体，而且全家都像她那样做了。公主一直记得这件小时候的轶事，因为她的哈哈一笑，改变了法国老师的传统观念。

三位法语使用者在华东师大

公主访问华东师大

跟公主说起我的法国博士导师白乐桑，和公主一样是一位"中国通"，曾经两人在同一年，得到中国教育部颁发的"中国友谊奖"。这真是很神奇的缘分。白教授写过一本书描述自己在北大的留学生活，而公主也曾经短期在北大留学，说起来导师和公主还是校友。虽然远隔千山万水，因同为中国文化的传播使者而心意相通，希望将来有见面的机会吧。

有些人的相遇，好像是上天注定的缘分。有一年公主接受邀请到访华东师范大学，没想到在校方的接待领导里，遇到了我的博士答辩老师吴勇毅教授。当年导师白乐桑专程邀请他去法国，作为答辩委员会里唯一的中方教授，参加了我的博士论文答辩。

美丽的塞纳河边，坐落着历史悠久的巴黎国立东方语言文化学院，在那个充满中世纪风情的答辩大厅里，吴教授的鼓励，让我在刀光剑影的答辩会上从容面对，舌战群儒。往事如烟，没想到能有机会在上海再次相遇。公主了解到我们的这段师生缘分后，非常开心遇到了老师的老师，于是参观过程中直接改用法语交流，泰语翻译暂时休息了。会见结束后，公主还不忘特意叫上吴教授和我，三位法语使用者一起留下珍贵的合影，纪念这一次的偶然相遇。

语言，的确是一座桥。

忙得忘了呼吸

不是去工作，就是在去工作的路上，这句话已经不足以形容公主的忙碌，因为公主在去工作的路上也停不下手里的工作。

因为行程安排的关系，公主到国外出访常常坐红眼航班，这样到达目的地的时间正好是第二天早上，稍事休息后马上就可以开始访问行程，不必浪费时间。公主登机之后的第一件事就是掏出包里的一本书，一般是很厚的一本，放在自己座位旁边，然后才落座和同行的人交谈。

因为是夜里的航班，上飞机后，大家都已经困得睁不开眼睛，各自放平了座椅靠背，盖上毯子睡下。我睡到中途，想去洗手间，蹑手蹑脚走到前面，忽然发现，公主的座位上亮着阅读灯，在整个随访团都已经安然入睡的凌晨，公主竟然在灯光下读书！在机舱的一片黑暗中，公主被橘黄色的阅读灯笼罩着，面容祥和，神情专注，那本厚厚的书已经读了不少了。我从洗手间回来，一边倒下继续睡，一边惭愧地感慨，我怎么这么困呢！

不只在飞机上，在火车上也是如此。《诗琳通公主天路行》这本书提到，公主有一次坐着火车去拉萨，青藏线一路风光迤逦。公主和中文老师在车厢里摊开书本，学习有关青藏高原的介绍，公主一字一句，神情专注地和老师进行讨论，兴之所至，还和大家一起唱起《在那遥远的地方》。公主很喜欢中国民歌，她觉得学习中国歌曲也是学习中文的重要途径。

每次到中国，公主都会安排出时间去书店，采购一些新出版的中文和英文书籍，充实王宫的图书馆。王府井书店、外文书店、外研社书店等都留下过公主的足迹。公主进了书店就如同迈进了宝库一样舍不得离开。忘不了公主看到一架架图书时兴奋愉悦的眼神，那是一种发自内心的热爱，感觉那些书籍也仿佛与公主有着什么心灵感应似的，整个书屋的气氛都因为公主的到来欢快起来。

看到一本新出版的书禁不住翻上一翻，看到感兴趣的题材，赶快抱在手里，就像怕被别人抢走一样。公主的秘书紧跟在公主身边，接过公主决定买下的书，或厚重，或艰涩难懂，或图文并茂，每次都要礼宾官员反复提醒时间到了，公主才恋恋不舍地结束购书之旅。不仅在中国，在其他国家也是一样的情形。这些异国土地上的精神成果，都会被妥善地安放在公主居所的书架上，或王宫中的图书馆里，成为这位远方学者的收藏。我真为这些书籍庆幸，带着文化的馨香来到异国他乡，传递给热爱阅读的人，如果它们有生命，应该是快乐无比的。公主的新图书馆正在筹建，公主说，希望她收集到的好书能够和更多的人分享。

访问参观时，经常会碰到一些不明白的词汇、不了解的事情，

吉拉达王宫图书馆

我们可能并没有放在心上，听了就过去了，而公主一定要求甚解，不把问题研究清楚绝不罢休。我体会最深的一次是在访问吉尔吉斯的时候。在一座偏僻小城的博物馆里，导游提到一位西方探险家，曾经在吉尔吉斯各地旅行，并写下记载风土人情的旅行日志。公主当时并不了解这个人，只是认真地记下他的名字。那天我们长途往返，很晚才回到驻地。

第二天早上，到了团队约定吃早餐的时间，山边刚露出一抹晨曦，远处的山顶薄雾弥漫。我们睡眼惺忪地走在小路上，忽然发现公主房间的玻璃窗透出明亮的灯光，透衬着公主伏案工作的背影。不知道这灯光是从什么时候亮起的，也不知道公主伏案工作了多久。我们悄悄地走过，到早餐厅等候。不知过了多久，公主笑吟吟地走过来，看到我兴奋地用中文说：我找到那个作家的事迹了，还查到有关他的历史。公主的这份执着，让在场的每个人都特别感动。要知道，前一天晚上，公主和我们一样，经过了七个小时凹凸不平的颠簸才回到驻地，那时我们累得恨不得一头倒下，连晚饭都不想吃了。

公主每天的安排非常多，而公主的守时也是出名的，甚至还会提早到达。会见的人不仅包括各国政要、作家、教育家、老朋友，有时候还会见一些普通人，做一些看起来"微不足道"的小事。

泰国人在结婚、孩子满月、过六十甲子的生日等重要时刻以得到公主的祝福为无上荣耀。只要有一点点空余时间，公主从来都不会推辞。于是在上课之

公主在旅行中

前的几分钟,我会看到公主的工作人员推着婴儿车匆匆赶来,也会在下课后看到一对靓丽的新人,捧着花束在教室门外含羞地等候。公主珍视子民爱戴的情谊,并不因为这些是很微小的事情而不屑去做,于是她满满当当的日程中,又叠加上这些琐细的内容,而泰国百姓则从公主的赐福中,得到温暖和力量。

公主管理的红十字基金会,每年都会组织义卖活动,不仅泰国的名优商品汇集于此,而且世界各国的使馆也调来别具特色的美食和特产,参加展卖。琳琅满目、价格优惠的商品,使得义卖成为一场国际大联欢,也是各个国家展现自己民族风貌的舞台,吸引了众多泰国民众。义卖的第一天,公主一定会亲临现场,走过每一个展台,兴致勃勃地欣赏各国的出产,和等候在一旁的大使夫人聊几句家常。公主自如地变换着英语和法语,走到中国的展台,又换作汉语流利地交谈。中国展台从开始的馆员参与售卖,到后来请专业的腾达公司,展台越来越大,产品也越来越丰富。

公主出行,随身携带的有两样东西必不可少,一个是笔记本,另一样就是相机。后来有了像素很高的手机,她就随时带着手机,碰到值得记录的画面,一定要捕捉下来。每年公主的出访活动很多,有时候是去泰国外府,有时候远赴国外,走到哪里拍到哪里,积累起来,公主每年都会有一本精美的摄影集问世。公主的朋友还特意给公主画了卡通漫画,漫画上的公主正拿着相机,乐呵呵地拍照。这幅卡通画后来做成了手机壳,公主很喜欢,随身带着。

卞之琳先生有一首诗这样写道:你站在桥上看风景,看风景的人在楼上看你。明月装饰了你的窗子,你装饰了别人的梦。这首《断章》我曾经拿来给公主学习,并且配了一张照片,公主看着照片笑了起来。网上下载的这张照片很有意思:公主的父亲——国王拉玛九世,身着金色的典礼盛装向楼下的人群致意,表情庄严。而在他身后的一个角落,诗琳通公主则从窗子里探出头来,好

公主来到中国义卖展台

作者参加义卖

像人群中出现了什么有意思的事情，公主正拿着相机往楼下拍照呢。这张照片好像就是为这首《断章》做得最好的注解。

公主每天的活动都要面对无数的聚光灯，她的相机也时常对准那些拍照的人，画外音可以是：你拍我，我也要拍你。

每次得到公主赠送的摄影集，我都会细细欣赏。公主细心地用泰文和英文，记录下当时拍照的时间和地点，一些有纪念意义的节日和异域的风俗，还会添加注释。说来也怪，有时候看似简单平常的景物，在公主的镜头里，却呈现出不一样的风采，看公主的摄影集，能够学到不少东西。

2015年，诗琳通公主摄影展在中国的首都博物馆开幕，一个硕大的展厅里满满地陈列了很多作品，公主趁着来北京出访的机会，亲到首博参加了开幕式。公主不顾疲累，引领着浩荡的人群，完全用中文，不要翻译，一幅作品一幅作品细细地讲来，娓娓动听地把这些照片拍照时的情景描绘了一番，人群中不时地发出阵阵笑声和惊叹声。公主的作品匠心独具，又不失幽默，大家看得津津有味，偌大的展厅走下来，公主边走边讲，兴致勃勃，连水都顾不上喝一口。

公主的摄影展里有在水中抬着佛像的盛大集会，有悬挂着几千只鸟笼的鸟儿歌咏比赛，有无边的稻田和农民，有一边理发一边睡着了的异乡孩子……印象最深的一幅是一个毛茸茸的圆圈，在画面正中非常醒目，仔细一看才看出来，原来是一只黄色的狗尾巴，卷成圆圆的形状。公主解释说这是父王宫里的狗，尾巴自在地打成卷，就给抓拍下来了。很多人会从很多角度去拍一只狗，没想到公主是从这个特殊的角度，拍出了这只小狗不容易被定格的那一面。公主说在自己的沙芭通宫里，曾经举行过最喜爱的照片投票活动，大家不约而同地，把最多的票投给了这团可爱的狗尾巴。

公主的摄影作品

公主最受欢迎的摄影作品

还有一张照片拍的是在美国一家小院的门口,门边的牌子上写着"小心!大狗凶猛",然后就看到公主的大学同学,学富五车的马教授,龇牙咧嘴地站在这块牌子旁边,两手握拳装扮出凶恶大狗的样子。我跟公主出访多次,完全能够想象出公主周围的随行人员笑弯了腰的样子,公主却能迅速地抓住这一幕,拿起相机留下了马教授的"凶相"。

另外一张照片则让在场的中泰两国参观者都看得捧腹大笑。照片中是一高一矮两位绅士,一位是泰国的外交官,另一位是中国的外交官,因为公主出访的安排和接待,这两位身高相差悬殊的工作人员有机会在一起工作。一位膀大腰圆,一位身材苗条,两个人笑容满面热情相拥,一起走进公主的镜头里,简直就是中泰一家亲的最好写照。

公主的摄影不会去刻意追求光与影的变化,堆砌复杂的技巧,而是记录眼前的一草一木、身边的人和事,却往往因为镜头后面的思考让人印象深刻,每每令人会心一笑。记得公主曾经给我讲过,很早以前,有一个中国人开了家照相馆,对来照相的人,他都要热情地问一句:你想拍得比你本人漂亮吗?那么我想说,如果你想拍得更漂亮,赶快到公主的镜头里面来吧。

2015年是公主退休的日子。公主说,退休后工作会轻松些,富余出的时间我可以专注更多别的事情。公主不仅是军官学校的教授,还是红十字基金会的领导,她关注吉拉达王宫学校的建设、科技人才的培养、儿童的健康和卫生、农业的发展……作为普通人,很难想象一个人可以担负起那么多的工作,而且每一项工作都对国计民生有着难以估量的影响。

然而退休以后,公主似乎比以前更忙了。我的一个朋友非常不解:你总说公主工作繁忙,作为一国的公主,难道不应该喝着咖啡,享受阳光海滩,不应该锦衣玉食,自由快乐地过着舒适的生活吗?朋友想象出来的,可能是童话书中的公主，穿着白纱裙，只负责貌美如花，其他什么都不用操心。而作为深受泰国百姓爱戴的公主，一定是心里装着老百姓的。公主说：有那么多的事情等着我去做，那么多人需要我，我怎么能不忙呢，有时候真是忙得忘了呼吸……

在病房里上课

在诗琳通公主身边这几年，感悟良多，最多的感受是，一位有着与生俱来的责任和使命的人，怎样对待繁杂的事务，怎样对待身边的人，又怎样严格要求自己。公主经常在工作中"忘我"，冷点儿热点儿没有关系，道路泥泞山路难行也没有关系，红眼飞机落地就开始工作更是家常便饭……

对于这些普通人都畏难的旅行，作为身份尊贵的公主，因为是自己的职责所在，时刻要想着别人的需要，而不是想着自己。到偏远的地区去访问，解决那些地区孩子的上学问题、卫生问题，甚至基本的营养问题。从那些地方回来，常常会被蚊虫叮咬，有时候会发烧，有时候还会因为当地的饮食不合适，引发肠胃方面的问题。

有一次去印度旅行，公主发着高烧，吃了很多药都不见好，却坚持按照计划去山上的一个寺庙，看望一位泰国的老法师。一路上山势险峻，幸亏坐了一种上山的轮车大家才安全往返。

不丹是建立在群山之上的国家，去那里的学校参观需要翻山越岭，我问公主是怎样上山的？公主说本来打算骑毛驴，可是有点担心不稳当，尽管当时正患着腰疼病，最后还是自己走路上去的。

有人给公主看手相，说她经常出去旅行。公主说我这两年的身体状况啊，出去旅行访问的事儿啊，全泰国人都知道！的确，公主是没有什么秘密的，公主身体如何，气色怎么样，到哪里去访问了，参加了什么活动，泰国时间每晚八点的王室新闻都会报道。不仅诗琳通公主，依照王室成员的顺序，各位王子公主的活动都会展现在泰国老百姓面前。即使是有一次公主在自己家里摔了一下，不知怎么的，网上也有消息。背疼严重的那一年，公主上台阶都很困难，穿着钢架子背心。公主依然按照原定计划到中国访问，面对好久不见的中国友人，公主依然笑容满面，跟大家有说有笑。这个时候的公主，真让人心疼。

每次赴华访问，公主都会应邀做中文演讲，因为工作太忙，常常到飞机起飞前都没有时间读熟讲稿。于是在飞机飞行的四个小时里，公主会把我叫到身边，一起朗读稿子，有不顺畅的地方，再进行最后的修改润色，一丝不苟。一天的活动之后回到酒店，稍事休息，虽然公主已经很累了，还是会叫工作人员把我请去辅导。因为知道公主的习惯，我会一直等在房间里。得到召唤来到公主的套房，有工作人员跪等在门口，房间内灯光明亮，有鲜花，有书，还有零食，格外温馨。无暇观赏，公主面前的桌子上已经摆好了中文讲稿，我们一起埋头在讲稿里，朗读中文的声音，在静悄悄的房间里回荡。

几年来我给公主上课的地方有好几处，每一处都令人难忘，有公主的沙芭通宫、吉拉达大王宫、泰航飞机上、五星酒店里，而最让人难忘的一次，竟然是在医院里！有一天上课公主聊到前任老师们，谁教她唱过中文歌，谁喜欢她园子里的芒果，谁在泰国的时间最长，都记得清清楚楚。而唯一去医院给她上过课的，公主说：那只有你了。

那次公主生病住院，我以为公主会请假不上课了，没想到秘书来电话说，周六照常上课。我没有多问，心想公主这么快就可以出院了，康复得一定非常好。那一天，我和往常一样，乘坐宫里来接我的车去上课，一路看着窗外的景色，不对呀，这条经常走的路我怎么不认识了呢？用蹩脚的泰语问司机，才知道今天不是去我熟悉的沙芭通宫，而是去一家医院，公主所在的医院。

在一家很大的医院下了车，院子里已经停放了不少车辆，还摆放了很多紫色的花篮。穿着黄色制服的王宫工作人员，正在忙碌地接待来探望公主的人，警卫也多了不少。医院里各种迹象表明，这家医院有一位VVIP入住，一些普通患者可能并不知道公主在这家医院，很惊讶这里的热闹。来给公主献花的高官没有几个能够进去，他们排队在一本厚厚的纪念簿上留言表达祝福，还在公主的画像前鞠躬，我想这可能是一种表达祝福的方式吧。公主的秘书还拿来一些公主办公室的特色卡通画，请大家挑选，贴在各自的留言后面，真是一个可爱的创意。公主生病的时候，虽然大家不能到病房探望，却可以在留言簿里写上问候的话语，或者画一张画，等公主康复了，看到大家五花八门的慰问，一定是件非常有意思的事情。

来到顶层的特殊病房，一切都是静悄悄的，这一层看来是为公主特别准备的，俨然成了临时的"行宫"。秘书带我先去一间餐厅，和一些穿白色制服的高级公务员一起用早餐，早餐和在宫里一样，有泰式粿条、米饭炒菜，还有点心、咖啡和水果，摆放的样子也和宫里一样，一丝不苟。吃完早餐，经过短暂的等候，我终于被引进公主的病房，脱掉鞋子，静悄悄地进去，公主已经在一张书桌边上等候了，后背靠在一张可以摇起来的床边。公主是一周不见就让人想念的人，又看到她熟悉的笑容分外亲切，我说您怎么不在床上靠着呢，坐着不是很累吗？她说没问题，还开玩笑说，我几乎每年都要到医院来一遭，医生都熟悉我了，这次说，公主您又来啦！

公主一边上课，一边跟我聊天。说起她的秘书负责帮着处理信件，她经常收到一些求助的信件，比如得了什么怪病需要找医生，那人写信说自己身上总是散发出臭气，别人不愿意和他一个办公室，她求公主给他另外找一个工作。公主说，我最应该做的是给他找一个医生啊。像这种求医问药，或者找资助学校的要求公主都会出手相助，还有的夫妻离婚，因为财产的问题希望公主主持公道。公主说，财产啊，遗产啊这些事情属于个人私事，我没办法管啊。大家求助的问题是各种各样的，有些事情我也解决不了，不过要尽力而为。我奇怪地问，普通的老百姓是通过什么办法找到您的呢？公主笑着说：我也不知道，信封上写诗琳通公主应该就可以了吧。原来泰国百姓找自己的公主这么容易，我开玩笑说：那下回我也试试写封信看能不能寄到。

旁边的护士一会儿来送药，一会儿来送水，公主没忘了提醒工作人员给我准备茶水。虽然生病初愈，公主依然学习认真，对不懂的问题刨根问底。我真怕累着公主，不时地询问需不需要休息，可是公主好像完全忘了自己正穿着病号服，坐在医院里，一点没有要休息的意思。病房里静悄悄的，只有我们说话的声音。忽然窗外一只鸽子转移了我们的视线，它站在窗口，向公主的病床上好奇地张望着，可能有什么神秘的力量在吸引它吧。

这次在病房里教学的经历是我的二十年教学生涯中绝无仅有的，没有学期考试，没有人监督，病体还没有完全康复，却对学习中文如此专注，我无法用语言来形容这种执着和坚持。

其实用"坚持"这个词有点牵强，曾经有朋友对我说，你练古筝能坚持下来真不错。我说这其实不是坚持，是一种享受。对于一种真正的乐趣来说，本无所谓坚持，乐在其中罢了。

自家的果园

在公主家上课时会有一个甜美的福利，让我来悄悄地告诉你，就是上课的时候，公主会给老师准备一盘子水果，师生两个可以一边上课一边品尝美食，水果赏心悦目，让学习的时间浸润了果子的芬芳。

讲课已经开始，工作人员静悄悄地给每人跪送上一个水晶果盘，盘子很精致，水果还未入口，颜色已经醉了我的眼。有时是来自中国的苹果鸭梨，有时是来自新西兰的猕猴桃，有时是来自美国的大樱桃，而更多的时候，则是来自泰国南北各个府的热带水果。不论多么寻常的水果，都不会简单地摆放在那里，而是颇有匠心地拼成漂亮的图案，大小刚好入口：苹果和梨会刻成叶子的形状，连叶脉都刻得非常清晰；哈密瓜用勺子挖成小球；火龙果会雕刻成一颗心。这些水果摆在那里，红的绿的粉的白的煞是好看，上课间隙一转身，看到盘子里的姹紫嫣红，实在养眼养心。

参加过公主宴请的人都会记忆犹新，宴席快要结束的时候，每位面前都会上来一盘迷你果篮，这不是普通的果篮，而是用香瓜雕刻而成的，篮子把手都雕刻得很细致，果篮里面放着各种好吃的水果。每到这个时候，宴席上会传出阵阵惊叹，大家不约而同地掏出手机，把这一篮子丰盈的美味留住。公主和泰方陪同的朋友看到中国客人如此欣赏，也很开心，公主会特意多准备几个水果篮子，贴心地请客人带回去和大家分享。

公主请我品尝的芒果、榴莲、山竹，还有红毛丹，汁水甜美，让人难忘，我只知道这些水果都是泰国的特产，却不知道，其中很多水果是来自公主自家的园子。公主一直非常骄傲自家的出产，喜欢详细地给我讲解这些水果的前世今生，看得出，她对泰国这片肥沃土地上的果实，充满了呵护的深情。每当这种时候，我看到公主的眼光里散发出明亮的光彩来：这是我园子里的无花果，那是我家的葡萄，还有芒果，你习惯吃榴莲吗？我学着公主的样子，往嘴里塞一把葡萄，轻轻一咬，顿时满口玫瑰香。这些小个子葡萄，每个差不多小指甲那么大，它们把自己所有的力气都给了味道，香气浓郁得像嘴里含了花朵。每个葡萄珠都亮晶晶的，仿佛还带着早上的露水，而且没有一粒籽，我完全被这粉嘟嘟的小精灵迷住了。

有一次公主说你尝尝这个草莓，我拿起一颗颜色成熟的草莓，美艳的色彩让人舍不得下口。没等我张嘴，早有一股清甜的香气扑来，待入得口中，浓郁甘甜，和一般意义的草莓完全不同。怎么会有这么好吃的草莓？公主得意地说，这是清迈的一个朋友种的，他是一个警察。什么，警察也可以？业余时间就可以种出这么美味的草莓，而且敬献给了公主。我不禁感慨，公主身边的人都是这么有品位啊，即使做着不相干的工作，却因为热爱生活的心，让寻常的果子如此出众，公主身边都是多才多艺的人啊！

公主的记忆力超级棒，上课有时候我随口问到的东西，她都能记得，对于我的困惑，她也会像对待自己的困惑一样，不遗余力地找到答案，然后绘声绘色地给我这个"老外"讲解。比如我曾经问过泰国芒果的种类，中国北方人也吃芒果，但是很少吃青芒果，在我们看来，青芒果发酸，是吃不得的，只有黄色的芒果才称得上甜美的水果。而泰国人好像更看重青芒果，并且青芒果的种类很多，买的时候店家会给配上酱料，或者掺着辣椒的白糖，吃起来有滋有味的样子。

于是有一天上课的时候我眼前就出现了一个大大的银托盘，上面卧着切成小薄片的各色芒果，看得我眼花缭乱。有的是青芒果，有的是黄芒果，有的是不青不黄的芒果，有的可以直接吃，有的需要配上一种奇妙的海鲜酱，有的则最好蘸上传说中的糖和辣椒。我从来没有一下子品尝过那么多品种的芒果，简直无从下手。公主笑着说，这些是我果园里产的，现在正好是芒果成熟的季节，请你尝尝。泰国的芒果有好几百种呢！我一边听着公主的"芒果普及课"，一边学着公主的样子，用迷你银叉子拿芒果，然后去蘸小盘子里的海鲜酱，酱味浓郁，甜咸两种味道都有，感觉非常奇妙。

公主说，园子里的松鼠很坏，它们会咬坏芒果，却不把芒果吃完，又去破坏另一个芒果，被咬坏的芒果马上就会烂掉，再也没办法吃了。泰国的生态环境很好，松鼠随处可见，公园里，马路边，树上都有它们灵动的影子。中国使馆的芒果树也是它们的领地，常常看到它们在枝丫间欢呼雀跃，满树的芒果灿若晨星，不过只有它们吃剩下的，我们这些人类才偶尔能尝尝鲜。

我等待公主上课的时候，站在房子外边的走廊上呼吸新鲜空气。公主的园子里花香阵阵，只听得花树枝头窸窸窣窣，叶影斑驳的地方，有好几只肥硕的大松鼠在眼前跳来跳去，蓬松的大尾巴晃晃悠悠，一点儿也不怕人，看来它们把公主家当成了自己的游乐园啦！

关于松鼠的捣蛋活动我又想起一件有趣的事。诗琳通公主的妹妹朱拉蓬公主一直在研习古筝，她的古筝老师是一位久居泰国的中国美女，后来也成了我的古筝老师。她家有一个漂亮的小花园，种着几棵热带果树，每年芒果成熟的季节，她都会品尝到自己种的好味道的芒果。有一年芒果成熟的季节，她出门走过自家的果树，忽然头顶上"啪叽"空降下来一个黏糊糊的东西，低头一看，原来是一个芒果"残骸"，芒果肉已经荡然无存，仅剩下一个带核的芒果皮，正打在头上。古筝老师无可奈何地抬头一看，树上的两只松鼠显然已经吃饱了肚子，正洋洋得意地在树枝子上四仰八叉地晒着太阳。

我一直不明白为什么公主园子里的一棵树，树上挂着很多塑料袋子，可能是还未成熟的果子吧？后来答案揭晓了，我的果盘里出现了新鲜美味的莲雾，这种水果非常脆弱，水分大，皮薄，很容易受到伤害，怪不得要进行重点保护。

公主待人慷慨，喜欢分享。有一回中国驻泰使馆很费劲地从国内运过来一批刚成熟的浙江黄桃，办公室同事半夜去机场接这些娇嫩的桃子过海关，数量非常有限，只是给泰国友人表达一份心意。就是这么少，公主还是在我上课的时候请我一起品尝，果然好吃得不得了，柔软水嫩，在国内都难得吃到，我非常感谢公主的关照。

有一次随公主的团队回北京，在泰国驻华大使馆宴请前任大使和前任老师们，公主大老远地带去了自家园子里的足足100个芒果，并且留下了一段精彩的发言：松鼠是我的敌人，它吃芒果，可是不好好吃，把芒果每个都咬了一口。在大家的笑声中，公主继续说：我让人给芒果套上袋子，可是松鼠咬破袋子继续吃芒果。公主讲得绘声绘色，在座的大使们和老师们又一次回想起了公主的园子，勾起了愈远愈浓的泰国情结。看到公主这么关怀着大家，大家都不知道说什么好，我们细细品尝着泰国最出名的甜点——芒果糯米饭，这是用公主带来的芒果做成的哦。

芒果之外，公主的果园里榴莲品种最为有名，可惜有一年曼谷周边发水灾的时候，果树死掉很多，而这些果木都是需要很长时间才能生长成熟，并不是补种之后当年就能有收获。比如榴莲，要五到八年才能结果，芒果树结果的时间也差不多。水灾给泰国果农造成了很大的损失，也给泰国社会造成很大影响，公主说到这些的时候，语气里充满了惋惜。那一年公主亲自坐直升机到一线考察水灾情况，并且利用自己管理的红十字会，尽最大力量帮助受灾民众，抗击自然灾害。

转眼又到了榴莲飘香的季节，如果想要品尝公主的榴莲，那就耐心地多等几年吧。

在泰王国驻华大使官邸品尝的芒果糯米饭

最有经验的导游

沙芭通宫是一个美丽的园子，树木高大，郁郁葱葱，还有各式各样的花朵竞相绽放。每次坐车进入园子，都会看到路口拐弯处一尊意大利风格的大理石少女雕像，身姿婀娜，仿佛在树林中翩翩起舞。在一片开阔的草地上，有一条石板铺成的小路，一直通到公主居住的地方。在接待来访客人的大厅墙上，挂着公主的小画作，装裱在镜框里，有花草和动物，是油画。还有一大柜子公主撰写的书和有关公主的书籍。在紧邻上课房间的会客厅里，陈列着几张公主和奶奶的照片，有一张我记得是公主试图抱起奶奶，祖孙二人笑容满面，画面非常温馨。

等待上课的时候，我常常站在门廊上，看那一株会开白花的树，感受静谧的馨香。那一对毛茸茸的灰松鼠也喜欢这株香喷喷的树，大尾巴在花开的枝子上若隐若现，抱着枝头的花朵一顿狂啃。前一晚下雨，早上有很多大虫在爬，肥大丰腴。上课的时候公主宣布，今天散步的时候发现了三十八条虫子！可能是蚯蚓，可是发现有脚。公主拍了照片，很仔细地指给我看它们的脚，我解释说有脚就不能称蚯蚓了，很可能是蜈蚣。公主在本子上记下这个词的时候，我很佩服老祖宗的造字能力，早早地安排下了这些形声字的虫字偏旁。

雨天的沙芭通宫不仅有蚯蚓和蜈蚣，还会有小乌龟。有一次公主上课来，进门拿了相机说了句什么又转身走出去，示意我一起来，我好奇地快步跟上公主。只见那片大草地边上不知道从哪里冒出来许多小乌龟，作为摄影家的公主赶紧跟踪抓拍，也顾不得下雨，工作人员举着雨伞在后面追。

公主房前的那一片草地是鸟儿吃早饭的地方，不过要提防蛇。公主说已经在园子里发现了几十条个子不小的蛇，有一条被发现的时候刚刚吞吃了一只猫，这的确是一片有故事的草地。蛇总会选择生态适宜的地方栖息，在泰国，人们认为蛇是有灵性的动物，没有人会伤害它们。连我们使馆也已经放生了好几条小青蛇。

曾经有一条大蟒蛇吞吃了馆舍院子里的一只巴西鹦鹉。它夜半潜入落地大鸟笼的时候肯定满怀着理想，没想到饱餐鸟儿之后，肚子大得再也无法挪出笼子，就这么和痛失爱侣的另一只鹦鹉共处了一夜。真不知道那个难忘的夜晚这一对仇人如何面对彼此，只知道这条大蟒让清晨打扫鸟笼的同事吃了好一顿惊吓，连惨叫都忘了。

蛇的故事总会带有一些灵异事件，要不然白娘子怎么是蛇，而不是一只大鹏鸟呢。听驻泰的前辈说过，曼谷中国文化中心建造的时候，曾经发现有蛇出没，当时的泰籍工人一时鲁莽，杀死了蛇。没想到之后不久，他就忽然疯癫起来，用同样的方法砍伤了自己。我相信很多时候蛇并没有恶意，它只是偶尔被吵醒了美梦出来散散心，之所以这么说有我自己的故事为证。

那天下午走在办公楼里，天色已经黯淡了下来，楼道的大理石地面发出幽幽的微光。我从外面进来，因为脑子里想着什么事情，目不斜视走得很快，忽然脚下一滑，一个趔趄，我也没太在意，继续往前走了两步。不知怎的心里生出一丝异样，这日日走过的路面从来不打滑啊，今天是怎么了？我不经意地回头往地上一瞧，一条小青蛇正在卷曲挣扎，感觉很痛的样子。我脑子里一片空白，心跳猛然加快，颤颤巍巍地拿出手机习惯性拍照，可是哆嗦了半天没按到快门键。那条小蛇缩成了一盘蚊香，快速而慌乱地摆动了一阵，然后忽悠一下，从旁边的门缝钻了进去。

我站在原地慢慢缓过神来。刚才毫无疑问是踩到这位蛇仙的身上了，而它身子很痛却没有发狠咬我的脚脖子一口，该是多么仁义啊！我无处点赞，于是在心中默默谢了蛇仙的不杀之恩。然后拿起手机拨通了同事的电话：Hello，没什么事儿，不过得告诉你一下，有条小蛇钻到你负责的库里了。喂！喂……

沙芭通宫的园子里有草地、宫殿、职工宿舍，还有正在兴建的高层图书馆。曾经参观过吉拉达王宫里面的图书馆，印象颇深的是在图书馆的门口，有一大堆旧的毛绒玩具，大大小小差不多堆了一人多高，长尾巴的短尾巴的层层叠叠，可能是公主小时候的玩具吧。除了在建的图书馆，可能很少

吉拉达宫图书馆门口的毛绒玩具

有人知道在庭院深深处，居然还藏着一个博物馆，而且是对公众开放的！当公主告诉我的时候，我大吃了一惊，真想去看看。公主马上派人去问，工作人员说今天正巧是假期，不开放，于是我们继续上课。

快下课的时候，又是那位工作人员匆匆进来宣布：如果老师想看，可以给她一个人开。公主翻译给我听，我非常高兴，准备下课后去参观一下。没想到

公主忽然就做了决定："那不如我们一起去看吧，我给你当导游！"能够听到公主如数家珍的讲解当然求之不得，没有谁比公主更了解沙芭通宫里面的典故和历史了，真是太开心了！记得公主以前还开玩笑说，等到退休了，干脆就去大王宫当导游，肯定讲得比别人精彩。

博物馆就坐落在沙芭通宫的大院子里，是公主的曾祖母曾经住过的宫殿。我和公主边走边聊，不知不觉走了很长一段路，我暗自思忖，不知道其他人发现下课后公主不见了会做何感想。去参观的路上，一路清风，树叶轻抚，快到门口了，因为以前我们讨论过关于鬼的话题，公主笑着对我说那里虽然是老房子，可是没有鬼啊。

博物馆门口已经有一大堆工作人员在等候了，有一种慌慌张张的气氛。也难怪，公主的日程从早上散步吃早饭开始就完全是在计划之中的，她身边的工作人员都知道公主几点几分干什么，今天去哪里，见什么人，像这种兴之所至的"私自出游"，估计应该不是经常遇到的，所以才有几分慌张。不过各路人马训练有素地聚拢来了，有保镖、护士、服务人员、摄影师，各司其职，在公主身边伺候，还时不时地拿过我的手机帮我拍照，非常体贴周到。今天虽然不对外开放，只有我和公主两位观众，馆内空调也开得足足的，一切都按正式开放的样子。

黄色的小楼，庄重典雅，展厅都是有关王室的照片、来往信件和实物，还有录像，非常详细。公主先停在一面墙那么大的 family tree 前面，帮我理清楚庞大的家族谱系，然后一边走一边讲解。年代久远的柚木楼梯，散发出历史沉淀的光泽，磨得光可鉴人。顺着楼梯走上去，陈列着九世王小时候自己做的海军舰艇模型，非常逼真，每一处细节都不马虎。橱窗里还保存了国王家人之间的通信，有手写的，也有用打字机打出来的。公主知道我不会泰文，特意给我

跟随公主参观沙芭通宫博物馆

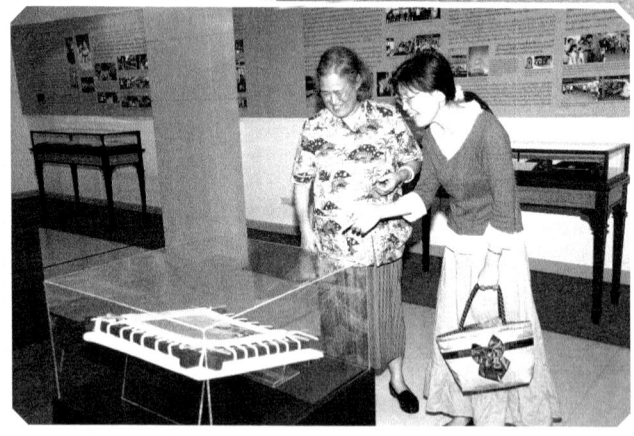

公主在沙芭通宫博物馆讲解

翻译了几封，字里行间浸着浓浓的家庭情谊。

展厅里还看到公主以前提到过的货郎的小担子。一个扁担挑起两个小玻璃柜子，里面有小食品、玩具、文具、针头线脑等，按公主的话说，所有日常所需都装在里面了。公主小时候在宫里，非常盼望的事就是家长叫来卖东西的货郎，琳琅满目叮叮当当的，可以随意挑选，非常有意思。每次货郎来的时候，都是小孩子们最开心的时刻。后来为博物馆收集展览物品的时候，国王说，陈列品一定要有这个货郎担子，要不然，那个时代的文物就不够完整。国王说得很对，小小的货郎担子，折射的是那个时代的影子，承载的是一段有温度的历史。

这次即兴参观，因为有公主做导游，好像不是在博物馆参观，而是穿越到那个时代，触摸到老物件，与当时的人进行了一次跨越时空的交流。我从心底里感激公主的安排。

彩虹之国

初来泰国，会被五颜六色所惊艳。热带国家的花朵四季绽放，花是美的，天空是美的，人也是美的。即使是正装出席的场合，在其他国家流行的百搭小黑裙，这里也很少见到。西服可以是五颜六色的，女人的衣裙更是令人惊艳。黑色，在泰国是最难穿出去的颜色，因为黑色，是葬礼的颜色。

在泰国街道上随便一眼望去，便少不了色彩。出租车是五颜六色的，旗帜是五颜六色的，连银行和学校都是五颜六色的。泰国人对颜色的钟情来自于他们对于"每日对应色"的信仰。在泰国文化中，星期一到星期日每一天都对应不同的颜色：星期日出生的泰国人会以红色为幸运色，星期一出生的泰国人会以黄色为幸运色，星期二出生的会以粉红色为幸运色，星期三为绿色，星期四橘色，星期五是蓝色，星期六是紫色。

泰国的每所学校都有自己的代表颜色，从中可以看出历史的传承。比如朱拉隆功大学的代表色是粉红色，因为朱大的名字来自于泰国曼谷王朝第五世君王"朱拉隆功"，而这位国王是在星期二出生的。不仅如此，在这所历史悠久的大学，连不同的系都有自己与众不同的颜色，代表着各系的名称和精神气质。

星期六出生的诗琳通公主以紫色为代表颜色，公主出行参加活动，街道两旁都插着紫色的旗帜，泰国人如果看到一个地方开始装饰紫色的旗帜、紫色的缎带，就知道公主要莅临了。诗丽吉王后出生在星期五，于是每个母亲节，泰国处处可见安宁平和的蓝色。

12月5日是全泰国人民的父亲——国王陛下的生日，也是父亲节。这一天，泰国的男女老少都穿着黄色的衣衫，黄色成了12月的主色调，因为普密蓬国王，出生在星期一。

第一次看到曼谷全城的黑色，是在前任僧王去世的时候，王室和全泰国人民，为了悼念僧王穿了一个月的黑色服装。后来因为政治问题，政府又延长了穿黑衣的时间。一般来说，政府机关和王室都严格服黑，不过因为泰国公务员的制服是白色的，他们就在制服袖子上戴黑纱表示悼念，对于普通民众是没有硬性要求的，大家基本以素色为主。那一年春花开放的时候，我跟随公主访华，国内的礼宾工作非常到位，公主所到之处，工作人员都着黑色服装，和我们这一队黑衣相配合，给予了贵宾极大的尊重，让人印象深刻。

第二次是为了伟大的普密蓬国王，五颜六色的曼谷化作了悲伤之城。失去了心目中挚爱的父亲，民众被突然到来的疼痛伤得不能自已。那段时间，我相信泰国的每一个角落都泪水涟涟，铺天盖地的黑色诉说着集体的悲哀。政府建筑物围上黑色的绸布，旗帜是黑色和白色的，电视荧屏的背景和色调是黑色的，连商店橱窗里模特的衣服也换成了黑色的。

走在街上，除了黑色的衣裙再也没有其他颜色，曼谷城的黑衣服一时脱销，很长一段时间里黑衣服都非常紧俏难找，街上出现了帮悼念群众染黑衣服的志愿者。泰国政府规定，全国守丧一个月，政府部门守丧一年。过了一个月，人民对国王的哀悼仍然延续，依然是满城黑寂。如今一年已过，街上飘过的，还是黑衣或者素色衣衫，连游客都很少见到以前那样明亮的颜色。人们用这种方式，默默纪念这位泰国历史上伟大的君王。

往年热闹非凡的传统水灯节，也呈现出另一个景象：水边拥挤着人群，大家扶老携幼，各自放着祈福的水灯，水灯里烛光闪耀，带着各人的心事漂向远方。喜欢开玩笑的泰国人群里，再也听不到大笑声，走在大街上，仿佛声音都丢失了一样。年轻人三五成群地在水边摆 pose 拍照，或者自拍，走过他们身边，居然听不到他们的悄声细语。

长期驻泰的外国人都清楚，泰国人心里的悲痛并没有随着时间流逝而有所减轻，尽管新国王已经开始治理国家，一切恢复到原来的样子。可是老国王的离去，依然是百姓心中永远的痛，挥之不去，无法抚慰。我们使馆的同事们也感同身受，继续以黑衣表达我们对国王的尊崇与哀思。和泰国朋友聊天，说到国王依然是声音哽咽的。我深深理解，大街小巷里的，是看得见的黑色，而人民心中那些看不到的黑色，依然无处安放。

中国人对死亡的话题是回避的，虽然这个问题对每个人都是公平的存在，但是我们不能谈论，也不能调侃，好像一说出来，就触碰了某种禁忌。在泰国的寺庙里，看到那些骨灰塔，还有塔上贴着的离世之人的照片，总觉得心里是慌张的，想赶快离开。去寺庙多了，渐渐也习惯了看到这些痕迹，同行的旅泰华裔伙伴甚至开玩笑说，这个地方风景真美，这个塔这么漂亮，我也想预留出位置。说笑的时候，好像是谈论一件很一般很平常的事情。

公主还耐心地给我讲解泰国的传统丧葬形式。参加葬礼的时候，亲戚朋友会带来一种刨花一样的薄木做的花，缠在木头上，称作"檀木花"，然后带到仪式现场，放入燃烧的炉子。这个习俗是从古代流传下来的，那个时候设备简陋，火化的时候大家真的带来木头，齐心协力帮助这家人焚烧尸体，后来逐渐演变成檀木花。

公主为了帮助我弄清楚那种用来祭奠的花是什么样子的，第二节课还带来一个给我观摩。缠扎的纸花，形状像一片树叶，如果不加解说，想象不出这是葬礼用的物品。后来我还见过染成各种颜色的"树叶"，泰国的葬礼不仅有黑色和白色，还有五彩的小纸花和黄色的香烛，僧人会集体念经，明亮的袈裟闪耀着华彩，让人感到一种安宁的气氛。

忽然想起任教法国时蒙日红小镇的墓园。蒙日红是巴黎郊区的小镇，麻雀虽小五脏俱全，有学校、超市、诊所、教堂，还有一座墓园，小镇上的人可以一辈子不出游，生于斯长于斯葬于斯。欧洲人的墓园一般并不在荒郊野岭，而是坐落在人们起居的公寓楼、酒店旁边，和现实的烟火世界相邻。每次去超市的路上，都会经过小镇的墓园，里面有根的无根的鲜花盛开，清风拂过，一片静谧安详。偶尔见到有人带着花，站在墓前悼念，然后放下花盆，又去忙自己的事情了。这里不是一年一度的活动场所，看上去就像到邻居家串门，那些远去的家人并不遥远，仿佛依然在亲人社区的环境里感受着花开花落。

《茶馆》最后一幕：王掌柜、常四爷、秦二爷，这三位经过岁月的变迁、历史的磨难走到暮年的好朋友，在王掌柜的茶馆，撒纸钱祭奠自己，哀伤抛洒了一地。公主学到这里，说泰国也有烧纸钱祭奠先人的仪式，和中国的风俗一样，做些日常用品烧掉给死人带走，并说有个朋友去世，做了很多正常比例的家具、摆设，还有手机，手机做得非常逼真，连号码都清楚。公主说我都不敢给他打电话，生怕他真的在地下接听。我笑个不住，公主接着说做这些纸质的祭奠用品虽然手工很漂亮、精巧，但是很浪费钱，所以现在有人提倡不再送花圈，而是送捆扎起来的花圈形状的毯子啊，盘子啊等家用的东西。公主还说自己一个朋友的爸爸，还用真的桌子、椅子和日常用得着的东西做花圈，等拜祭完了，送给穷人，非常环保。

当我们可以笑着谈论生死的时候，生死便成为一件寻常的事情了，活得通透的人是不会忌讳这个话题的。葬礼的话题是沉重的，可是死亡却使我们能够找到方向，认识死亡，才能更好地认识生命。乔布斯最经典的领悟是："死亡是生命的最伟大发明。"

关于死亡这件事，泰国一所寺庙的告示给我们带来另一种启迪。临近泰国的佛教节日万佛节，宋卡府的一家寺庙贴出了一张让人哭笑不得的告示，告示直截了当地写明："因为要准备万佛节布施活动，所以2月8日至11日期间，人民别死哦！"据了解，这张告示的用语是寺庙住持大师想的。他表示，因为这几天寺庙忙着准备万佛节活动，所以实在没有地方举办葬礼，就直接这样写告示了。这座不让人死的寺庙，一夜成名。

紫色的猴子

每个周六的早上,能够把我准备的课程和公主分享,总是让人充满欣喜。课堂上睿智的问答,从头到尾的欢声笑语,公主人格魅力的感染,所有的一切都让我觉得,作为公主的老师,我得到的比付出的要多得多。

上课了,公主兴致勃勃地拿起我送给她的毛绒猴子,那是一个紫色的猴子,按照泰国人出生日期来计算,公主出生在星期六,代表公主的颜色就是紫色。紫色在沙芭通宫随处可见,紫色的桌布、紫色的花瓶、紫色的靠垫,大家敬献给公主的礼篮,都打着紫色的缎带。泰国的兰花很多品种是紫色的,时常有园艺家带着新培育出的紫色兰花,来请公主赐名,公主庭院里紫色的兰花、紫色的睡莲常开不败。

公主看着我从五颜六色的猴子里挑选出的紫色猴子,很开心地笑了,听我说猴子爪子有发声的装置,公主马上试验了一下,猴子淘气地叫起来,公主觉得好玩,于是跟着模仿它的样子和声音,唯妙唯肖。公主说小时候家里也养过猴子,非常厉害,喜欢学人的样子,爱拿别人的东西,后来就不养了,这真是童年有趣的经历。

因为是猴年伊始的第一堂中文课,我给公主准备了一些有关猴子的成语和俗语,比如杀鸡儆猴、猴年马月、尖嘴猴腮、山中无老虎猴子称大王等。对于山中无老虎那个俗语,公主说,泰文里面也有类似的说法,泰文的说法是:猴子趁大王不在就以为自己是大王。讲成语或者歇后语的时候,经常碰到类似的情形,即泰文里面有类似的说法,可能是在中泰文化融合过程中互相影响的结果。尽管我们喜欢猴子的顽皮机灵,可老祖宗流传下来的带"猴"字的成语,却不是那么带有积极意义。不过毛泽东诗词里面有一句"金猴奋起千钧棒",写出了猴子英武的神采。这句话后来公主亲笔书写,印在了猴年春节的红T恤上,映红了半壁唐人街。

猴子在中国象征聪明伶俐,美猴王更是把猴子的地位抬到了最高点。手握金箍棒能够七十二变、忠肝义胆火眼金睛、一个跟头能够翻上十万八千里,这些本领使得美猴王成为享誉世界的超级偶像。猴年大年初一的曼谷唐人街,就树起了一尊孙悟空的佛像。孙悟空被如来佛祖封为斗战胜佛,这位勇武的猴子佛在曼谷受到大家的尊敬和膜拜。东南亚国家对猴子有着很深的宠爱,这得益于印度史诗《罗摩衍那》里的神猴哈奴曼,他勇敢机敏武艺高强,而且在史诗中法力无边长生不老,至今保存在泰剧中的角色,还有哈奴曼神猴的形象。

公主画的猴年生肖

在泰国的童话故事里,有一篇

说的是猴子的聪明机智，是公主讲给我听的：池塘里住着鳄鱼一家，鳄鱼妈妈刚刚怀孕，忽然有一天，她非常想吃猴子的心，就让鳄鱼爸爸去找。鳄鱼爸爸没有办法，于是跑到猴子经常玩耍的芒果树下。一只顽皮的小猴子正在那里跳来跳去，刚要和鳄鱼爸爸打招呼，鳄鱼爸爸却一把抓住小猴子说：你跟我回家去吧，我太太要吃你的心。小猴子很害怕，可是他想了想说："没问题，我可以跟你回家，可是我的心没有带在身上啊，它在树上挂着呢，不信你看！"小猴子指着树上的芒果给鳄鱼看，鳄鱼看到尖尖的心形的芒果，就相信了。他放开猴子，让他上树去拿自己的心，猴子马上跳到树上，再也不回来了。这个泰国版本的猴子真是聪明啊！从此我每次经过芒果树下，看到树上挂着的芒果，总会想起公主讲的这个故事。

不知道从哪一年开始的惯例，每年华人的春节前夕，公主都要手绘一幅当年的生肖图案，并且亲笔写上一句和生肖有关的成语，绣在象征红火的新年T恤衫上出售，款项用于公主的红十字基金会等慈善机构。这些可爱的印着公主生肖画的产品特别受市民的欢迎，有的市民全家老少都买来穿，T恤往往一上市很快就卖空了。公主的卡通画特别有神采，能抓住动物的特点，每个都活灵活现，我认识的泰国华人很多以收集公主生肖T恤为乐事。

我驻泰期间，经历了"蛇年大吉"的"蛇"、"马到成功"的"马"、"三阳开泰"的"羊"、"金猴奋起"的"猴"，还有为了纪念九世王而设计的黑色鸡年T恤。那一年曼谷的唐人街没有像往常一样迎来公主的与民同乐，而是举国服丧，一起悼念国王。

羊年是公主的本命年，她画了一只白色山羊，嘴里衔着紫色的草，正吃得津津有味。猴年的时候，公主画了一只从树梢上倒挂下来的顽皮的猴子，长长的尾巴吊在树枝上，咧着嘴正乐呢，手里还兴奋地挥舞着一根剥开皮的香蕉，好像在得意地说:"快来看!我有香蕉吃哦!"

我们从紫色的猴子一直说到中国的成语、毛主席诗词,还提到了美猴王孙悟空。公主很小就知道孙悟空、猪八戒,她当然也知道孙大圣的七十二变,于是我把唐僧师徒的神话故事介绍了一下,又从玄奘法师《大唐西域记》一书中提到去印度的取经路线,讲到了丝绸之路和印度古城。

公主曾经出访中国西北,亲历过孙悟空巧借芭蕉扇的火焰山,也探访过"西出阳关无故人"的阳关和嘉峪关,那里天高地阔、大漠孤烟直的场景给公主留下了深刻的印象。因为说到古代的丝绸之路,公主非常感兴趣,还问了有关海上丝绸之路的问题。顺着丝路继续扩展,下课前我又提到了中国的"一带一路"构想和发展西部经济的重要性。公主说将来自己会给军校的学生讲解习近平的治国理政思路,让陆军学员们多多了解当代中国。

一个话题跟着一个话题,在课堂上经常和公主一起天马行空,穿越时空。公主常常是话题的启发者,作为教师一定要跟上公主的节奏。公主视野开阔,思辨能力强,对事物有很敏锐的认识,如果在一个平台上探讨问题,就需要老师的知识储备必须尽可能地多。如果星座可以作为论据的话,可能我们都是白羊座的缘故吧,都喜欢诗和远方,对一切美好的事物充满了好奇和探索的冲动。与公主接触的时间越长,缘分相投的感觉越浓厚,公主深厚的学养和文化底蕴总是给人很多启发,了解得越多,越觉得公主是一本永远也读不完的书。

公主手绘吃着紫色草的羊

每次下课后我都觉得脑子里各种信息横冲直撞，公主思维敏捷，眼界高远，经常会有一些奇思妙想，推动我们经常跨越预设的话题，把我带到更加遥远更加深邃的地方。我们上的是一堂语言课，也是一堂历史课，更是文化课，或许也是新闻时事课。思维一路跳跃着向前狂奔，回想起来，其实最开始，我只是想说一说紫色的猴子。

公主怎么不穿白裙子

公主的一位教授朋友曾经说，我虽然没有孩子，但是学生从我这里接受了我的思想，等于就是把我的基因传递下去了，我真是太热爱我的职业了。公主热爱读书，也喜欢和教书的朋友往来，每次去中国访问，队伍里都是教授、科学家。我在公主身边的时候，曾经六次陪同公主到中国访问，所到之处都是文化气息很浓的地方，比如博物馆、大学、科研中心等。公主从小成绩优秀，国王和王后曾经亲自来到公主就读的大学，把毕业证书颁发给获得第一名的女儿。公主的一身书卷气，从来没有随着年龄的增长而改变，和她接触的时间越长，越会被这些书卷气浸染，日久弥香，挥之不去。

学校与读书是公主最喜欢的话题，我们上课的时候经常会谈到这方面的内容。忽然想到郑渊洁的童话，他的童话里很多与学校有关，是大人和孩子都能读的童话，我想不妨介绍给公主。其中一篇叫《训兔记》，讲的是皮皮鲁和鲁西西这两兄妹，在学校里被调教成听话的兔子的故事。公主觉得这个故事很有意思，经常和泰国小朋友的情况做对比，看得出来公主非常熟悉泰国孩子的教育情况。

在《训兔记》里，老师选择老实听话的李小曼当班长，她因为严格遵守纪律率先长出了兔子耳朵，是老师最喜欢的学生。公主觉得不如让淘气的皮皮鲁当班长，因为在童话里，皮皮鲁聪明、有号召力，别的孩子都听他的，更容易管理班级。公主认为一个有能力的淘气孩子可以更有权威，值得老师倚靠。公主这么说是有她的经验的，事实证明，在解决某些争端的时候，这种方法非常有效。

在泰国某些边远地区秩序不佳，每每有黑帮作乱，公主就请黑帮的老大吃饭，和他结下友谊，继而请他管理这个地区，结果取得了很好的效果。依赖这个有能力的管理者，混乱局面最终得到了改善。一个小小的童话故事，却让公主联想到了管理国家的层面上，作为教师，我的思维就是这样被公主提升的。教科书上的东西往往能带出社会、政治的大道理，跟上公主的节奏，也是对教师思维能力的考验。

公主总能记得孩子们的细节。有一次公主回忆参观北京的一个幼儿园，孩子们听说公主来了都非常兴奋，打扮得漂漂亮亮地等候公主，后来看到公主和普通人没什么两样感觉很奇怪，这和他们看到的童话里白雪公主的形象不一样啊。公主说："孩子们都知道白雪公主，觉得所有的公主应该有一样的裙子。当时有一个小孩子问：'公主怎么没有穿白裙子啊？'"公主说完自己笑起来。

公主懂得小孩子，用心管理着父母留下来的吉拉达王宫学校。曾经有老师跟公主说某个小孩子很懒，上课睡觉。公主不是听了某一方的看法，就马上认定这个孩子懒惰，而是多方询问，通过仔细了解之后，才弄清这个小孩子是因为身体问题吃了抗过敏药，所以导致上课的时候发困，精力不集中。

后来公主把实际情况告诉了孩子的老师，老师才恍然大悟。而孩子的妈妈因为怕老师责怪，不敢对老师说出实情。公主在细节上的关心，让那个小孩的妈妈充满感激。

吉拉达学校曾经有一个男孩子，高大帅气，因为患有自闭症，生气的时候会把吉拉达院子里的香蕉树连根拔起，同学们都很怕他，不愿意和他玩儿。公主听到后非常担心，她没有责怪孩子，而是接受医生的建议通过画画来帮助孩子。公主知道，一般自闭症的孩子都热爱画画。公主对自闭症的孩子并没有歧视，而是给他们更多的理解和关爱。公主说自闭症的孩子用自己的想法看世界，和正常人很难沟通，要理解他们，用医学的、科学的方法对待他们才行。他们并不是不好，而是别人不理解他们，不能走进他们的世界。公主的教育理念与孔子所言的"有教无类"不谋而合。

公主知道小孩子精力集中的时间很短，她说有一次到寺庙里，大和尚在念经，念了一会儿，小和尚坐不住了，东倒西歪地打起瞌睡来，大家都笑起来。公主说，孩子有自己的特点，小时候她在学校也坐不住，常常上着上着课，就站起来在教室里走过来走过去，老师很生气，要罚公主。公主说她一点都不恨那个老师，相反很感谢她，因为她敢这样管教她，让她在学校懂得遵守纪律，学到很多东西。公主的话让人肃然起敬，只有真正的智者，才能这么反思自己。

中国和泰国的学校对老师的称呼有所不同，在中国的学校里直呼老师的名字不太礼貌，一般是称呼"姓＋老师"，比如孩子们可以叫王老师或者李老师，但是老师的名字是不能叫的。而在泰国可以称呼老师的小名，成人差不多都有小名，按照泰语的语序，就是"老师＋小名"。而泰国人的小名多是可爱的东西，有叫螃蟹的，有叫苹果的，还有叫猪的，于是校园里可以称呼"老师螃蟹"（螃蟹老师），或者"老师苹果"（苹果老师），听起来是多么欢乐的师生关系。

很多人以为出身金贵的公主，做什么事情都很容易成功，其实正因为出身王室，公主比同龄人受到更严格的教育，比同龄的孩子少了很多自由时光，要早早起床，要做好功课，要锻炼身体，还要帮助父母料理国家大大小小的事务。

诗丽吉王后非常重视教育，希望民众能够自立自强，对自己的子女也是如此。公主常常在上中文课的时候，回忆起母亲严格教育的点滴。公主说自己小的时候看电视，妈妈说不能只是看电视，要同时做一些事情，不能浪费时间，比如一边看电视一边学钩织技巧。公主可以钩织杯子垫，可以织毛衣，同时也养成了不浪费时间的良好习惯，做事情总是效率非常高。由于常常要陪同父母到外府出访，公主上学的时候常常缺课，回到曼谷只好自学落下的内容，因此养成了很强的自学能力。通过公主的事例，王室子女的勤勉可见一斑。

王室和贵族的教育不仅仅局限在学校里，孩子们在家庭和社交场合中无意识的学习，对于塑造他们的心性品格也是非常重要的。公主说王公大臣的孩子，很小就在宫内玩耍，在大人讨论问题的桌子下面一边玩儿一边听大人们的谈话。大人跟下属讨论问题、解决问题，其中的方式方法都会带给小孩子潜移默化的影响。他们很早就懂得如何待人接物，如何化解矛盾。无论是王室的孩子，还是官员的孩子，这里都有他们学习的广阔舞台。

由此我想到，公主年少时就跟随父母"上山下乡"，看父母到农民那里、工人那里，了解社会现状，和他们攀谈，懂得他们的需求和问题，并且给予他们实际的帮助，这些都是一种学习，是走遍自己的江山才能领悟的睿智。普密蓬国王的很多御照上都能看到诗琳通公主，她抱着大笔记本，紧跟在父亲身后，跟随父亲的足迹跑遍泰国的山山水水。

曾经和公主有过一面之缘的作家铁凝，对公主的勤勉和执着发出这样的感慨："诗琳通这位东方公主，睿智、博学、诚朴、谦逊。作为国王秘书，她勤于国事，关心民瘼，情感热烈而又理性克制。尽管拥有与生俱来的荣耀，但以我短暂的接触，更多感受到的是公主面对文学艺术时的欢快心情，是公主的勤勉和辛苦。那是一种仁慈的辛苦，伴随命中注定的深沉奉献。"

拐杖帮

传统的泰国人家庭观念深厚，对老人非常优待和尊敬，年轻人有义务照顾年老的家人和其他长辈，帮助他们分担生活上的难处。车上好的座位是老人的，餐桌上美味的食物，要先请老人品尝，对老人的照顾和礼让，在公共场所随处可见。

在公主沙芭通宫的后园，有一片宽阔的草地。公主为了给自己两位年迈的老师过生日，把整片草地装扮成了乡间的游乐园，张灯结彩、五颜六色，嘉年华似的摆放了各种游艺活动，这种儿童乐园似的创意非常适合年纪大的老师们。来宾们和公主一样童心大发，一会儿套圈套着个辣椒酱，一会儿打枪赢了个木雕黄嘴大鹦鹉，一会儿扔网球又扔到一个毛绒小熊仔。大家不分老幼，快乐无比。游艺活动之外，还可以享用草地野餐。

印象中我曾参加过两次这样的草地嘉年华。我参加的第二次活动是公主给自己四位六十岁的老师举办的生日聚会，名为"牛仔之夜"。六十岁一甲子，是人生中重要的时刻，公主别出心裁组织了这个活动，邀请身边的朋友一起给老师过生日，而且是四位老师一起过生日。公主就把这个热闹的活动取名为

"二百四十岁的生日聚会"。

这是以牛仔为主题的创意生日 party,工作人员都装扮成牛仔。活动要求每位来宾领取一顶牛仔帽和一条花围巾,装扮起来才有资格进入会场,公主也不例外。场地上布置了牛仔的木房子、木头车轮、草垛,还有有关牛仔的各式游艺节目。当然少不了泰式的美味佳肴,吃到了传说中的榴莲老雪糕,味道独特,还吃到一种泰式甜点:莲子、白果、荸荠、红枣、藕片、龙眼、椰汁果冻,这些诱人的各色食材,再加上龟苓膏和碎冰,然后浇上蜂蜜,简直让味蕾要来一场狂欢,冰凉入口,甜蜜清爽在炎热的夏季随风飘散。

公主任教的军官学校组成了军乐团前来助兴,公主也走上台去即兴演唱,唱泰文歌也唱中文歌。公主拿手的一首泰国乡村歌曲叫《青蛙之歌》,唱起来

牛仔之夜

朋友们都成了牛仔

非常萌。大意是：有一只青蛙，在夏夜里思念它的爱人，"呱呱"！树上有小鸟在鸣叫"咕咕"！听到公主唱歌，大家都放下手里的吃的，从桌子边聚拢在舞台前，或席地跪坐在草地上，或者靠在草垛边，宁神静气听公主用中文演唱《大海啊故乡》《甜蜜蜜》……霓虹闪耀处，沙芭通宫参天大树的枝杈

大海啊故乡

间，可以看到曼谷的天铁（高架快轨）在夜色中无声地驶过，外面的世界和园子里的世界一样精彩纷呈。

公主谈起儿时的老师、家族中的长辈、父母的老朋友，很多细节都记得很清楚。他们中大多已经年迈，有的已驾鹤西去，公主尽自己的力量帮助他们，给予他们最好的照顾。

一位单身的老人家曾经对公主说，自己死了以后，财产都要留给公主。那个朋友养了一大群猫，住在别的城市，有一天被人发现死在自己家里。公主猜测，会不会有一天，那一大群猫会突然出现在包裹里，让她来继承。不过，自从主人死后，那些猫都跑得无影无踪了，看来猫不像狗，会守在主人身边，不离不弃。另外一位公主的老师，也喜欢猫。因为年纪大了，一个人生活不方便，公主关心她，给她找了离医院很近的房子，同时还给她的猫盖了猫舍。可是那位老人很固执，坚持不愿意搬家，只希望住在热闹的市场旁边，住在她的旧房子里。公主一点儿办法也没有，只好依着她，言谈中又怕她无法得到良好的照顾，时常忧心。

曾经有一个时期，公主认识的老人去世的很多，公主说每个星期差不多要参加三次葬礼，有时是代表国王去参加，有时又代表王后，有时候仅代表自己。泰国的传统，是在寺庙举行火化仪式、超度亡灵，泰国的寺庙往往是人们最后的归宿，比较大的寺庙都有火化炉。有一次王后想在寺庙预定火化的炉子给一位朋友，被告知这个星期炉子都被诗琳通公主预定了，王后还吓了一跳。公主说，由于常常去火化的寺庙，自己都成了葬礼专家了，知道怎么给葬礼安排提出合理的建议。

给公主上课的时候，有些文学作品里会写到死亡、葬礼，我有些忐忑，公主却很自然平静，谈论起来和其他的话题没有什么区别。公主说自己有一位教授朋友，九十多岁了依然还去学校工作，有一天早上准备去上课，梳头的时候就去世了。这种离开的方式是平和安宁的，没有痛苦。

在佛教国家，人们相信死亡是一种轮回，佛教认为人生有八苦，生老病死无可避免，有信仰的人看待死亡，有自己的理念和思考。我还是禁不住问：您总是参加葬礼，会不会让自己心情很难过呢？公主的一句回答让我看到一颗仁慈悲悯的心，她说：婚礼我可以不参加，因为那是欢乐的，可是葬礼我必须去，如果不去，亡者家人会更加难过，母亲也支持我这样做。

随着很多国家步入老龄社会，泰国也面临同样的问题。以前泰国人家庭会生育很多孩子，一个人家里有七八个孩子非常普遍。诗丽吉王后曾经带公主去见过一位生育了二十个孩子的母亲，为了这位妈妈的健康，王后建议她不要再生孩子了。随着经济的发展，现代社会的年轻人都外出工作，生孩子的越来越少，一般家庭只有一两个孩子，这样的倒金字塔型的社会结构，让养老成为越来越严峻的问题。在泰国有的幼儿园，同时也招收老年人，把老人们像小孩子一样看护起来，我觉得是个不错的主意。

虽然年过花甲，公主依然保持着童心。有一次她开玩笑说，我现在已经被称为"公主奶奶"啦！老人和孩子很相似，任性、率真，有时候也很淘气。公主说老年人都像小孩子，把幼儿园和托老所放在一起是个非常好的创意。她参观过一个专门托管老年人的"托老所"，一些老年人在一起幸福地玩耍，可是不知怎的却发生了争执。后来才知道，原来公主给视力有问题的老人送去了眼镜，那些视力没问题的老人就很生气。公主觉得奇怪，不给眼镜说明你眼睛很好呀，为什么要生气呢？老人的理由很简单，为什么别人有而我却没有呢？不公平，我也要眼镜。

公主无奈，只好拿平光镜送给他们，老人们拿到眼镜，又孩子似的开心起来。一个护士也说到在医院里任性的老人，他们互相攀比，总是有不满意的地方：为什么她打两只吊瓶而我只有一瓶，为什么她吃红色的药丸，而我却没有。

公主曾经为自己的老年朋友订制了一款生日蛋糕蜡烛，这种蜡烛不用吹，是电的。因为考虑到老人没力气，吹不动。一按电钮，蜡烛的光亮就可以熄灭，真是太体贴了。公主说这是受了意大利教堂的启发，在这个教堂里用的是电蜡烛，祈祷的人按一下电钮，蜡烛就自动点亮。

还有一次公主访问英国，特意买了好几根印有花朵的拐杖，又轻巧又美观，回国分送给她的同年龄的朋友。大家来聚会，每人都拄着公主温馨赠送的轻巧拐杖，好不神气。有其他朋友听说，也要去英国这家专卖店购买。公主笑着说，你们别买了，我都已经包圆了。

这些拐杖在出访吉尔吉斯斯坦的时候派上了大用场。吉国是一个多山的国家，有连绵的雪山和高原湖泊，道路很不好走。我们的队伍平均年龄不小，连日的奔波有好几位都腿疼起来，公主虽然腿疼，走路都有点一瘸一拐了，但是仍然坚持按照预定计划完成行程。大家拄着拐杖，互相鼓励着爬上一座山，欣赏雪山和溪流。到达终点以后，公主提议几个人拄着拐杖来一个合影。于是公主的几位老同学，把拐杖拄在身前，围着公主来了一张夸张的合影。

身后是白雪皑皑的天山山脉，周围是挺拔的杉树，几位"老人家"平日在泰国都穿着单薄的衣衫，现在却换上了难得一见的厚厚的羽绒服，包裹着各种颜色的大围巾，让人忍俊不禁。我们一边给公主拍照，一边忍不住笑起来，公主很认真地说：别笑啊，我们就是拐杖帮的。

拐杖帮

不动声色的体贴

公主对身边的人总是心存关怀，不论是王室的亲戚还是只有一面之缘的朋友，无论是高官贵族，还是普通的民众，只要和公主接触过一次，都能感受到公主的温暖和关照。

有一次公主去一个偏远贫困的地区考察。因为王后曾经嘱咐过，不要麻烦当地人拿出自己最好的东西来做饭招待，应该自己带东西吃，于是公主就自带食物前往。可是公主去看望的这户人家却不怎么高兴，以为公主嫌弃他们，不肯吃他们准备的东西。公主连忙解释原因，并拿出自己的吃的和大家分享，也一起品尝当地人亲手做的食物，这样他们才开心了起来。

本来是很小的事情，出发点也是善意的，因为双方沟通的原因却产生了误会，看来做好事也是需要恰当的方式方法的。公主也曾经说她的基金会项目运作也不容易，并不是有钱了就能把事情做完美，就能发挥应有的社会功能，还需要开动脑筋。

很多事情都有两面性，普通人从自己的角度出发，并不是都能够理解王室成员或者政府对一些因素的考虑，对老百姓利益的关照。九世王在自己的大王宫里种粮食、养鱼、培育出成熟的好品种再推广给百姓。有的农民得到国王的鱼苗非常开心，可是总是被偷。偷鱼苗的人却理直气壮，说这是国王培育的鱼苗，大家都应该有份。种水果的农民听信商人的许诺，坐等商人收购。没想到由于情况有变，和商人谈生意失败，大量的水果滞销。果农觉得应该求助王室，尽管是果农决策的失误，公主并没有责备，而是教他们做成果酱，并帮助回购这些果酱，助他们度过危机。

吉拉达王宫有自己的奶牛场，当年九世王引进荷兰奶牛，指导民众养殖奶牛，鼓励泰国儿童养成喝牛奶的习惯，还把牛奶加工制成奶制品，受到大家的欢迎。其中一种奶片质量上乘，是中国旅游者的最爱，在泰国的时候经常听到有人询问哪里有卖。由于这种奶片供不应求，在网上也常常会出现"李鬼"。

我问公主：既然大家都这么喜欢奶片，为什么不多生产一些来卖呢？现在去吉拉达王宫购买，每人限买十小袋，怎么够呢？公主回答说：我也问过父王同样的问题，父王的回答是：我们只是做示范，不需要扩大生产，与民争利。仅此一句话，就让人明白，为什么九世王得到老百姓那么深沉的爱戴，这样的胸怀和智慧着实让人感念。

收礼和回礼是诗琳通公主日常活动中的一项重要内容，从一些小事上可以看出公主的细心。朋友送的自己做的手链，她马上就戴在手上，送她的漂亮本子，立刻就拿来使用，表示对这些礼物的重视和喜爱。在过儿童节的时候，公主会突发奇想给每个工作人员送一个小玩偶，也没忘记给我一份。

有一次我回北京休假，和家人特意到北京老字号绸布庄"瑞蚨祥"，买来一块丝绸布料，回来送给公主做衣裳。没想到第二个星期上课的时候，公主走进门来兴高采烈地对我说：你看！好看吗？我一看，丝绸布料已经做成了衣服穿在公主身上。看着自己的礼物穿在公主身上这么漂亮，送礼的人心里开心极了。衷心感谢公主的体贴，这样的体贴，在公主身边时常能够感受到。

有一次出访广州前，公主说，我这次要品尝广东最好的饭菜。我受接待方之托询问公主是否对菜品有什么要求。公主笑道：七世王传记里面说，国王与人聊天，两个人，一个是穆斯林，一个是佛教徒。他问穆斯林有什么不能吃的，穆斯林说不能吃猪肉。又问佛教徒，佛教徒说我什么都可以吃。于是七世王说，那我是佛教徒。现在，我当然也是佛教徒。

公主穿着美丽的中国丝绸

公主虽然喜欢美食，但也有不得不吃的时候。有时候身体不适，人家准备了东西因为礼貌也要吃；有时候明知道太辣太咸吃了对身体不好，可是不吃接待方会不高兴，也只能吃。而这样体谅的结果，往往会有一些病痛接踵而来，而公主不以为意，却说成是因为自己身体太糟糕承受不了的缘故。

一同出外旅行的时候，公主会在每次用餐时邀请几位随行人员在主桌上就餐，其余的人员不管是高官也罢，老师也罢，都在旁边的桌子上吃饭。为了照顾大家，每顿饭的陪同人员都不相同，这样大家都可以有机会和公主同桌进餐。

公主在餐桌上谈笑风生，经常有很多笑话和旅行感受与大家一起分享。泰国朋友面对公主都很恭谨，不好意思挑起话题，我是看着大家说笑，泰语只听得懂几个词。有时候公主会停下来，特意把某个笑话用中文再讲一遍给我听。

于是在座的各位 VVIP，不管懂不懂中文，都礼貌地陪着我再笑一回。我很感激公主悉心的安排，在她身边吃饭，公主不会冷落任何一个人。

公主边吃边聊，能把一桌子人的欢乐气氛调动起来，大家只是听着，偶尔回答几句话。让人吃惊的是，作为主讲人的公主，可以很快地在交谈中把自己的那份食物吃光。我如果边吃边谈，嘴巴忙着说话，根本就顾不上食物。公主还开玩笑说经常忘了吃了多少，一边聊天，一边吃，结果吃多了。

我观察过，公主一般是看到大家基本都吃好了，才结束话题站起来离开。公主是代表团的核心，大家都希望为公主服务，和公主的节奏保持一致，而公主却把关照，在一点一滴的细节中带给大家。

离开酒店前公主会接见负责接待的服务人员，离开餐厅会特意感谢大厨的好手艺，对帮助开门的服务生，她也会微笑点头致谢，让身边所有人都能感受到温暖。去一个景点参观，公主会在离开的时候，亲手把礼物送给接待官员、保镖，还有讲解员，不会落下一个人，让大家既惊喜又感动。

有一次在法国参观的时候，法国的翻译并不知道亚洲的这位公主法文相当流利，于是用英语来讲解，可是说的英语带有浓重的法国口音，公主根本听不懂。情急之中公主只好说：您可以用法语解释吗？

上课的时候回忆起这一段，公主对我说：当时我应该说我听不懂英文，请她用法文来讲，这样说可能她的心理上会好受一些。过去这么多年的事情，没想到公主居然还在为这件小事觉得遗憾。

替他人着想，希望身边的人心情愉快，是公主待人的一贯态度。公主年轻的时候有一次到陕西乾陵参观，馆长亲自出来迎接，并带领大家去会客厅就座。然后馆长起立讲解，如考古学家一样，详细讲述陵墓的结构。可惜这位馆长口音很重，连翻译也听不懂，无从翻译。中方陪同人员过来跟公主商量说，要不换一个英语讲解员吧？公主在自己后来的游记《踏访龙的国土》里这样写道：我很为难，他的解释实在听不懂（翻译说的），但我也不好意思要求换人。因为他很热情地讲解，如果换别人讲，他一定会感到扫兴。于是我说道，今天我们比原定的日程晚了45分钟，所以不如前往参观，边看边解释。大家都同意。公主从对方角度出发，巧妙地解决了尴尬的问题，避免了主人的不愉快。

公主上课时跟我说：有一次做梦，梦到自己责备工作人员，他们没有把我的东西准备好。可是我不应该责备他们，我应该想想，是不是我自己没有交代清楚，才使他们犯错误的？我怎么能轻易责备别人呢！听公主这么说，我感慨良多，遇到问题，人们总是下意识地从他人身上找原因，推卸自己的责任。而公主却主动从自己身上找原因，这样的做法即使普通人又有几个能做到呢？

正因为如此，公主的工作人员才真心地敬爱她。这在外出的时候可以明显地看出来，诗琳通公主的队伍里总是笑声不断。在她周围，无论是陪同人员还是服务人员，都感到轻松愉快，公主的宽容给每个人带来正能量。

普密蓬国王逝世，举国悲痛。政府公告，娱乐活动停止一个月，降半旗一个月，政府工作人员穿黑色服装一年，百姓可以随意。事实上热爱国王的民众自愿穿黑衣三个月，之后又延长到一年，一年之后还是穿素色衣服，以此表达对国王的哀思。

在悼念国王期间，公主的朋友问公主：我在佛像那里许愿以后，还能像以前一样用歌曲还愿吗？泰国有个风俗：许愿之后，如果愿望实现，许愿人会请演员表演一段歌舞给神佛看，表达自己的如愿，很多人许愿的时候也是这样对神佛承诺的。如愿之后如果没有按照约定还愿，他们认为神佛就会降罪。而碰到这样的特殊时期，大家比较为难，到底能不能歌舞还愿呢？有人就来问公主，公主认为许愿的事情要认真对待，不然神佛会有怨言，对大家不好。虽然遇到特殊的事情，也是应该可以歌舞还愿的。公主在悲痛中，还能为民众的福祉着想，尊重泰国传统的信仰，慈悲之心让身边的人感动莫名。

　　润物细无声，希望公主洒下的恩泽，汇成福报，回馈到公主身上。

淘气过人的盖珥

中国的小朋友们：

我是泰国人，我和父母生活在一起，我有哥哥、姐姐和妹妹，还有亲戚、老师和同学。我的父母都在工作，在我小的时候，我们兄妹几人和同学们每天都去上学，放学回家就做功课，还帮助父母做些事情。在家里或在学校里，我们喜欢一起玩儿，生活得很愉快，值得回味。我每天都能学到些新的东西。父母总是教导我们，要勤奋学习，长大后要为国家的建设而工作，使自己成为一个有益于他人的人。

现在，我已经长大了，生活的视野更广阔了。我曾访问过中国，认识了好些中国朋友。我很高兴有人将我向泰国小朋友讲述的儿童时代的生活故事译成中文，使中国儿童也能够了解泰国小朋友，让我们两国的友谊代代相传。

致以亲切的祝愿。

诗琳通

（《顽皮透顶的盖珥》一书中的序言，1983年出版）

公主的儿童著作

《淘气过人的盖玶》和《顽皮透顶的盖玶》是泰国诗琳通公主以菀盖玶的笔名出版的儿童读物,二十世纪八十年代就被翻译成中文。在书的序言里,作者以泰国小朋友的口吻,亲笔书写了给中国小朋友的中文信,这封带着作者笔迹的信,一下子拉近了中泰儿童之间的距离。

作者以风趣的笔墨,讲述了泰国的小女孩盖玶的日常小故事。盖玶聪明伶俐又淘气无比,她善良又富有同情心。因为立志当护士,小伙伴们又不愿意充当倒霉的病人,于是盖玶故意从自行车上面摔下来,想摔点小伤练习包扎,结果摔得太重进了医院。她向妈妈讨来冰糖做冰糖结晶实验,却因为馋嘴,把实验的原料"品尝"太多,弄得实验搞不下去了。因为电视广告里说可以拿方便面的袋子和肥皂粉的盒盖换奖券抽奖,盖玶动员全家吃面条,肚子吃得胀鼓鼓的,还把肥皂粉的盒盖全部拧下来,惹得妈妈一顿骂……

公主说自己小时候也很淘气,让母亲和老师都很头疼。我猜想,盖玶的经历里面可能也有公主小时候的影子吧。公主说小学老师没有因为她是公主,地位尊贵,而放松对她的要求。现在回想起来,非常感谢那些严格管教她的老师,让她在学校懂得遵守纪律,学到很多东西。

当年在学校的时候,老师总会对公主说,我想听听你的想法。这不是因为公主的特殊身份,而是因为她总会有奇思妙想。

和同龄小伙伴一样,公主小时候经常吃完饭就到草地上除草,这是大人们分配的一项任务。坐在小板凳上,把杂草一根根地拔掉并不是件轻松的事情。

因为要拔掉的草往往长得比好草快得多。公主于是就想，等我长大了，就专门养一片杂草，让它可劲儿地长，长成一大片草坪，这样就不用除草了。我说种杂草是不是也需要把好草除掉呢？公主很有经验地说不用，好草长得慢，不容易生长，不会有多少的。公主把这个奇思妙想讲给朋友听，一个朋友真的种了一片杂草，还请公主过去看，替公主实现了儿时的梦想。

有一次说到奇怪的工作，公主说她小时候见过一种奇怪的工作，就是在寺庙院子里的土地上挖一个大坑，一个人坐在坑里，一点儿一点儿捻土，从中找出一种小佛像，这些小佛像比较古老，是以前的人埋进去的。坐在大太阳底下辛苦地一小撮一小撮地捻土，真是辛苦的工作，即使打着太阳伞也热啊！我说我也听说有一种奇怪的工作，收入非常不错，叫试睡员。任务很简单，就是到世界各地的豪华酒店去睡几个晚上，体验酒店环境设施和睡床，然后填写参数表格，描述体验感受，再拍一些照片，就可以交差了。对于热爱旅行的人，这真是一件美妙的工作。公主说太有意思了，看我心生向往，于是开玩笑说，一定要问问她朋友开的酒店，是不是也在招募试睡员。

上课的时候，公主经常讲一些有意思的经历。有一次一个中国代表团来泰国访问，下车后周围的人群开始鼓掌，鼓掌是中国人欢迎领导的习惯，领导自己也在鼓掌。过了一会儿，国王的车队过来，下车的时候，等候在路两边的泰国人也习惯性地鼓起掌来，把国王吓了一跳。因为在泰国，表达对别人的尊敬是双手合掌，没有一点儿声音，这是泰国人的习惯。

在清莱的高山上种植着乌龙茶，历史悠久，茶叶的质量不错。有一次公主和父亲去视察。茶农介绍说，他们的茶叶在发酵的时候，有两种方法，一种是用脚踩，这样制作的速度会比较快，所以称"脚茶"；一种是用手来完成各项工序，叫"手茶"。公主很吃惊，连忙问那个茶农，你给我品尝的这个茶，是手茶还是脚茶啊?

　　油茶种植项目也是国王支持的山地项目之一。2005年在泰国的北部山区，中国和泰国合作建立了油茶种植基地，双方进行了有关油茶的农业科学实验，而且通过种植这种经济作物，大大提高了山地农民的收入。虽然山高路远，道路崎岖难行，公主每年都会前往基地视察，并且亲自烹饪，用新榨的茶油做出美味的传统菜肴，请中国大使夫妇和朋友们品尝。

　　茶油这个比较小众的产品，因为公主的推荐，逐渐被大家接受和喜爱。公主做广告说茶油比橄榄油对身体还好呢，不仅被制成食用油，还可以做成深受欢迎的护肤品。因为泰国的水土环境和中国不同，公主也很关注油茶的研究工作，给我讲解说开红花的油茶树，和开白花的油茶树，出产的油料用途有所不同，有的可以作为民用，有的则可以制成纳米材料。我开玩笑问公主喜欢什么油，公主毫不犹豫地说：我喜欢猪油。

　　学习《红楼梦》的过程中，讲到秦可卿管十来岁的宝玉叫叔叔。我跟公主解释说，在大家族里面常常有这样的情况，年纪小却辈分高。公主立刻就理解了，说自己的王室家族因为长辈有不同的夫人，年纪大的年纪小的都有，他们的孩子辈就会有类似的情况。公主二十多岁时送一个六岁的孩子去学校，跟老师说，我送我叔叔上学来了。等校长低头看到六岁的"叔叔"，才知道公主真的没有开玩笑。还有一次，一位公主的同学说，我敢打我叔叔的头你信不信？公主觉得很纳闷。在泰国，对于长辈是非常尊敬的，而且头部又是极其尊贵的部位，一般来说对小孩子都不能随便触摸他的头。这个同学敢动叔叔的头，简直是太不礼貌了。结果这位同学的叔叔，一个正在上小学的孩子，放学从学校里出来，真的被侄女轻轻地在头上来了一下子。

　　公主的个人生活非常简单，不施粉黛，给人的第一印象就像邻家的大姐，亲切、温和。我们在一起谈论的话题从来没有涉及过奢侈品啊、度假胜地啊这些"悠闲"的内容，公主总会不自觉地谈论起教育的问题，一说起孩子便滔滔不绝。如果发现谁家优秀的孩子，因为家庭条件差而不能继续学习，公主便忧心忡忡，马上想办法资助孩子上学。她还鼓励有潜力的孩子不要满足于本科毕业，要坚持读到博士。一起上汉语课的时候，公主会情不自禁地谈到，谁家的孩子博士毕业了，谁家的孩子在朱拉隆功大学找到了工作，谁家的孩子小时候淘气得要命，现在已经毕业当了医生……记得清清楚楚。言语中流露出长者的欣慰和欢喜，一片呵护之情。我想，这些孩子在公主的关怀下成长，该是多么幸福啊！

公主曾在北京大学短期留学，对于母校念念不忘，不断资助优秀的泰国学生到北大深造。每年到北京访问，无论行程多么紧张，都会抽时间与学生们在酒店共进早餐。这些可爱的男孩子女孩子着装整齐，带着明媚的笑容来到公主下榻的酒店，和公主边吃边聊，早餐厅里笑声阵阵。临别的时候，大家一起合影，公主站在中间，学生们围在公主两边，深情一跪，表达对公主的敬意。把酒店的工作人员都看呆了。

公主不仅资助泰国的孩子，其他国家的孩子同样也会得到公主的关心和帮助。公主得知北京的宏志中学，招收的是那些有能力、学习好，但家境贫困的学生，就出钱加入到资助的队伍里来。另外还资助西藏中学的学生，每年请泰王国驻华大使馆直接代表公主送钱送物，并定期向公主通报孩子们的学习情况。2007年公主去西藏访问，在窗外悄悄观摩了孩子们上课的情况，然后非常高兴地在教室里与孩子们合影留念。十几个孩子簇拥在公主身旁，脸上带着羞涩的笑容。虽然在高原气候下，公主的嘴唇是干裂的，孩子们的脸颊上也带着"高原红"，但大家的笑容极富感染力，每个人的笑容都和高原的阳光一样灿烂。公主觉得参与资助，用自己的力量让孩子们获得学习上的成功，是她最大的快乐。

对于孩子的请求，公主是从来不会拒绝的。时任教育部副部长的郝平曾经记载了这么一件事：2001年，公主在北京大学研修的时候，有一天晨练太极拳，有位女士推着自行车，在不远的地方张望，车的后座上坐着一个小女孩。原来公主前一天参观北大附小时，没有来这个小姑娘班上，回家后，小女孩就哭着要见公主。小姑娘的妈妈得知每天早上公主在未名湖边练习太极拳，就答应带她来湖边见公主。平时上学校，这位小朋友总是不肯起床，今天早早就起来了。晨练结束后，公主听说了此事，便走上前去亲切地和她们打招呼，如愿以偿的小姑娘终于开心地笑了。

盖珥虽然已经长大了，她依然住在公主的心里。

公主和留学北大的泰国学生亲切交谈

王宫学校

公主常常说，吉拉达王宫学校和我同龄，只比我大几个月。校园在吉拉达王宫内，校舍干净漂亮，学生秩序井然，图书馆、游戏室、剧场、体育场都很出色。王后准许王室成员的子女、工作人员子女甚至王室以外的学生，与王子和公主们一同学习。当殿下们都从吉拉达学校毕业以后，这所学校便转为一所私立学校继续运作，面向社会招收学生。

学校里总有很多美好的回忆，在中学里当班干部的锻炼，对诗琳通公主后来跟随父亲勤劳国事大有裨益。公主说中学的时候，姐姐负责一份英文报纸。那个时候刚学习英文，老师为了锻炼同学们英语写作的能力，让大家踊跃给报纸投稿，姐姐还颇有创意地邀请大家用英语提出各种问题，然后由她在报纸上作答。可是大家都不太愿意配合，弄得姐姐很着急，对妹妹说快来帮忙啊！于是诗琳通公主就帮忙提了一个问题："Who is the maddest student in our school？"谁是我们学校最疯的同学？这个很吸引眼球的问题却让姐姐有点为难，不过居然被同学们回答出来了。我好奇地问那个"疯"同学后来怎么样了？公主笑道：那个被称作"最疯"的同学，后来成了一位博士，一直帮助公主工作。

多年后，公主和那个同学一起回忆起当时的情景，满满的得意，还沉浸在自己的恶作剧中。不过公主的这个问题，算起来是唯一一个由同学提出的问题。因为没有别的同学参与，报纸上其他的问与答，都成为公主姐姐自问自答式的了。比如WTO是什么组织等，变成了科普内容，再也没有"最疯同学"这样有意思的问题了。

公主非常关心吉拉达的教学，经常送学校的教师出国进修。公主认为立志教学的老师不会轻易改行，而那些还没有找到职业方向的毕业生，更容易离开教学岗位，因为外面的诱惑实在太多了。吉拉达学校非常重视孩子的科学教育、艺术活动和对外交流。中国汶川地震后，公主私人出资重建四川绵阳先锋路小学，并且使之与吉拉达学校结成友好学校。每年交流的时候，吉拉达的学生去四川，住在学生家里，而中国的师生则住在泰国的学生家里。这种零距离的交流，让孩子们对两国的文化和生活状态有了很深的认识，增进了两国的友谊。

吉拉达的校长如今已经八十多岁，是宫廷最高等级的贵妇Tanpuying，曾经教过公主的数学。副校长七十多岁，是贵妇Kunying，曾经是公主的历史老师。老校长年轻时代去美国研习数学，是普密蓬国王资助的，校长父亲执意要选一所学费便宜的学校，为的是不愿意多花国王的钱。两位校长是吉拉达学校的元老，尽管年事已高，依然退而不休，兢兢业业，不辞劳苦地为学校努力工作。

对于吉拉达的一草一木以及各种掌故，公主如数家珍。老师什么样儿，学生什么样儿，校园里的大蜥蜴什么样儿，校园门口的那口老钟有怎样的故事，公主讲起来都绘声绘色。

公主还记得那个时代有个年纪大的老师讲话不清楚，上课的时候同学们都听不太清楚他说什么,只有聪慧的公主能够理解他,所以这位老师也最喜欢公主这位尊贵的学生。还有一位老师,她长得比较黑也比较瘦,小名叫葡萄。淘气的同学有时开她玩笑,认为不应该叫葡萄,应该叫葡萄干才对。

在那个年代有老师还抽鼻烟。上课的时候,老师把鼻烟放在桌子下面,趁学生不注意,弯下腰去猛吸几口,然后又迅速抬起头来,作若无其事状,还以为同学们没看到呢。公主一边给我讲学校里的这些陈年轶事,一边模仿老师吸鼻烟的动作,笑得我前仰后合的,跟在公主身边,周围总是弥漫着青春快活的空气。

公主呵护学校,关心孩子,吉拉达的老师、学生和家长更热爱公主。他们在公主六十华诞的时候,用一台美轮美奂的演出,向公主倾诉了感激之情。

演出那天,我跟随曼谷中国文化中心的美女掌门蓝素红参赞,一起来到毗邻的泰国文化中心剧场观看。中泰两家文化中心你中有我,我中有你,资源

公主在曼谷中国文化中心留下墨宝

共享，共同担当着"润物细无声"的文化交流的角色，让"中泰一家亲"亲得有声有色。有一年，公主亲临中国文化中心，品尝美食，参观展览，还留下了"润物细无声"的墨宝。

泰国文化中心的剧场分为上下层，舞台的红色幕布上点缀着泰式的花纹和飞天女神。观众席座位很宽敞，公主的专用座椅从宫里带来，已经安排在观众席中间，周围几米之内没有旁人与共。虽然可以远离观众，高高在上坐在二层包厢里，但是公主选择了和诸多熟识的老师、家长亲密地坐在一起，这足以看出公主和吉拉达王宫学校密不可分的关系。公主到场前半小时，全场座无虚席，却听不到一声咳嗽，大家安安静静地等待礼宾的乐曲响起，然后全体起立相迎。跟随公主一起到来的校长、贵妇、亲友团，裙裾飘飘，花团锦簇。公主依然是一袭朴素的泰丝套裙，神态可亲，我们被安排在离她最近的地方。

这台演出阵容强大，近一千人的演出队伍服装艳丽、道具精美，一看就是下了很多功夫的，听说连彩排都进行了三次！演员全部由学生、老师和部分家长担当，既有小不点儿的幼儿园小朋友，也有穿着校服很有范儿的高中学生。大家都参与进来。演出包括独唱、民族舞蹈、歌剧、历史剧等，音乐和舞美水平相当高，很多都是为了这场演出原创的剧目，看得我们都舍不得眨一下眼。

公主后来聊天的时候说，这次演出有很多家长积极参与，设计道具、准备服装、帮忙做饭弄菜、照顾小演员，甚至登台演出。还有"报德善堂"的员工也来帮忙，这是泰国很有威望的慈善机构，以扶危济困著称。大家没有一分钱报酬，为了公主一起努力，就像一个温暖的大家庭。

演出的最后一个节目，上千的孩子和老师从四面八方缓缓走上舞台，有的走到观众席的中间，剧场的灯光暗淡下来，大家手里捧着的蜡烛亮了起来，烛光覆盖了整个剧场。观众全体起立，剧场里上上下下的人都侧身面向公主，一起唱起赞颂吉拉达、赞颂公主的歌曲。歌声婉转，烛光温暖，整个剧场充满了宛如圣殿一般高贵圣洁的气氛，场面催人泪下，让人久久难忘。整整六十年，公主和她的吉拉达母校，共同走过了六十华诞，每个吉拉达的学生，都为与公主拥有同一个母校而感到自豪无比。

在王室的资助和管理下，吉拉达王宫学校，从小小的幼苗长成了参天大树。从最开始开设的幼儿园，增加到小学、中学，后来又开设了职业技术学校，学生在这里可以学习电脑、电工、汽车修理和烹饪等课程。因为喜爱公主，公主开什么学校，亲朋好友们都喜欢跟风，都喊着要去报名，开了什么学校都有人说"我也要去"。

有一次公主开了个水牛学校，教农民用水牛耕地，介绍水牛对环保的好处，学习结束还要给水牛考试。公主笑着对我说，好多人听到我开学校的消息，根本还不知道是什么学校就纷纷跑来要上学，我只好对他们说：这真的是培养水牛的学校啊！

你是被抓来的吗

曾经看到一张照片，公主在一头水牛前面拉二胡，于是好奇地问公主这是怎么回事。公主说中国不是有一个成语叫作"对牛弹琴"嘛，所以我就忽然想试试这些水牛到底能不能听懂我的琴声。于是公主带上自己的二胡，在周围人的见证下，给水牛拉了一次二胡，并且公主得出自己的结论，水牛似乎是能听懂音乐的。

跟公主在一起，太多的瞬间让人难忘，让人忍俊不禁，每次跟公主聊天，对我来说都是欢乐的旅途。最爱听公主讲话，智慧而幽默，这是我旅泰生涯中最美好的回忆。比如说到减肥的问题，公主的一个朋友在研究减肥药，可是公主不愿意吃她的药，原因很简单，公主边比划边说："她比我还要胖啊！"公主对一些花粉过敏，一直打喷嚏，我说您吃药了吗？她说："医生说我对抗过敏药也过敏啊！"

学到"早起的鸟儿有虫吃"这句习语，公主说对啊，每天早上都有许多鸟到我门前的草坪上吃虫子，跟到了饭馆儿一样。在中国旅行时，有人请公主品尝乌龙茶。公主后来说：中国功夫茶都是小杯子，我没喝够，让人去买了一大包，一下子冲泡了很多。后来夜里两三点都睡不着觉，才知道功夫茶真的不能喝太多……

泰国人自称天赋佛性，他们生活乐观、简朴、随遇而安，对生与死处之泰然。在寺庙里更是一切顺其自然，想布施就布施，想在佛堂里坐会儿就坐会儿，赶上寺里开饭，想吃点儿就吃点儿，没有人指指点点，一切随意。到寺庙拜佛，佛前摆着不少捐款箱，有寺庙的，有的是给学校的，还有给救助团体的，不分先后，都用一样的箱子摆在那里。没有人督促你要烧高香，要捐款，大家拜佛叩头之后都会塞进一些钱去，接受和尚的洒水祝福也会想着有所布施。在泰国，布施是一种习惯，人们也不会想着什么实际的回报，就是很自然地去做了。有时候在景区上厕所，厕所门口也摆着一个小盒子，如果你问保洁阿姨需要投币多少，她会说，随意。

有一次在一家饭馆门口等人，大家三三两两地聊天，我注意到一个卖山竹的小摊贩，推着小车静静地站在那里，既不急切也不慌张，偶尔有人想买山竹，羞涩地笑着给人家称。我走过去用我有限的泰语和这位中年男人攀谈，他看起来比较贫困，面容却并不愁苦，那种挥之不去的气定神闲，让我忽然想问一个很 CCTV 的问题：你觉得快乐吗？他黝黑的脸上有点不好意思的样子，说很快乐呀，心里没有什么压力，两个女儿上学也不需要什么钱。我知道在泰国，贫困家庭可以将孩子送到寺庙接受初等教育，那里同样有教育体制内规定的学科课程，孩子们同样可以快乐地成长。来泰国时间长了，才知道这种知足而平和的天性随处可见，快乐其实真的和钱没什么关系，也并不需要太多的理由。我们不快乐，只是因为我们很多人被欲望的迷雾遮蔽得太久，迷失了初心，以为那层迷雾就是整个世界。这次的街头小采访比吃饭本身欢乐多了，因为被那个卖山竹的泰国普通男人的欢乐感染了。

记得有一期《中国国家地理》，做的是纪念抗日的专刊，刊登了日本在"九·一八"之前的战争准备。他们到中国东北勘测地形，获取了很多矿产资源、农业资源等方面的数据，图片资料也非常翔实，给发动战争做了充分的先期准备。公主说在泰国也保存有类似的记载，日本人连泰国的某个地方有多少头水牛都有记录，非常详尽。公主是研究历史的专家，对历史文献信手拈来，非常熟悉。

公主还提到一本书里有这样的故事：日本在泰国海边某城镇登陆，泰国人把他们赶走了，不过不是用刀枪，而是用一种树枝，泰文发音是mamoui，中文翻译成刺毛鳖豆。听说只要这种树的叶子碰到皮肤，就会让人的肌肤瘙痒难耐。这种抵御方式非常奏效，入侵者纷纷卸甲而逃，据说现在泰国还有这种树呢！用瘙痒树枝抵御外敌，既赶走了敌人，又不伤和气，与泰国老百姓一贯的温软性格相吻合。

泰国是温和的国家，虽然也发生军事政变，但流血比其他国家要少得多。新华社的一位记者写了一本书叫作《新闻旧事》，里面记载了一场闹剧：红衫军和黄衫军闹得最厉害的时候，双方对峙，看形势一场流血冲突不可避免。记者们见状火速登梯爬高，各自找好角度准备记录血腥现场。结果是示威者大棒锄头一举起来，被冲撞的警察马上跪地求饶，并且说我妈妈跟你们一派的，你们别打我。这情节简直太有戏剧性了，说好的血雨腥风呢？

我驻泰期间亲历的游行现场也是欢乐无比，不知道的以为闯进了嘉年华。红旗招展、口号震天的情节也有，不过更多感受到的是娱乐气息和节日气氛。热带地区暑气退去的夜晚，天气晴朗，在露天空场上，集会组织者会请上几支乐队，在激情洋溢的主持人的带领下，唱一些亢奋的摇滚歌曲。老百姓在地上铺着自己带的花花绿绿的席子，一家一户地坐在一起，喜气洋洋地听歌曲，喊口号。旁边不远处就有免费小吃，豆浆、泰餐盒饭，还有烤鱿鱼的小贩，让人搞不清这到底是集会还是嘉年华。

如果遇到一连好多天的集会，组织者还提供移动厕所、帐篷区、沐浴区，等等，为集会者的饮食起居安排得非常周到。那些不知道哪里来的集会者，白天在帐篷里睡觉，晚上听歌、吃饭、沐浴，过起了不错的小日子。有一天上课的时候，宫外的游行正酣，演讲的声音很震撼，唱的歌曲也很动听。公主说她家的猫很喜欢看游行，刚才又找不到了，估计又凑热闹去了。

许多事情在其他国家可能是严肃的场合，而在泰国就有可能弄成欢乐的气氛，比如征兵。泰国实行义务兵役制，法律规定：凡年满二十一岁的适龄男青年，包括变性人和僧侣，都要向征兵单位报到。然后通过抽签来决定是否服兵役，大家在征兵抽签筒面前人人平等，抽中黑签者当年免除兵役，抽中红签就意味着必须服役。于是抽签现场的画风跌宕起伏，抽到黑签的和尚嗨到飞起，抽到红签的腿软倒地，现场主持抽签的军人，乐呵呵地看着眼前的一幕。

不仅征兵现场高潮迭起，惩戒的措施在泰国也很奇葩。有报道说，泰国警察如果犯了轻微的过错，比如迟到、乱丢垃圾、乱停车、态度不当等，惩罚的方式是：上班时间被强迫戴上粉红色的"Hello Kitty"臂章。利用这种粉红少女风的惩戒方法，希望警察叔叔能自己觉得羞愧与内疚，下次不敢再犯，简直萌萌哒！

不仅如此，泰国警察还推出了一项很有爱心的新政策。在泰国一个叫Tawanna的地方，经常发生青少年斗殴事件，警察为了使大家不再打架，决定好好解决这个问题。于是规定若被抓到互殴，就要一起"手比爱心"来和解，藉此让当事人建立友谊。宣传这项调解政策的时候，两位身穿制服的男警察把手高高举过头顶，认真地示范心形造型，那样子实在让人看了想笑，周围的警察也都满脸的笑意。

泰国警察做示范

泰国警方为了对付犯罪行为也是绞尽了脑汁，还有一个新规定是：只要是酒驾被定罪者，都必须到各医院太平间服务四十八小时。要帮忙搬运尸体，清洗太平间，让他们直面死亡，深刻了解自己行为的危害，以及对他人造成的严重后果。许多人结束惩罚后都表示，自己不敢再犯了。这个看起来温和而又有效的惩戒措施，得到大批网友点赞，大家都希望在自己国家也能够推广，让那些酒驾的人牢记这个教训。

泰国人性格中的欢乐和柔软无处不在。有一个同事在路上发生了剐蹭事故，看司机师傅长得五大三粗，下车来好像要打架的样子，同车的男士赶紧都跑下来，准备来个人多力量大。没想到泰国大哥彬彬有礼，软糯的泰语一出口，讲泰语的那位同事浑身一软，跟人家友好地攀谈起来。其实人家就是长得膀大腰圆而已，根本没有想打架的意思。感觉泰语是一种很谦恭温和的语言，声调如此，身体语言亦如此，以至于我深深感到，我身边说泰语的同事，男士越来越绅士，女士越来越"卡哇伊"。学习哪种语言，本土文化就会被哪种文化包裹，浸染得越久，包裹得越结实。

诗琳通公主讲起话来也是温润的，常常妙语连珠，幽默感十足。泰国前驻华大使伟文·丘世君是一位"中国通"，汉语交流准确生动，根本听不出是一位外国人。他也注意到公主言谈中的幽默风趣。有一次公主视察一家银行，无意中看到退休后在此帮忙的伟文大使，公主马上开起老熟人的玩笑："啊！是你啊，你是被抓来的吗？"

伟文大使鼓励我说，因为身份特殊，你能够观察到公主更多的生活细节，听到她幽默有趣的谈话，这些是泰国人接触不到，也不敢记录下来的，你应该为此写一些文章。因为公主的幽默是无处不在的，值得记下来，让更多的人分享公主的语言智慧。正是在他的勉励下，我才开始动笔，以一个普通外国人的视角，还原一位至情至性的公主，把我对公主的尊敬和情感，把每个周六沉浸在汉语馨香中的陪伴，整理成文字，告诉给更多的人。感谢伟文大使。

我喜欢李白

很多事情就应在一个"巧"字上，无心插柳，杨柳成荫。

有一天在上中文课时，与公主谈到即将到来的中国之行，公主说她还准备去吉尔吉斯斯坦，问我觉得怎么样。公主的这个提议并非偶然，实际上公主到访中亚诸"斯坦"国家的旅行很早就开始了。前一年公主访问了哈萨克斯坦、塔吉克斯坦两个国家，那里有河流、森林、雪山和耐寒的牲畜，这些中亚国家和泰国的方方面面都有着千差万别。泰国驻哈萨克斯坦美丽的大使夫人曾经说过，刚到这个国家的时候，好像一下子到了另一个完全不同的世界。

我问公主，为什么想访问中亚？公主的回答是，中亚几国都是她感兴趣的国家，中亚国家因为地理位置的关系，受到来自东方和西方两种文化的影响，具有自己独特的文化特征，有很多可以参观的内容。这次公主决定去的是吉尔吉斯斯坦，我忽然灵光一现，想到了那个遥远而陌生的名字——碎叶，历史书上说的李白的故乡，不就在吉尔吉斯斯坦吗？我于是告诉公主吉国的碎叶城就是李白的故乡啊！一听到"李白"这个名字，公主的脸上露出笑容，眼睛亮晶晶的，问道："真的吗？李白是我最喜欢的诗人。我知道唐朝最有名的诗人，一个是李白,一个是杜甫。杜甫关心比较多的是社会、政治问题,而李白的诗歌喜欢歌咏山水,他喜爱自然,诗中带有很多浪漫的色彩。"

说起李白,公主滔滔不绝,像在谈论一个久未谋面的老朋友似的:"听说李白是在船上的时候,因为想去捞月亮,死在湖上,也不知道是不是这样,以前也有人说他是病死的。到底怎么样呢?"遇到有意思的问题,公主开始执着地刨根问底,可惜我不是李白问题专家啊!不过没关系,我们历史系有的是人才,我可以请外援啊!于是我答应公主,第二周上课时,一定给她讲讲李白的前世今生,公主这才满意地笑了。我暗暗下决心,要用一个星期的时间恶补李白,也就是下次上课前,火速成长为李白问题的临时专家。

公主的兴趣就是我备课的方向和动力。对于李白,我的了解仅限于他最光彩照人的片段,比如小时候他看老婆婆铁杵磨成针,然后发奋学习;李白斗酒诗百篇;做官时喝醉酒连皇上的召唤都可以不理睬……至于他是出生在碎叶还是老家在碎叶?他的诗歌中充满了豪侠之气,他到底是不是西域人?他父亲又是怎么把他带到中原的?李白究竟是怎么死的,是在河里还是在湖里?这些都没有探究过。

幸好我有一位研究生同窗史睿同学,如今在北京大学中国古代史研究中心就职,每次遇到古代史方面的问题,第一个求助的就是他。抱着试试看的心情发微信去问,没想到又问对人了,而且还就是那一个"巧"字。史同学告诉我说,研究中心共事的一位教授,竟然就是研究李白与丝绸之路的专家,更巧的是,这位教授和另外几个大学的李白研究专家,前不久刚刚在吉尔吉斯斯坦举行了"李白与丝绸之路"国际研讨会!这真是一个天大的好消息,于是赶快托同学帮我找会议论文,在那位尚未谋面的朱玉麒教授的帮助下,很快邮件发来了研讨会的论文目录和一些会议资料。这些都是最前沿的李白研究资料,从这

作者与大学同窗在北大相聚

些信息入手,我马上梳理出一篇有关李白的生平文章,还有迄今为止史学界研究李白的热点问题介绍,作为公主课堂上学习的教材。没有早一步,也没有晚一步,一切都是最好的安排。

另外一个让人没想到的是,通过这次跨国搬救兵,使得研究李白的朱教授和热爱李白的诗公主,在草长莺飞的四月,在中泰两国专家学者的见证下,在桃花怒放的中古史小院里,进行了友好的会见,成就了一段佳话。而这一切的起因,都源于给大学同学的那一条微信。

访问吉尔吉斯斯坦,还有一个原因是公主对"丝绸之路"情有独钟。公主很早就了解到胡萝卜、葡萄、西瓜等蔬菜水果都是从西域传来的,丝路上的驼队又把中原的丝绸、茶叶等源源不断地送往西方国家。在那个没有飞机火车汽车的年代,这是怎样一条充满艰辛和挑战的漫漫长路啊!而中亚这些国家正处在丝绸之路上,突厥文化、佛教文化、波斯文化、伊斯兰文化、斯拉夫文化、西方文化都对中亚地区产生过深远的影响,中亚是历史上多元文化共存、交汇之地。只是我真没想到,这里居然是李白出生的地方。

通过和公主一起学习资料,我们了解到李白的确是在吉尔吉斯出生的,至于他是出生在吉尔吉斯的汉人,还是汉人和少数民族混血就不得而知了。成长到五岁,李白才随经商的父亲,沿着丝绸之路来到中原,在四川生活了相当长的时间,可以说他最精彩的人生,都是和巴蜀的山水联系在一起的。

我对公主说:看来,冥冥之中,您和李白真是有缘分啊。我们这次去吉国,可以参观李白的出生地碎叶,现在那里还保留着一些历史遗迹。公主看着我带来的碎叶古城图,又问了很多问题,看来这次吉国的访问之旅,因为中文课的缘故,注定也是一场看望大诗人李白的旅程了。

珍爱历史的人对于自己心仪的历史名人,都想看看他们出生的地方,生活成长的环境,仿佛从那里可以了解他们的作品背后不为人知的密码,在那里,仿佛可以与古人心意相通,可以更近距离地对他们表达心中的敬意。

当年乾隆帝南巡的时候,就喜欢住在西湖孤山上的圣音寺,这里毗邻北宋著名诗人林逋的隐居地。林逋就是历史上人称"梅妻鹤子"的那位诗人,他博学多才,淡泊名利,乾隆颇为赞赏。乾隆南巡的行李箱里,会带上大量描绘江南水乡的名人书画,其中就有林逋的诗帖。文献记载,乾隆帝每次来到杭州林逋隐居的地方,必定面对西湖,高声诵读林逋的诗帖,仿佛与先贤进行一场穿越时空的对话,非常感人。我想,公主到吉国看望李白,这份心意,一定也是相通的。

在课堂上,我不是简单地介绍李白,而是和公主一起探寻他诗歌背后的个人经历、成长背景,以及成就他文化翘楚地位的中原之行。通过学习,公主对李白诗歌中的浪漫情怀又增添了学术高度的理解。为了更好地了解关于李白与丝绸之路的前沿研究状况,我们还一起学习了在吉国刚刚结束的研讨会论文目录,通过阅读中文目录,深入了解了当前文学界与历史学界对李白的关注热点与研究方向,收获良多。

不仅如此,我们还一鼓作气阅读了李白的诗歌《关山月》,从诗歌中看到一个在胡地长大的诗人的所思所想。几节课下来,李白的面貌越来越清晰了,也解决了不少带有历史疑问的课题,睿智如公主,潜移默化中已然成为李白问题的研究专家。她同时记录下悬而未决的几个问题,期待到中国向北大的教授

"李白与丝绸之路"迷你研讨会

公主成为吉尔吉斯民族大学荣誉教授

公主在北京大学中古史中心

们当面请教。

四月,北大的中国古代史研究中心春花绽放,盛情欢迎为李白而来的泰国尊贵的学者,在古色古香的中式小院里,一场讨论正式拉开序幕。那天本来安排的逗留时间很短暂,公主一丝不苟地提问和大家的讨论,直接把预定的寒暄过场,变成了严谨的小型学术研讨会。大家欢声笑语不断,跟随公主而来的泰国教授们,不论来自哪个专业,都因为收获了李白而欣喜。可能北大的教授们也没有料到,公主对李白认真到如此地步,公主的团队这么书卷气十足。

离开北大,一天后,在吉尔吉斯斯坦国立民族大学,女校长郑重地授予这位远道而来的泰国公主"荣誉教授"称号。公主站立的地方,正是几个月前"李白与丝绸之路"研讨会召开的地方,脚下的土地,正是李白出生的国度。李白笔下那一轮《关山月》,正在我们眼前展开:"明月出天山,苍茫云海间……"

走进《茶馆》

公主喜欢让老师推荐中国优秀的文学作品,由她来翻译成泰文,这些用词考究的翻译作品从不同的视角,折射出中国社会的气质,也带有公主自己的思考。往往作品在泰国出版上市后,一时间洛阳纸贵,成为大家争相阅读的热点。

《永远有多远》描写了一个没心没肺、善良豁达不记仇的北京姑娘白大省的日常,还有她生活的那条北京胡同的历史变迁。白大省头上的洗发膏,白大省喜欢的杨梅汽水和松仁小肚,都让公主产生了无尽的联想。就连叛逆的女孩西单小六,公主也想弄明白为什么作者描写的时候用了刨花香味,还有土豆皮颜色的皮肤……

学习《白银那》,在小说中一起经历了东北松花江的鱼汛,马家食杂店的卖盐风波,一起叹息乡长家那个有俄罗斯血统的会酿最甘爽的牙各答酒的女人的死,还有马家儿子和乡村女教师之间别别扭扭的爱情。曲折的情节,像一只无形的手,在前面引领着我们顺畅地读下去,一直走到那个悲伤而又充满希望的结尾。公主在阅读过程中,赞叹冰凌的描写如此动人,也深深为村民没有团结起来解困而惋惜。那些开江鱼,因为冬天消耗了脂肪,身体里的废物吐净,因而到了春天肉质细腻紧绷，好吃异常。公主眼光发亮，说从来没吃过这样的鱼，应该很贵吧。公主曾经去过东北，看过冰灯。生长在热带国家的公主，对冰天雪地颇有好感。冰排晶莹剔透，作家把它比喻成了金银珠宝。作品还没翻译到一半，公主已经等不及要去品尝开江鱼，痛饮牙各答美酒了。

公主一直都喜欢作家老舍，去过老舍的故居，和老舍的夫人聊过天，也看过不少老舍的作品。出访山东的旅程，让公主和老舍的缘分又进了一步，这次公主接受了山东大学荣誉教授的职位，而老舍就曾经是那里的教授。举行典礼的那一天，公主用流利的中文进行演讲："我荣幸地接受山东大学的教授职位，和老舍成为同一所大学的教授，老舍一直是我敬重的作家，希望同学们努力学习。"

在济南的行程中有个小插曲值得一提。公主下榻的酒店餐厅门口，有两只古色古香的大鸟笼。一天早上，公主还没有下楼就餐，我们早早地在自助餐厅门口等候。鸟笼里面的鹩哥悠闲地东张西望，看我们过来，爱答不理的。等了一会儿，公主在大家的簇拥下走过来了。公主喜欢小动物，看到毛色如此油亮的小精灵也很高兴，情不自禁地对鸟儿说："你好！"然后转身要步入餐厅就餐。这时候让人称奇的一幕出现了，那只刚才我们逗了半天，也没吐几句箴言的小家伙，此刻却用清亮的嗓音，字正腔圆的普通话，一本正经地冲着公主来了一句："你——真——漂——亮！"此言一出，周围懂汉语的外交部随行人员都乐疯了。这只鸟太会说话了，而且超有外交才能，应该给点个赞。公主也没想到这个鹩哥这么善解人意，开心地笑起来。

因为公主心心念念老舍，又考虑到公主这么多年来已经翻译了唐宋诗歌、散文、新闻、现当代小说等众多作品形式，唯独还没有翻译过中国的话剧，因此我想给公主介绍老舍的名著《茶馆》。《茶馆》这部经典话剧描写了三个历史时期老茶馆的变迁，内容很有历史感，语言也有老舍笔下老北京的风格。尽管翻译起来并不容易，公主还是很高兴地决定开始，于是在访华回来没几天，我们马上开启了《茶馆》的翻译工作。

我从图书馆找来中文版《茶馆》，自己来泰国的时候也带了几个话剧本子，于是我们上课的时候人手一本，公主的那本字迹比较大一些。第一次翻译，首先接触的是剧中的人物，看到剧中人物表就好几页，公主一边翻译一边说，好多啊！我一脸抱歉，公主可没有放下一直刷刷翻译的笔，与生俱来的坚韧，使得公主从来不缺少面对困难的勇气。这部作品文字功底深厚，对话干脆利落，带有不少老北京原汁原味的土话，还有信手拈来的历史典故，翻译起来的确是很有挑战性的。公主既然下了决心，我也鼓起勇气，一起努力让老舍的话剧在泰国文字里再鲜活一次。

公主以前没有翻译过话剧题材，翻译的过程并不是一帆风顺的，经常会碰到一些难点，但更多的，是解决问题之后的会心一笑，还有从剧本引申出的文化对比。公主记忆力超群，联想式的思维总能从剧本发散开去，聊到相关的有趣的话题。这些有意思的信息伴随着我们翻译老舍的整个过程。

比如《茶馆》里面有老北京爷们遛鸟的情节，公主说她也有黄鸟，叫声清脆悦耳。我告诉公主老北京人遛鸟的时候，习惯上会用块蓝布盖住鸟笼子，以防遇到别的鸟儿学坏了，或者跟其他的鸟儿掐架。公主说泰国有一种爱打架的鱼，为了防止鱼打架，要在鱼缸里把他们分开，或者不同缸，否则就要争斗不休，见面如见敌人。后来我也养了一条泰国斗鱼，鲜艳美丽的大尾巴在水中摇曳着，与世无争的样子。

小说里还提到鼻烟壶，公主说很小的时候就看到过中国的货郎售卖鼻烟壶，我说《红楼梦》这部小说里，就有吸食鼻烟治疗感冒的记载，现在的鼻烟壶都成了艺术品。公主说泰国有一种传统的 U 形鼻烟壶，一头放在嘴里，一头放在鼻子里，吸鼻烟是用嘴吹到鼻子里。这可真是奇妙的设计。

《茶馆》里有个人物叫唐铁嘴，找人看手相，被说什么天庭饱满，地阁方圆。公主若有所思地说，这些特点并不表明人长得好看，而是有福气。公主理解得非常准确，有福气的面相是我们常说的宽额头、大嘴巴，倒真不一定是审美上的"漂亮"样子。唐铁嘴给轰出茶馆了，没人喜欢他，公主说，他应该来泰国（因为泰国人现在还有算命的风俗）。

小说里提到了"婶子"这个词，公主忽然问，婶子比爸爸大还是小呢？我告诉公主，婶子是爸爸弟弟的妻子。曾经跟学泰语的同事请教过，泰文里面涉及家庭成员的用词和中文一样，也是明确而复杂的，从东方语言里家庭成员的称谓，就可以看出东方人对家庭观念和人伦关系上的重视。而在其他一些称呼上，中文和泰文也有各自的不同。比如泰语叫名字是表示尊敬，而中国是以姓氏为尊，见面我们会说"您贵姓？"泰国人说"您叫什么？"假设我们称呼"李小磊先生"和"王晶晶女士"，中国人会称"李先生"，"王小姐"，而泰文里叫的是"小磊先生"和"晶晶小姐"。另外，如果路上遇到不认识的老人，中文会说有一位"老奶奶"，而泰文里则会说有一位"姥姥"。

历经半年，终于翻译完了《茶馆》，在最后一句完成之后，我们都长长地舒了一口气，仿佛一份应尽的责任终于得到圆满。艰苦的翻译工作完成，校对、印刷、出版就是水到渠成的事了。公主新书发布会那天，中方和泰方的嘉宾云集，文人墨客荟萃，公主坐在自己专用的金黄色太师椅上，轻言细语地用泰语给大家介绍讲解这部作品，很多泰国朋友露出会心的微笑。公主推销自己翻译作品的秘诀是，讲一些有趣的内容勾起大家的阅读欲望，然后对大家说：更多有趣的内容我不能多说，说多了你们该不买我的书啦！

亲近的朋友们给公主的发布会策划了一场真正的"茶馆"体验。这个泰国的茶馆,按照小说中的茶馆一样布置,不仅有小说中描写的木头桌椅、方格的台布、老式的茶壶茶碗,甚至连墙上都张贴了"莫谈国事"的条子,一切都仿佛从小说中走出来的一样。

公主请来中国大使夫妇,还有其他国家的朋友,一起走进茶馆,品尝中国茶,吃中国小点心,嗑瓜子,其乐融融。更为精彩的是,公主的一些亲戚朋友还精心排演了一幕泰语版的《茶馆》片段!茶馆里清茶飘香,中式窗棂映出曼妙的光影,大家仿佛走进《茶馆》中的年代,围坐在一张张八仙桌前,既是茶馆中的茶客,又是泰语话剧《茶馆》的看客,很穿越的感觉。虽然我听不懂泰语,但是泰国话剧演员唯妙唯肖的表演,让在场的观众和各路媒体大开眼界。大家阅读老舍的书,观看老舍的话剧,在泰国的土地上掀起了一股老舍的热潮。

公主翻译《茶馆》泰文版新书发布会

走进泰国的茶馆之后,公主在第二年终于来到了《茶馆》的娘家,也就是话剧《茶馆》的首演之地——北京人民艺术剧院。如果不是跟着公主出访,我还不知道人艺剧场楼上,有这么一个别开生面的戏剧博物馆。大师们的精彩剧照、日常用品和书法,还有演出道具都有陈列。公主看到当年《茶馆》演出的背景布置,还有当年那些老演员的剧照,非常兴奋。剧中的每一句台词,我们在课堂上都反复推敲过,大半年的时间,我们与剧中人物同苦共乐,对他们非

公主为北京人艺戏剧博物馆题词

公主参观北京人艺戏剧博物馆

常熟悉，怎么能没有感情呢？

　　家住东城，我从小看人艺的戏长大，人艺的老一辈艺术家，滋养了我的少年时光。可惜因为时间紧张没有安排演出，不然请公主看一段中国的话剧，哪怕不是当年的《茶馆》，体验一下人艺演员的精湛演技，该有多么好啊！公主收集了一些戏剧节目单，在人艺书店采购了一些书籍，才恋恋不舍地离开。

　　感谢作家老舍，感谢泰国公主，让我们有机会透过作品，穿越时代。我那一刻忽然明白为什么公主早已经熟读中国历史，还是喜欢让中文老师推荐现当代文学作品来翻译。因为这些文学作品中，刻着那个时代的烙印，记录着人们的情感和生活，细腻悠长，跌宕起伏，有喜悦也有悲伤，比历史本身更加活色生香。

从莫言的狗说起

自从莫言先生得了诺贝尔奖以后，举国振奋，多少文学才俊不问收获笔耕不辍，竟始终没有一个国际上的名分。尽管诺奖并不一定是文学成就的顶峰，但是得奖者一定是同业中的优秀分子，自带光环，莫言先生终于替中国浩瀚的文学精英争了一口气。

那一天公主走进汉语课堂，还没坐下便说，莫言获诺贝尔奖了！作为中国文学作品的资深翻译家，公主对中国文学的动态非常关注。到我撰写这本书的时候，公主已经翻译了包括王蒙、王安忆、铁凝、迟子建、川妮等众多优秀作家的作品。每一本新书的出版，在泰国知识界都会引起一场不小的轰动。公主不仅是泰国人民汉语学习的楷模，在介绍中国文学作品方面也是成绩斐然。很多学者看殿下的书觉得是一种享受，不仅文笔细腻，而且用词精准，很见功夫。虽然我不懂泰文，但是作为公主的汉语老师，能够在语言上辅助公主的翻译，共同走入书中的精神世界，真是莫大的荣幸。

对于我来说，推荐莫言并不是为了附庸风雅。早听说莫言老家门楣上的枯草，都被心急的孩子家长拔下来，希望拿它给自家孩子的作文水平加持。我的初衷最朴素的表达就是：莫言是我国历史上第一个获得诺奖的人，如果要了解当代文学的历史，莫言绝对不能错过。后来泰方的出版社因为问询版权的问题，需要联系莫言不得，托人请求我代为寻访作者。幸好我认识的作家朋友都是热心肠，尽管莫言得奖后踪迹全无，还是寻访到了他的女儿笑笑，全赖笑笑相助，出版社终于解决了迫在眉睫的版权问题。

公主翻译的是莫言的散文《狗》。这篇小文以第一人称的口吻，描写了一条养在县城里的自家的凶狗。瘦的肋条根根突出，平时可以看家护院，可是见不得生人，一听到动静就浑身炸毛。它会闪电一般飞奔过来，即使脖子上拴着起重机滑轮上用的又粗又重的铁链，也毫不畏惧，特别能战斗。

吃过这条狗苦头的不仅有来送稿件的青年，只敢把稿子扔过墙头，然后墙外面喊"我不进去了，莫老师！"竟然还有主人自己。莫言穿着厚厚的衣裤，依然被咬出了血印。奇怪的是，这条特别能战斗的狗，唯独对女主人低眉顺眼，打它，踢它，都不生气，"简直媚了"。最后终于因为咬了男主人，留不得，被人拉走打死了。笑笑说，是真事儿。

这真是一个悲伤而又无可奈何的故事，还是一个真实的故事。翻译完这篇文章，我和公主相对唏嘘。那条狗那么瘦却喜欢战斗，铁链不离身，为什么依然下口不留情？公主很有经验地告诉我，一般来说常年拴着的狗脾气都很坏，而且越拴脾气越大，这可能是心理不健康的缘故吧。公主养狗多年，非常了解狗的心理，说一般胖狗都比较乖，比如自己的那只"白花油"。

白花油是条白色的雪地救援犬，公主不无遗憾地说，因为出生在热带的泰国，它虽然叫雪地犬，却没有机会看到下雪。白花油之所以有名，因为它是一只热爱学习的狗，公主的前几任汉语教师都认得它。每次公主上课，它都会跑过来趴在教室旁边的地毯上听讲，非常安静，从来不扰乱课堂纪律。不仅听中文课，也听公主的德文课，公主说白花油热爱中文和德文。它特别喜欢中国人，见了长着西方人样子的，就非常不高兴地上去咬。

一位华裔朋友来看望公主，这个朋友和一个西方人结了婚。白花油一样不高兴，追得那个朋友一边跑一边叫：别追我！我是中国人！大家每次说到这件事，都哈哈大笑，称赞白花油真是条聪明的狗，懂得"中泰一家亲"的道理。可惜我到任的时候，它已经年迈，又因为身躯比较胖，走路都比较费劲，就不来上中文课了。

早上公主在园子里散步的时候，我曾经远远地看到过它。坐在一辆四轮小推车上，很开心地陪公主散步，这是它最后的日子了，后来公主还特意给它写了墓志铭。公主的大学同学开了一家很有情调的泰餐馆，起名叫"白花油"餐厅，尝过的都说味道好。引人注目的是餐厅里白花油的一幅大照片，很神气的样子。这是对白花油最好的纪念。

公主养狗，不仅喂养它们，还给它们很多精神关怀。每次出远门的时候狗狗排成一排，公主依次和它们亲热，给它们吃的。等回来的时候，除了宫里卫兵排成整齐的队伍，狗儿们也列队相迎，见到公主都激动得扑上去舔手，有的老一些的狗狗还颤颤巍巍地走不稳，那场面真让人感动。对于狗，公主曾经说还是流浪狗比较好，它们自由自在，吃着百家饭，走到哪里就吃到哪里，全城的垃圾桶里，都有它们的食物，可吃的品种很多。如果是在家里喂养的一只狗，可能吃的东西就比较单一，身心也不那么自由。因此流浪狗总是体型比较胖些，这就是所谓的心宽体胖吧。

公主说得有道理，在泰国街头经常能看到流浪狗，胖嘟嘟的，每天自由自在的，想去哪里就去哪里。它们最喜欢去的是菜市场，因为摊贩们都会给它们东西吃，街上扫地的阿姨还会给它们洗澡。泰国的天气一年四季都适合流浪，

清洁工给流浪狗洗澡

不用担心寒冷的冬夜无处安身。经常看到使馆旁边的一只流浪狗,晃动着肥肥的身躯,慢悠悠地走上过街桥,到街对面的菜市场去溜达。到了日暮时分,再慢悠悠地踱过桥来,有时候我们在桥上相遇,还互相礼让一下。

桥这边有一家卖烤肠的,在烈日下飘着烟熏火燎的味道,狗狗就等在旁边,摊主总会在回家前把剩的香肠留给它吃。如果中午实在太热,狗狗们就去冷气很足的商场门口,或者7-ELEVEn小店门口,就着凉气美美地睡上一觉。在泰国,做一只狗狗,幸福指数还是很高的。

莫言的故事里提到:有钱人家的狗要洗热水澡,用进口的香波,之后要用吹风机吹干毛发,还要滴几十滴法国香水。公主说,王后给狗洗澡后,有时候一边唱着好听的香水歌,一边给狗喷泰国香水。可是父王的狗并不喜欢这种味儿,以至于只要一听到唱香水歌,主人还没打算喷香水,就一溜烟跑掉了。

说到公主的狗,还有许多让人忍俊不禁的故事。比如公主的一只狗喜欢到泥地里面跑,因此必须每天都要洗澡。公主说它喜欢脏的地方,滚了一身泥巴以后,自己却一脸骄傲的样子,公主觉得这可能是狗狗们自己的价值观问题吧。还有只狗挖个洞,把自己的三明治藏了起来,过后就忘了,等后来想起来已经坏掉了。还有一只狗非常有意思。朋友们聚会烤乳猪,那只狗进来溜达,看到炉子里面被烤的乳猪,吓得掉头就跑。公主说,它一定以为下一个就轮到它啦！另外一只毛很多的狗，长得跟羊似的，公主觉得这样的狗应该当牧羊犬，因为羊见了以为是同类，不会害怕。我想象的牧羊犬应该是具有管理能力，相对比较厉害的狗，而公主却是从羊的心理出发，从被管理者的角度出发，这种换位思考很是高明。

公主的很多朋友也养狗，趣事也不少。比如有只狗对于家里值钱的东西非常重视，总是守在放值钱东西的柜子旁边，忠心耿耿。可问题是这样一来，坏人一看就明白，这柜子里有值钱的好东西呀。

公主的朋友有条 boxer dog（拳师犬），性格温顺，待人很热情，来了客人，

狗狗欢迎公主回家

小市场里的狗狗在
舒服地吹电扇

它都要跑过来问候。后来她家失窃，小偷被抓住以后供认，本来他看到这家有狗想转身跑掉，可是这只狗却过来问好，而且还热情地带他东看看，西看看。就这样，小偷在这只善良狗狗的引领下，顺利地盗走了东西。

公主的慈善基金会有条善解人意的狗，看到衣冠楚楚的就比较恭敬，给人家带进门去，看到穿得不干净的就叫。公主说，估计狗知道，穿西装的是来捐款的，需要以礼相待。穿得脏兮兮的有可能是过路的，或者是坏人，反正不可能是来捐款的，所以要警惕地吼叫示警。

曼谷水灾那年，公主为防万一，把自己的狗送到泰国南部的华欣行宫避难，自己则留在曼谷，坚守指挥水灾的各项事宜。等到大水退去把狗儿们接回来，其中一只狗相当不满意，在公主面前哼哼唧唧地说了很多话。公主很理解地说，它肯定是在华欣待不惯，在诉说怎么不满意，不然不会在我面前说那么多话。

狗还能在人面前嘟囔说话，我简直不信。直到后来，公主的一只猫，在我等着上课的时候跑过来，有表情有腔调地唠叨了半天，黏住我不走。我才知道，猫和狗都是有灵性的，我们要用心善待它们。公主家里收养了很多野猫，有的猫还有自己专属打盹的凳子。一次公主的朋友来玩，无意中坐在了猫喜欢的凳子上，那只猫在旁边呼噜呼噜喘气，表示不满，朋友赶紧起身让出座位，那猫毫不客气地跳上去。还有一只猫，非常调皮，不知怎么钻进汽车后备箱里面，从沙芭通宫一路坐车到了吉拉达王宫。它正在王宫溜达的时候，被公主的朋友发现，赶快告诉公主，说殿下的猫怎么自己进宫来啦！

公主的这些猫狗，生活得自由自在，在园子里吃饭，在广阔的世界里玩耍。因为公主平等相待，都通了人性。可惜我没有养猫养狗的经验，无法理解它们的所思所想，像公主那样善解人意的主人，才能真正和它们做朋友。

北京烤鸭与红酒鸡

美食与作家往往密不可分,古往今来,诗人、作家都有以吃为主题的传世作品。苏东坡宁可居无竹,不可食无肉。钱钟书曾在《吃饭》一文中,深情赞美过吃:"可口好吃的菜还是值得赞美的。这个世界给人弄得混乱颠倒,到处是摩擦冲突,只有两件最和谐的事物总算是人造的:音乐和烹调。"作家大多爱吃,而且懂得吃,这正是他们热爱生活、享受人生的一种自我愉悦方式。吃里有文化,有艺术,也有科学,美食是很值得人们研究的。

作为泰国家喻户晓的作家,诗琳通公主对美食也是情有独钟,可能因为她的"公主"身份太过高贵,无意中把作为美食家的光芒遮盖住了。公主曾经在一本日记体的书里写道:邓颖超女士在人民大会堂宴请,她说凡北京烤鸭而皮不脆者算是欠高明。宴请时候不只有烤鸭,还有鸭舌、鸭肠、鸭脚、鸭嘴等,连卷饼也制成了鸭形。烤鸭烤好后,先拿来给客人看,我们先向鸭子热烈鼓掌,之后他们才把鸭子拿去切来给我们。这段吃鸭感受读来让人忍俊不禁。

作为地道的美食家,公主喜欢品尝不同风味的美食,不论食材看起来多么奇怪,她都敢于尝试,表现出一个真正美食家的素养。到了中国,她敢于品尝

午宴招待会
泰王国诗琳通公主殿下
宴请
其前任中文教师与中国驻泰王国前任大使

泰王国驻华大使馆
二零一六年四月六日

泰王国驻华大使馆的宴请菜单

蛇肉,到了哈萨克斯坦,她也不拒绝马肉。各国的领导人都喜欢向公主推荐本国的美味佳肴,都希望把本民族最灿烂的饮食文化介绍给贵宾,因为各国高层都知道,公主是懂得欣赏美食的知音,而且更加懂得美食背后的文化。

公主每次到中国旅行,都会出一本游记,里面对于宴请的菜肴,记载得非常详尽。这里的秘密在于,每次宴会的精美菜单,都会被公主保留下来。跟着公主四处旅行,我们都养成了一个习惯,每场宴会结束都要保留菜单。一来精美的菜单可以做旅游纪念,二来,公主问起,大家都能回忆得起来。公主到过中国南北很多的省市,各地的特色美食在日记里记录下来,简直就是一本菜品大全。

她在《踏访龙的国土》这本书里,用了很多笔墨来记述第一次品尝天府佳肴:"自从在中国参加宴会以后,觉得今晚的菜色比较多。比较怪异。""有白斩鸡、陈皮兔丁、夫妻肺片、怪味花生仁、五香鱼块、三鲜锅巴、金凤还巢、虫草全鸭……""还有满脸麻子的老婆子做的麻婆豆腐、樟茶鸭、大蒜豆瓣鱼……"小吃有"担担面、钟水饺、汤圆、叶儿粑,还有五粮液和甜橙。"

在八十年代的中国,各省物流并不是很通畅,四川人到北方走亲戚还要带几筐橘子。公主记下的这些响当当的四川本地传统菜肴,已经足够吸引眼球了。后来川菜红遍大江南北,在北京更是遍地开花,眉州东坡的大厨还带着川菜赴泰,在公主的寿宴上大放异彩。公主和中国人更不会想到,短短二三十年后,物流网络纵横,移动支付蔚然成风。如果杨贵妃在,早上打开手机点了荔枝，中午的餐桌上就可以大快朵颐，如今，品尝几千公里外的美食并不是神话。

在云南，公主还品尝过鹿筋和狗肉，同桌人有的大惊失色，有的心怀疑虑，而公主神态自若，并且认为比在泰国清莱吃的更加清香可口，还把自己盘子里的都吃完了。公主的一些朋友也极力推崇狗肉，认为配料鲜香，肉质很嫩，是难得的美味。

对于不吃狗肉的那部分人的问责，公主回答，这是促进友好关系的一部分。每次到外国都是公务活动，而不是游山玩水，所以没有权利选择什么事愿意做或者不愿意做，要去或者不去，一切都听从东道主安排。公主认为，即使患病发烧也要按照行程出发，既然吃狗肉都是自己心甘情愿的，中国方面对宾客也是无微不至的关怀，那么，有什么不可以呢？

"我们的任务是代表国家，把泰国的善意带给东道主，也将别国的善意带回给泰国人民。此外就是在可能范围内，讨论和交换知识以及某些合作。"公主用自己的睿智，排除大家的疑问，让宾主双方互相理解和体谅，让整个团队沉浸在和谐的气氛中。

公主喜欢美食，甜的酸的辣的苦的奇怪的，各地的食物都喜欢尝一尝，她常常对这不吃那不吃的朋

公主的烹饪书

友说:"你没有尝过,只是看外表,怎么知道这个菜是不是好吃呢?"为了推广泰国美食,公主还亲自下厨,并且出书公布她的私房菜品。

公主出版的菜谱很是大卖,大家都想试试公主的美味佳肴。不仅是泰餐,因为曾经到法国留学,公主还学了不少法国菜呢!泰国书店里都有专门的展柜,恭敬地陈列着公主的新书。菜谱的封面上,公主系着围裙,很认真地在厨房里煎炒烹炸。

公主遗憾地说,我就是没有时间,其实我会做很多好吃的菜,也很喜欢下厨房。公主的话让我想起了电影《罗马假日》,安妮公主对在意大利偶遇的报社记者说:我学过烹饪的,可是不知道该做给谁吃。诗琳通公主虽然身份尊贵,却可以和普通人做朋友,甚至和普通人一起做菜,一起分享美食。

公主在清迈有自己的房子,每年都会回去小住,这个时候,就是公主的邻居最快活的日子。女邻居们会各自准备好自己的拿手菜,等公主回来一起分享。我猜测他们其实是打听到公主在这里买了房子,才来此地安家的,能够与公主做邻居真是莫大的荣幸。每年,这些 VIP 邻居盼来公主以后,都会受到公主邀请来公主家里会餐,邻居们带着各家的私房美食,盛装出席。公主非常欢迎这些老邻居们,也会亲自扎起围裙做东西吃。

我看过一张公主手机里面的照片,公主正在乐呵呵地做草莓甜品,满满一大锅甜品,看得人口水都快流下来了。公主还有一群喜欢做菜的朋友,上课的时候,公主会说这个小甜品是某某朋友做好刚送来的,那个蛋糕是外甥女做的,这个是我的工作人员刚带来的,你尝尝⋯⋯从这些食物里,我能感受到大家对公主的深厚情谊。

不仅做菜给亲戚和朋友吃,偶尔,公主还会带着队伍亲临菜场买菜。普通民众都知道公主是美食家,不会错过跟公主学习的机会。于是远远看到公主买什么，菜场的围观群众也跟着买什么，主妇们互相窃窃私语，公主到底要用这些菜和调料做出什么菜呢？

上课时公主笑着跟我说，我其实还没有想好要做什么菜，而是先买东西，看到什么想想就买了，然后根据买的东西，再考虑做什么菜。这个新奇的套路让菜场群众很伤脑筋，他们就算买了相同的原料，也猜不出公主做什么啊，谁让他们有一位不按常理出牌的公主呢！

有一次上课的时候，我闻到教室旁边的小厨房散发出诱人的味道。公主说，我正炖着红酒鸡呢，从昨天就开始炖啦！因为是老朋友的生日，她点名要吃这道菜，这是我最拿手的。做的时候要加入红酒、香叶、泰国鱼露……可能担心说不清楚这道菜的做法，公主干脆带我去旁边的厨房看她的炖锅，果然香气四溢，因为除了红酒，公主说还加了各种泰国香料。

我往锅里一看，锅里的鸡肉加了各种佐料，还有洋葱、胡萝卜等蔬菜的映衬，浓墨重彩，简直成了梵高的油画了。很多泰国香料我都不认识，细心的公主可能看出我的一脸困惑和向往，说：嗯，现在应该差不多了，我先给你尝尝啊。她回头一招呼，一位工作人员轻声过来，公主用泰文吩咐了一下，工作人员特实诚地盛来满满一碗，连汤带水的，跪送进来。公主急忙说：不行不行，这不能这么多汤，太咸了……

重新盛了两小碗，课堂上我和公主相对而坐，一人捧着一只碗，碗里是炖得油光光的鸡肉和蔬菜，香气四溢。我认真地品尝公主的好手艺，公主还不时地看着我的碗，用中文解说着她的美味，颇为自豪地说：好吃吧！

吃完继续学习中文，这一天的美食欣赏课，深深留在我的记忆里。

公主赐福的异国情缘

上中文课的时候,我给公主讲了"家徒四壁"的故事。公主说那我也给你讲个"家徒三壁"的故事吧:一位艺术家非常穷,可他喜欢上一个有钱人家的女儿,他们非常相爱。可是女孩儿家人嫌男孩儿太穷,家里连四壁都没有,只有三壁,实在太破旧了。女孩儿见父母不同意,只好跟着男孩儿跑出来自己过日子。男孩儿很有绘画天赋,他们靠卖画生活,挣钱很不容易。过了很多年,看到男孩儿的真心,女孩儿家终于同意了婚事,并且一边帮助男孩儿卖画,一边资助他学画。男孩儿终于成了有名的艺术家,日子过得越来越好,还盖了一所大房子,为了纪念这段感情,这所漂亮的房子就起名为"三壁居"。

对于美好的爱情,公主总是乐见其成,从不吝啬自己的祝福。有一次上课时,公主面带喜色,说一位朋友的侄子马上结婚了,要去给他们赐福。这段情缘非常带有戏剧性,男孩子开始喜欢女孩子的时候,女孩刚刚上初中,男孩子已经上大学。他大学毕业以后就一直等女孩长大,别人都不太看好这段恋情。男孩眼里一直没有别人,等啊等,直等到那个女孩子走过初中高中,然后大学毕业,才开始谈婚论嫁。这么多年两个人感情都没有变,一直到瓜熟蒂落。

这个年代还能有这样的痴情，真让人感慨。我对公主说，这就是中国人常说的——月下老人牵了红线啊！公主忙问"牵红线"是怎么回事。于是我为公主讲解了中国的古老传说，那位和蔼可亲的老神仙，会拿着一根红线，悄悄地把两位有缘人拴在一起。他们虽然自己并不知道，但是不管山高路远，命运最终总会带他们走到一起来。我们一起在互联网上找到月下老人的形象，公主觉得应该让想结婚的人，多拜拜这位可爱的老人。

在泰国，婚礼保持着特有的传统仪式。在结婚当天，新郎要送女方家长礼物，称为"槟榔盘"，有黄金饰品、点心、水果等，都需要双数。女方亲友拿着金链子银链子阻拦男方迎亲的队伍，男方要诚恳地发红包，才能顺利通过她们的层层阻碍，来到新娘的门前。跪拜仪式上，新娘和新郎要跪拜长辈，献上装有香烛的高脚盘，洒水仪式上，新娘和新郎要点上香烛供奉和尚。婚礼上最尊贵的人给新娘新郎戴上花环，在额头上点上香粉，最后就是父母和长辈给新人的头上洒水祝福。

公主作为婚礼上最德高望重的长辈，常常给新人的额头上点粉祝福，这是新人最盼望的事情。我常常想，那些新婚夫妇，带着迎接新生活的祈盼，得到公主的赐福，多么幸运和幸福啊！

而有一年，这份祝福就落在了月下老人不远千里牵来的中泰奇缘上。

"快看！冯坤来了！"远远地，在曼谷和煦的阳光下，走过来高高的一对璧人，满面春风，十指相扣，大大方方地对我们点头。早就听说中国女排的主力队员冯坤找到了一位如意郎君，是排球的同行，没想到是位博士，更没想到是泰国女排的主教练。看来面前这位腼腆笑着的泰国大男孩，就是那位传说中的新郎啦！

作为中国女排的前国手，现今的女排二队教练，冯坤这位漂亮干练的北京姑娘,在排球场上人气很高,相当有知名度。而作为泰国女排主教练的加提蓬,在2008年北京奥运会时带队来到北京,与同在奥运村的冯坤很快就成了朋友。二人从暗生情愫、惺惺相惜,逐渐到情投意合,难舍难分。后来博士毕业的加提蓬重拾泰国女排的教鞭,带领默默无闻的泰国女排艰苦作战,2013年在泰国举行的亚锦赛上,打败强劲对手日本队和中国队,二度荣膺冠军,让世界刮目相看。加提蓬也成为泰国人民心目中的英雄,而与中国姑娘在排球交往中埋下的这份情缘,终于开花结果。

2014年,在中国驻泰王国大使馆里,迎来了这个美好爱情故事的主人公。冯坤笑容灿烂,像回到了娘家一样轻松地和大家聊天。那位泰国的高大女婿显然有些小小的紧张,用不太流利但发音标准的普通话跟大家打招呼,用一脸憨憨的笑容应付我和同事们善意的玩笑。中国大使向一对新人表达了祝福,使馆里充满了欢声笑语,大家合影留念。看到手机里的照片我才知道,和"高人"合影是需要勇气的,因为在他们两个人面前,我们都成了小人国里的居民,落差真不是一点儿两点儿啊!

冯坤夫妇来中国大使馆做客

会见之后,我陪同他们走出大楼,他们想在使馆大楼悬挂的国徽下面拍照,我接过他们的手机,帮他们留下了这张美好的回忆。那位"中国女婿"一直笑得合不拢嘴,宠溺地看着自己的新娘,从走进使馆到迈出使馆大门,两个人始终手牵着手,舍不得分开。

为了表达自己的爱意,加提蓬给中国媳妇儿办了五场带有中泰两国风格的盛大婚礼庆典,据说是中国两场、泰国三场。其中一场是在泰国一个梦幻小岛上的答谢宴会,海风习习,白纱曼妙,把青春的美丽演绎到了极致。

泰国的习俗,第一场叫作订婚礼。按照最传统的泰式礼仪,新人和中泰来宾都穿着艳丽的泰丝服装。新郎要接受考验,闯过一个又一个关口,才能如愿以偿。而负责设置障碍的,当然是专程飞到泰国的国家女排的姐妹们,绝对称得上是铜墙铁壁。新郎在大热天的曼谷满脸汗水,泰丝礼服都湿透了,依然笑呵呵的,一关一关地过,一点都不着急,连阻拦的姐妹们都不好意思了。两位新人跪在父母面前奉茶,敬点心,表达感激之情,有高僧为他们祈福。

加提蓬是泰国家喻户晓的民族英雄,而冯坤是中国百姓熟知的金牌二传手、奥运会冠军,这对排球伉俪非常荣幸地得到了泰国诗琳通公主的赐福。

我有幸参加了新人在曼谷 Army Club 举行的盛大婚礼,见到了史上最高大美丽的伴娘团和最玉树临风的伴郎团,非常养眼。通向宴会大厅的长廊上布满泰国特有的兰花花球、花蔓,还有一个别具一格的硕大的花束拱门。

早到的嘉宾欣赏新人在普吉岛、大王宫前幸福的婚纱照。在来宾聚集最多

诗琳通公主赐福新人

的地方，当然是诗琳通公主给新人的赐福照，陈列在玻璃柜子里。公主身穿黄色的泰丝套装在宝座上端坐，冯坤和加提蓬以传统泰式礼仪跪坐在公主两边，手里拿着公主亲手赐给的福袋，两位新人的脑门上有公主亲手点上的香粉。公主的赐福，让参加喜宴的来宾羡慕不已，大家都停留在照片前面拍照，和新人一起留住美好的瞬间。

婚礼请柬上的 logo 别具创意，画了一只可爱的小象，正顽皮地用长鼻子顶着一只排球，并且印有两人名字的缩写。寓意是两位热爱排球的新人因排球结缘。新郎加提蓬弹着吉他，在数千来宾面前，深情地用中文演唱歌曲《月亮代表我的心》，直到把新娘幸福的泪水唱出来。他们的父母在台下也热泪盈眶，多么幸福的时刻啊！

排球结下的中泰情缘

泰式的婚礼非常重视孝道，新人在泰国重量级证婚人的致辞之后，走向塔式的婚礼蛋糕旁边，两人一起握刀，切下第一块象征新生活的、甜蜜的婚礼蛋糕。然后双双来到父母就座的宴会桌旁，双膝跪地，向男方父母和女方父母献上一块蛋糕，再奉上一口茶，感谢他们的养育之恩。看得出来，远道而来的冯坤父母很满意这位泰国女婿,他们在遥远的泰国,感受到了东方的孝道。在场的亲朋好友都用祝福的目光,看着充满幸福的一家人。

后来进宫上课的时候,我给公主描述了冯坤他们婚礼的场面,说看到了公主给新人赐福的照片。公主开玩笑说,他们会帮助泰国排球队吧?我说,这段中泰姻缘,一定会让两国的球队联系越来越紧密的。公主接着说:他们看起来很合适啊,都那么高大,将来他们的孩子得多么高啊!

穿越四朝代

手边有一本分量不小的纪念画册，书名叫《泰中建交30年》。这本大画册的第一幅照片，就是1975年7月1日，毛泽东主席在北京，会见泰王国总理蒙拉差翁·克立·巴莫时拍摄的。照片上主席伸出双手，眼睛平视，凝望着巴莫总理。巴莫总理带着黑边眼镜，文质彬彬，上前双手紧紧抱握住主席的双手，谦逊有礼地微微低头，面带儒雅的微笑。不知道当时两位领导人寒暄了什么，画面光线柔和，故事感很强。这幅珍贵的照片，记录下了中泰两国历史上一个重要的时刻，一个温暖的瞬间。那一天，新中国的周恩来总理与泰王国的巴莫总理，签署了中泰建交联合公报，两国正式建交。

据史书记载，中泰友谊可以追溯到700多年前，当时泰国属于素可泰王朝时期，中国正值元朝，泰国遣使赴中国发展友好关系。后来这个传统历经泰国的大城王朝、吞武里王朝，直至却克里王朝（曼谷王朝）初期。当时中泰两国为贸易伙伴，大宗商品通过帆船进行商贸往来，泰国现在不少水边的寺庙，还保留着那个时代的很多压舱石。那些不是普通的石头，而是古中国神话人物的石头雕像，游客们去寺庙参观，看到这些年深日久颜色深沉的石像伫立门前，大有穿越之感。

这些压舱石像，保佑着在神秘莫测的大海上航行的红头帆船，记录着中泰两国早期海上往来的历程。贸易带动经济交往与文化交流，中国人开始在泰国居住、融入，渐渐成为泰国社会的一部分，成为泰国经济发展的重要力量。经过漫长的等待，中泰两国终于走到那个重要时刻，中泰关系从此翻开了新的一页。

压舱雕像

听到巴莫亲王这个名字是在给公主上课的时候，不知怎么说起中国的《红楼梦》，而泰国历史上也有一部描写家族命运的史诗般的作品，叫作《四朝代》。这部被称为"泰国《红楼梦》"的小说，就是巴莫先生的作品。不会写小说的记者不是好总理，而巴莫总理的头衔还不止这些，体现了跨界的最高境界。他还做过记者、演员、教授，是个很有智慧的人。小说家、记者、杂志编辑、演员、教授、总理，这些相互交错的身份，让人好奇克立·巴莫先生到底有怎样的传奇人生。

巴莫出身王族，祖父是拉玛二世的儿子，祖母有华裔血统。巴莫年轻时候在英国牛津大学读哲学、经济学和政治学，曾经担任泰国财政部副部长、商业部副部长。1975年，巴莫亲王上任总理仅仅几个月后，中泰正式建立外交关系，克立·巴莫的名字成为中泰关系史上浓墨重彩的一笔。巴莫亲王对历史颇有研究，擅长写讽刺小品和短篇小说。公主介绍说巴莫亲王写了很多小说都很出名，不仅在泰国家喻户晓，而且还被翻译成多种文字。他的作品构思巧妙，手法夸张，富于浪漫色彩。

我在孔夫子旧书网上，居然找到了早年出版的中文版巴莫短篇小说选，真让人惊喜。巴莫先生笔下的人物个性鲜明，语言诙谐幽默，让人一拿在手里就不忍放下。对于我来说，巴莫先生的所有跨界身份，都不如小说家这一身份更吸引我。然而毫无疑问，他在其他领域的所有经历，都给他的小说以滋养，让他的小说活色生香。

除了编著中国历史小说《终身丞相曹操》《慈禧太后》之外，巴莫先生最富盛名的历史小说就是《四朝代》。小说以曼谷王朝五世王到八世王的真实历史为背景，以宫女帕洛伊的一生为线索，展现了泰国王宫的生活和王家礼仪，家族的兴盛与没落。不仅描写了历史上的重大事件，也刻画了小人物的悲欢离合。

因为听说有中文译本，公主希望能找到中文版本，收藏到她的图书馆中去。由于这部长篇小说的译本是八十年代的，时间比较久远，非常难找。当时我刚赴任泰国，举目无亲，慌乱中向刚离任回国的同事杨欣求助，杨哥神速地

克立·巴莫的中文版作品

《四朝代》

找到译本，而且还找到了两个不同的版本！然后托人带到泰国，完成了公主的托付。上课时公主看到书吃了一惊，没想到这么快就找到了，听我解释之后，笑着说：嗯，我记得他。尽管是一个人在上课，使馆的同事、国内的朋友，都是我强大的后援，大家都是诗公主的铁粉，都愿意为公主的事情尽心尽力。

可能受了《红楼梦》的影响，那些果子还没有进上怎么可以先吃？我拿到书也没敢先睹为快，赶快带给公主。公主听说我还没读过，就让我挑一个版本回家去看，于是我有幸成为公主这套藏书的第一个借阅者。好书是不分国界的，一看就入迷了。巴莫先生果然是语言天才，中文的翻译也相当到位，仿佛听到泰式诙谐的语言，看到那个年代的衣食住行，读到欢畅处，好几次都忍不住在宿舍里大笑不止。

书中的历史鲜活生动，讲到八世王出国学习，国内的掌权者着意引进西方的一些先进技术，连一些风俗习惯也要改良，让老百姓无所适从，出现了非常搞笑的情形。其中一条规定是女人要戴大帽子。当时泰国人是不戴帽子的，新法规定，如果大街上不戴帽子，要受到法律的惩罚。书中用一大串语言，描述女人们怎么戴帽子、买帽子、调侃帽子，非常风趣。还有一个规定就是要穿筒裙。早期泰国女人的裙子是那种裹上一块布的幔裤，为了上街不至于遇到麻烦，又不想改变习惯，她们就想出一个办法，在幔裤外面再罩上一个筒裙，以掩人耳目。然后到朋友家，再把外面的筒裙脱下来，成了又热又奇怪的穿法。

另外还有不能嚼槟榔。因为当时泰国人每天槟榔不离口，槟榔相当于现在的口香糖，可是嚼完槟榔牙齿会变黑。改革条例规定要把牙齿刷白，不能是黑的。还有泰语的书写规则也要改变，有一些词的用法，要改成文绉绉的说法，大家都很不习惯。还硬性规定丈夫上班前要吻别妻子，星期五要跳舞唱歌什么的，规定得非常详细，可以说面面俱到，把那个年代学习西方不遗余力的劲头描绘得淋漓尽致。

书中还提到泰国人的传统工艺——做香水。泰国的香水和法国香水不是一个概念。公主说历史上曾经有一段时期泰国人并不喜欢香水，因为在泰式葬礼上，是需要用香水来除味儿的，但是现在已经不太介意了。泰国的香水使用天然香料，按照传统工艺手工加工而成，气味芬芳独特。因为是纯天然制品，没有添加什么化学原料，所以泰国香水一般保质期也不是很长。如果滴几滴香水在手上直接闻，并没有什么明显的香气，等过一会儿再闻，却有清香飘来，果然是"手有余香"。

在泰国，为了鼓励村民加工生产本地区的特色产品，有一个叫作OTOP(一村一品)的项目。在曼谷展览中心，有一年两次的全国性展销，各地的特产云集，有泰丝布料、泰式木雕、编筐等手工艺品，还有各地美食、蜂蜜制品等，其中很多展位都是泰式的香水和香精。

这些香水的花样和秘密配方，最早是在宫里研制，后来流传出去的。这听着有点像中国的宫廷小点心，那些艾窝窝、豌豆黄、宫廷奶酪等现在耳熟能详的北京小吃，不也是从皇帝宫中的御膳房传出来的吗？当年可不是普通人有福气品尝的。

公主说有的泰国学校里专门开设一门课程，就是学习如何制作传统香水。泰国是热带温暖的国度，一年四季花朵此起彼伏地盛开，各种颜色各种味道的香花儿花团锦簇，从这些鲜花中萃取出有效成分，再经过复杂的工艺流程加工成成品，这真是一个创造美的过程。现在已经有不少年轻人重新开始研习这门技能，学生们不仅学会了一门手艺，还把古老的宫廷文化传统继承了下来，让这份美好得以保存，不至于湮没在历史的长河中。

和父母一样，诗琳通公主也致力于推广泰国本土特色产品，在汉语课堂上，有机会也会给我这个老外答疑解惑，普及泰国文化知识。为了给我讲清楚香水的味道，公主特意让工作人员取来各种式样的香水，大大小小的瓶子堆了一桌子。我正在欣赏精致的瓶子，心里疑惑公主是怎么在上课的间隙，迅速召唤来这么一群可爱香水的时候，公主已经亲自开瓶，一边讲解，一边往我手心里洒香水。公主介绍说，这些都是宫里制作的，很多都已经失传了，你试试这个味道。我小心翼翼地捧着香水，先闻一闻，然后学着公主的样子往脖子上和胳膊上抹一抹，不一会儿，教室里面就荡漾着沁人的花香。

　　这是我记忆中感官最丰盈的一堂汉语课，宫廷香水的味道，连接着古老与现代的轮回，我仿佛穿越回《四朝代》的年代，自己也成了宫廷故事的一部分。

鬼的故事

在泰国海滨城市芭提雅的舞台上，活跃着一群舞蹈演员，虽然不是真正的女子，花容月貌却胜似女子。很多游客专程去看他们，他们是泰国人妖。

其实在泰国的很多地方，饭馆里、理发店里，很容易就和人妖不期而遇。他们的嗓音像男人，却穿戴如女子一般，这些很妩媚的男人脸上画着浓妆，和其他工作人员一样的笑容，一样的职业素养，没有什么不同。在泰国生活多年，早已习惯他们的存在，他们是不一样的烟火。虽然也很聪明美丽，人们却称之为"妖"。

想起在《西游记》里幻化出的妖怪，那些被称为"妖"的，自有一番妩媚和法力。不可否认，文学作品里的"妖"，其实大多是聪明美丽的。"妖"在字典里的意思是奇特而怪异，可能人们因为这个群体的奇特，而这样称呼他们吧。

妖倒真的没那么可怕，有的还很可爱。而鬼就不同了，迷信的人认为，人死后的灵魂就是鬼，因为和人的世界阴阳两隔，所以大多数人是怕鬼的。鬼和黑夜总是关联在一起，让人毛骨悚然，吓人的除了鬼本身，其实还在于夜色中难以名状的惊悚氛围。

《搜神记》里有一篇叫作《宋定伯捉鬼》，选入我们上学时的语文课本里，讲的是一个胆大的人不怕鬼的故事。这个人叫宋定伯，夜里赶路时遇到鬼，一般人见到鬼早就魂飞魄散，而他看到鬼后不但不害怕，还骗了鬼，说自己也是鬼。当鬼发现宋定伯很重，可能不是鬼时，宋定伯又骗鬼说自己因为是新鬼所以比较重。后来当他请教鬼会怕什么时，鬼如实回答，说怕人的口水。通过和鬼斗智斗勇，鬼最后化成了一只羊，被宋定伯吐了口水定住，然后拉到集市上卖掉了。最终，人用自己的勇敢和机智征服了鬼。

如果去问一个泰国人，你相信有鬼吗？相信十有八九得到的回答是肯定的，而且还会有佐证，比如谁谁看到过鬼，亲眼得见，鬼是什么什么样子。泰国人还是比较相信鬼的，在文学作品和影视作品中经常有这样的故事。泰国有一个电影讲的是，男主人出去打工很久没有回家，女主人因病去世，却没有外人知道，女主人死后变成了鬼。之后男主人回来，女主人依旧和他一起生活，饮食起居和平常一样。可是除了男主人，周围的邻居肉眼根本看不到这个女鬼，于是很诧异地看这家男人和一个隐形的人一起聊天，一起吃饭过日子，后来终于发现这家男主人是和鬼在一起生活。

在泰国谈论鬼是比较平常的话题，有一次公主说起她朋友写过的鬼故事。那鬼是藏在老旧的衣服里的，打开衣服，鬼就会跳出来。如果一件衣服被鬼咬了，那件衣服放到柜子里，就变成鬼开始咬其他的衣服，被咬的衣服也会变成鬼去咬别的衣服，一个咬一个。这个故事真有想象力。公主自己也写过一篇鬼的故事，是一个男鬼和一个女鬼，即一个泰国人，一个中国人，一起去考古的故事。公主没有来得及说故事的具体内容，我猜想应该是一个很浪漫的爱情故事吧。

既然说到鬼，那么中国的文学作品里，讲神仙鬼怪最出名的非《聊斋志异》莫属了。为了配合鬼的话题，我找来《聊斋志异》，挑出一些有意思的章节，给公主阅读，公主一边读一边翻译成泰文。

《聊斋志异》是一个鬼狐仙怪的世界，有的篇目讲牡丹花变成了温柔美丽的花妖，有的讲狐狸成了精变成狐仙……演绎出人与狐仙鬼怪恩恩怨怨的爱情故事。还有的篇目很有教育意义，比如《骂鸭》。这篇说的是一个人偷了邻家的鸭子，然后还说谎，结果神仙让他浑身长满鸭毛，又痒又疼，只有让邻家老头骂一顿才能治愈。可是邻家老头很善良，并不愿意骂他，结果这个可怜的窃贼不敢再说谎，告诉老人实情，得到老人的原谅，被骂了一顿之后终于得到救赎。想象力丰富的公主学完这篇文章，想到了两个问题：1. 窃贼脸上长不长毛？ 2. 如果他偷的是狗，会不会不长鸭毛而长狗毛呢？

对于神仙鬼怪，凡人无法解释，梦境中的因果是不是也很难弄清楚呢？我在泰国的时候，普密蓬国王年事已高，虽然我没有机会见到国王，有一次却梦到了国王。醒来后却怎么也想不起来，好像是梦里有些什么问题要向国王请教。上课的时候我把这个梦讲给公主听，公主说自己也经常做梦，所以床边总是放个本子，醒来后马上记录下来，以免遗忘。我好奇地问：您都梦到过什么呢？公主说：有些梦很奇怪。有一次梦到一个朋友去世了，我在梦里把这个消息告诉了一个更早去世的朋友，跟她说，你知道吗？某某已经去世了。这个梦是不是很奇怪啊？

公主又说：还有一次梦见我死了，在大王宫里面遇到了已经去世很久的一位国王的工作人员，还和他一起聊天。我觉得我们俩已经变成鬼了，因为成了鬼以后别人就看不到我们，可是我们可以看到他们。我们俩不喜欢这样，于是我们就一起学习，后来学习了一种技术。这项技术的第一步，就是先让活着的父母能够看到我，然后再接着学别的……公主滔滔不绝地陈述着梦境，我已经听得呆住了，这些故事简直可以写一部梦幻小说了。我对公主说：没想到您在梦里都在忙着学习啊！

公主说很多泰国人都相信鬼，而且小孩子往往比大人更能够捕捉到鬼的样子，因为他们还没有长大，长大以后这个力量可能就消失了。看到我惊讶的表情，公主举出实例：有一次一个朋友带孩子去参观曾祖母的宫殿，这个宫殿就坐落在沙芭通宫里，一年里有一段时间是对公众开放的。这个小孩子忽然站住，眼睛看着一个不怎么引人注意的地方，然后伸开双臂做出拥抱的样子，用不太熟练的语言叫道：姥姥！公主的朋友当时吓坏了，因为在孩子示意的位置，她却什么也看不到。公主觉得可能小孩子看到了死去的曾祖母。公主说，以前也有朋友遇到过类似的事情，小孩子能看到的东西，大人看不到，可能是碰见了鬼。可问题是小孩子怎么不怕鬼呢？而且不熟悉的人，孩子是不喜欢让抱的，为什么对鬼不设防呢？还让鬼来抱他，真是奇怪。

相信意味着敬畏，对鬼的敬畏与宗教上对神灵的敬畏一样，应该得到尊重。如果我们了解了泰国的鬼文化，那些阴森的老房子、存放的旧衣服，还是让我们敬而远之吧。

公主说上学的时候比较喜欢生命科学，可是学校那个生物老师上课的时候总是讲鬼故事，她不想听鬼故事，以后就没有选学生物学。公主还提到一个问题，我也有同样的困惑，那就是为什么不少从事科学研究的人也会迷信鬼神？一般意义上，鬼的问题和科学的问题是毫无关联的两个方向，可实际上，科学家很多也会迷信鬼，这实在无法解释清楚。那位迷信鬼的生物老师可能不知道，因为他上课的时候"闹鬼"，改写了他学生将来的研究方向。

公主居住的院子里草木繁盛，常常会有蚊子，用蚊帐又太憋闷。于是工作人员就把可以折叠的蚊帐，像一把雨伞似的折叠起来，放在公主床边，公主什么时候觉得有蚊子就可以自己撑开。结果呢？公主跟我说：我睡到夜里醒来，已经忘了蚊帐的事儿，看到身边一个黑乎乎的东西，心里猜，这是什么呢？不会是鬼吧？

在泰国如果一个人选择自杀，邻家都会怕鬼在这里游荡，于是有一个习俗，就是请一个印度教的人来抓鬼。那个僧人会搞一些仪式，然后把鬼放在罐子里，沉到河底，让他不能出来吓人。公主比较同情这样的鬼，觉得太委屈了，可能这个鬼更希望去旅行，而放在罐子里就没法出门旅行，失去自由了。善良的公主觉得，可以请和尚来念经，然后可以让鬼自由地出门去旅行。

泰文里蝴蝶的发音是"皮色"，"色"是衣服的意思，"皮"是鬼的意思，可能蝴蝶五彩斑斓，看起来像衣服鬼吧。泰国的鬼不仅像蝴蝶一般艳丽，相对来说还比较欢乐，不像《聊斋志异》里的鬼要吃人的心肝，扒人的皮，泰国鬼的伎俩要俏皮有趣得多。

在泰国的文学作品里，那些鬼很会搞怪。会在厨房里突然把手臂伸出老长去够东西；会在寺庙里倒挂在房檐上吓唬小孩；也会给小孩唱歌，哄孩子睡觉。或者几个鬼商量着组成一个团队，干脆开个鬼屋，装神弄鬼地赚钱。想想看，我们游玩过的迪士尼鬼屋，不是墙上的古怪装饰，不是大人装扮的假鬼，而是真的鬼在那里值班搞怪，吓唬人，陪小孩子玩得酣畅淋漓，多么刺激，多么有创意！

泰国的鬼是如此欢乐悠闲，和泰国老百姓的生活一样。

泰丝的魅力

曼谷王朝的六世王是一位开明君主,他在位时期鼓励泰国人民学习西方,不仅学习西方的法律和政治,还学习日常的生活习惯。这些风气的改变从泰国王宫里开始,逐渐影响着普通百姓的衣食住行。

贵族开始把牙齿刷白,并以此为美;王后开始穿筒裙,并带动官员的夫人也开始效仿;官员开始按照泰国的星期颜色搭配服装。不仅如此,以前大家都不能直视的国王,可以在剧院公开演出戏剧并扮演主角,女主角居然就是刚订婚的王后,而且还对民众公开售票!不仅王公贵族、官员、外交官,连普通民众都可以观赏到国王的表演,这简直是翻天覆地的变化。

古代的泰国戏剧,或者全体都是女演员,或者都是男演员,连男女演员同台都很罕见,这次居然是国王和王后同台表演。《四朝代》书中有这样的描写:女主人公帕洛伊恪守传统,无法理解这种变化,可是又很好奇,于是随丈夫一起去剧院看个究竟。看到英俊的国王出场,帕洛伊虽然坐在座位上,却忍不住把两臂放在膝上做了个下跪的姿势,对于站在舞台上的国王自始至终不敢直视。传统的影响力可见一斑。

泰丝服饰是泰式传统中非常动人的部分。以前泰国男女的衣服都是用布缠绕的,身姿曼妙的女子的衣服,只用两块布,上面缠一下,下面缠一下就可以完成。走路的时候,弯腰的时候,胸前的布都不会掉下来,技艺非常高超。在《四朝代》中读到这些描写时,还只是停留在想象中,直到有一天我真的把这种曼妙穿上了身,才体会到,那种美丽,还是需要下一番工夫的。

为了更好地感知泰国服饰的风情,也为了给旅泰生涯添一笔美好的纪念,我找到一家婚纱摄影工作室,准备拍一组泰式服装的写真。工作人员打开电脑,我坐在沙发上开始挑选,满眼都是色彩,简直眼花缭乱。我指着电脑上的那些成品图片说,我想要这个颜色的,还有那个样式的,工作人员认真地记录下来,然后就带我去选服装。等到工作人员领我走到一摞折叠好的布前面时,我懵了,说好的挑选服装呢?怎么面对的只是一堆布!难道要现场缝制吗?不缝制我怎么把它们穿上身呢?

影楼的工作人员也许是第一次见到这么外行的,看我无所适从,赶快给我解释。所谓的挑选泰式传统服装,并不是一般意义的从衣架上挑衣服,而是挑选一块喜欢的布。这些泰丝布颜色各异,另外还有一些对应颜色的薄纱斜披。等挑选好这些标准尺寸的布,工作人员会用一双巧手,以不同的式样,帮我们"穿"到身上。

泰式服装颜色靓丽,不同的布料可以互相搭配,不同的搭配可以穿出不同的效果。我选了淡蓝色的上衣布,金黄色带花边的半透明的斜披,带有金色花纹的深蓝色的筒裙布,除了这一套之外,还有一套粉色系、一套红色系。挑好了搭配的布,就开始穿衣服。

我自己一人是绝对穿不上身的,不用试我都能想象出自己手忙脚乱的样子,以及和各种布纠缠之后迤逦歪斜的囧状。工作人员面对这些零件却胸有成竹,微笑着把我让到试衣间,开始帮我穿,哦不,是帮我缠布料。一圈又一圈,下面的裙子裹好后,还有一段折了好几层的幔尾正好折叠在身前,之后是缠裹抹胸,再加上各种零碎披挂。

我静静安享巧手的工作人员的装扮,尽量配合,比较困难的环节,需要有两位工作人员一齐合作,忙得不亦乐乎。语言不通,也无法交流,我只负责端详镜子里的自己,一点点变成泰式女子。最后是化妆师递进来一堆沉重的金饰品,夸张的金项链、金手环,亮人眼的金戒指,居然还有古老的臂钏。这东西我只在中国古书和古代壁画上见过,自己也过了把古代女人的瘾。装扮完毕,再看镜子里的我,发髻高耸、妆容艳丽、金碧辉煌,好像刚刚从泰国的某个朝代穿越过来似的。

说到泰式妆容,一定要提一下那位专业又耐心的化妆师。是他用了两个多小时,一点一点把我从蓬头垢面,变戏法似的鼓捣成了美艳如花,用灵巧的手把一个现代的中国人,装扮成了古代的泰国人。

他让我不必坐得直挺挺的,而是半躺在特殊的化妆椅上,舒服地闭着眼睛。自己则拿着大毛刷小毛刷、粉饼眼影等十八般武器在我的脸上纵横捭阖。他先询问我挑选的服装颜色,以便配以颜色合适的妆容,然后一边有条不紊轻手轻脚地工作着,一边对我轻言细语,说话的时候特别像一个姑娘。没错,这是一位身体里住着一个女人的男化妆师,非常敬业,水平也很高,带给人一种安详

爱上泰丝

温暖的力量。

　　脸部的化妆结束，化妆师接着开始装饰头发。不大一会儿，一个带有小发髻的泰式发型就做好了，还插上泰式的发簪和新娘用的花串，手里也拿上花串，以配合泰丝裙装。粉色的裙装又有另一套头饰，最后的红色露肩套装选择了大城王朝时期的金冠，高高立在头顶上。头顶金冠虽然气宇轩昂，可也苦了脖子，拍照的过程中，不敢稍加移动。整整一天时间，都在环佩叮当中感受泰丝文化，忍饥挨饿，还是挺辛苦的。

　　上课的时候，我给公主看我的写真照片。公主觉得非常漂亮，说我已经变成了泰国人，还详细给我讲解这些服装的来历。有的是大城王朝时期的，有的是素可泰王朝时期的，这些贵族的服装经常出现在典礼或者喜庆的活动中。记得在邦巴茵行宫参观的时候，也看到过宫廷传统服饰的展览，衣服的皱褶、花边、配饰，还有手袋的搭配，都非常讲究。

　　邦巴茵行宫是泰国王室的夏宫，功能犹如中国清朝皇帝颇为喜爱的颐和园。拉玛四世在十九世纪时扩建了行宫，他喜爱古老的中国文化，也喜欢西方文化，于是他的宫殿成为东西方荟萃的杰作。三个宫殿群落，一个泰国式的，一个中国式的，另外一个是欧式的。

　　拉玛五世时期，华侨集资献给国王一座中国式样的天明殿。这座木结构建筑，全部材料和陈列品都是从中国运来的，屋脊镶着丹凤朝阳和双龙戏珠雕塑。大殿正中摆有御案宝座，这里是国王会见文武百官、外国贵宾和举行盛大仪式的场所。殿后是国王的寝宫，内置柚木龙榻。

　　如果你去邦巴茵行宫参观，不仅可以看到拉玛五世用过的中国式龙榻，还有拉玛六世用过的中国式桌椅。殿内到处是瓷器花瓶和古玩珍品，琳琅满目，美不胜收。其中一座巨大的骨雕作品，显示了中国南方匠人高超的技艺。

邦巴茵行宫　　　　　　　　行宫里的西洋雕塑

从曼谷到邦巴茵，是有水道相连的。到了拉玛四世时代，泰国开始使用汽船，王室成员可以方便地乘船沿着湄南河，从王宫一直到邦巴茵夏宫避暑。历史上在这里曾经发生过一个溺水事件，而溺水的不是别人，正是五世国王心爱的妃子和她的一个孩子。

大船行进途中，有一段河道水流湍急，王妃和孩子不慎落水，当时的情况非常危急。可是周围的卫士却无法下水搭救，因为当时法律规定不能触碰王室成员。老百姓想去救，却被一个大臣阻拦，这个大臣不允许别人碰王妃。结果王妃和女儿都淹死了。那个王妃是会游泳的，但是因为要去救女儿，最后也淹死了，这真是一个令人唏嘘的悲惨故事。

在邦巴茵最热闹的时候，王室与高官都来参加消夏活动，还有划船和摘莲花比赛，可以想象，一定是各色泰丝服装云集，行宫内外一片锦绣。到了九世王时期，诗丽吉王后一直致力于推广传统泰丝服装。她教会村子里的农民学习织造泰丝布，并且出钱回收成品布料。每年举办泰丝展会，还举行织布比赛。诗丽吉王后随国王出访的时候，总是穿着泰国传统花纹的泰丝服装，拎着泰国传统的编织手袋，光彩照人，端庄美丽，给泰丝做了最好的广告。

诗琳通公主六十岁生日的时候,泰国邮政部门发行了一张庆祝公主华诞的邮票,邮票上是公主的盛装立像。这张照片是在大王宫里举行盛典的节基殿拍摄的。公主站立在却克里王朝伟大的君主拉玛五世御照前面,一手扶着金色圆桌,桌子上摆放着专属公主的一些日用品:放槟榔的金盘和金盒子、镶金方茶壶、金水盆,还有玉盖碗等。公主身着象征自己生日颜色的紫色传统泰丝服装,金黄色斜披,斜披上有各种式样的公主荣誉勋章、胸针,闪耀着光芒。这光芒不仅是公主的,也是泰丝的。

泰国发行的公主六十华诞纪念邮票

黄袍佛国

写这篇文章的时候,正是满城玫瑰和巧克力的情人节,和世界上很多国家一样,泰国的姑娘小伙,当然也不会错过这个表达心意的美好夜晚。这个节日看起来和我的文章题目好像没有什么关联,可是在泰国,一切皆有可能。情人节一早,就被微信上的一则新闻暖到了,题目是"泰国寺庙也过情人节,架起爱心之门'抢'情侣"。

泰国素攀武里府的一个寺庙,为了能给情人节增加节日的气氛,架起了八座不同颜色的爱心之门。这八种颜色各有象征意义:红色表示爱国家,白色代表爱信仰,蓝色代表爱国王,绿色是爱自然,黄色爱知足,橙色爱朋友,紫色爱自己,粉红色是爱父母。寺庙表示,如果情侣来拜粉红色佛像的话,还免费赠送一公斤白砂糖,寓意爱情甜甜蜜蜜。在泰国这个包容性极强的国家里,为吸引年轻人,寺庙里可以摆放很多卡通佛像,当然也可以在情人节这一天,盛情邀请情侣们来寺庙里布施祈福。在这个欢乐的节日里,情人节和寺庙,因为爱的意义产生了联系,寺庙扮演了自己重要的角色。住持如此贴近民众,让节日充满爱的味道,真是暖心啊!

以前在欧洲游历的时候，走在街上，如果累了渴了饿了，首先会想到麦当劳。那里有免费的厕所，有马上就能入口的快餐，还有可以从容歇脚的椅子。而在泰国这个黄袍佛国，我会首先想到寺庙。

安静地走进寺庙，自由自在地找个角落坐下，或拜佛做功德，或观赏建筑，或看泰国人取一本经文兀自悄声默诵，感觉这就是岁月静好的样子。没有人要求什么，没有人放高声，想待多久就待多久，佛、僧、众，各自安好，感觉空气都是从容的。

佛光普照

有一天傍晚，雨下得很大，我在佛殿里避雨。到了晚课时分，打着伞的僧人列队进来了，都很年轻，面容羞涩，目不斜视。光着脚进得大殿，掏出书本开始诵经。黄昏时分，光线恍恍惚惚，诵经声音缥缥缈缈。我坐在地毯上，靠着大殿的墙壁昏昏欲睡，沐浴在一种温暖的感觉里。不知道过了多久，念经结束，他们默默整理好仪仗和香花，好奇地看一眼同样好奇的我，没有人发问，佛堂里只静静地飘着花香和眼神。

雨还在淅淅沥沥地下，橘黄色的袈裟越飘越远……

"南朝四百八十寺，多少楼台烟雨中。"拥有三万多座寺庙的泰国，每座庙宇都是一段凝固的历史，很多古老的寺庙已经被列为珍贵的文化遗产。公主颇有感触地提到文化遗产保护问题。泰国有一个古老的寺庙壁画老旧了，和尚们不喜欢，决定把壁画换成新的，这让人很痛心，公主希望这些古老的壁画，都作为文物保护起来。

晚课，摄影：杜志勇

公主每年都会去距曼谷两个小时车程的小城安帕瓦，那里有公主的基金会。有一次跟随公主的队伍，来到安帕瓦的一座古老寺庙，住持陪公主细看寺庙的壁画，公主当年也参与了壁画的绘制。大家兴致勃勃地找到了公主执笔的那个部分，描金的壁画神采奕奕，被保护得非常完好，色彩斑斓地讲述着一个又一个古老的故事。了解壁画也是一种学习泰国历史的途径，可惜如果没有地道的讲解，只能看个热闹，走不进那绚烂的历史中去。

安帕瓦起先是一个不知名的小镇，近年来已经发展成为泰国重要的旅游景点。这里有热闹的泰国传统水上市场。船家划着小船叫卖，有新鲜诱人的水果，有刚烤好的大虾、扇贝和鱿鱼。客人可以在岸上买，也可以坐船游玩时，两船交汇的时候挑

水上市场

选美食，不用费事就可以吃到正宗泰式小吃，非常有情调。游客可以坐船参观错落在河边，各具风采的寺庙，也可以在合适的季节，观赏河边树上聚集的萤火虫。曾经和几个同事相约专程去看萤火虫，没想到最令人难忘的却不是萤火虫，而是清晨薄雾蒙蒙中的河边布施。

安帕瓦的清晨安静清爽，天蒙蒙亮的时候早点摊儿已经摆出来了，我们起个大早，就是想去感受清晨的布施，这是在佛国才能看到的场面。

我们站在河边桥头，天还没有亮，当地居民已经排成一排，手里拿着布施的物品。有食物，有洗漱用具，也有袈裟。街边商店里，有搭配好的给僧人布施的几件套出售，非常方便。我们也入乡随俗，照样买了几份，和当地人一样静静等待。

不一会儿，远处的黄袍队伍在第一缕阳光的照耀下缓缓走来，僧人都是赤脚，捧着化缘用的钵，在布施的队伍前站定。布施的民众虔诚地合掌行礼，然后把物品放入和尚的钵里，和尚念念有词，给布施的民众回报一些祝福的经文，然后等候下一位布施者走过来。我也学着他们的样子把食物放入一位年老法师的钵内，他微笑了一下，和蔼地念起来。虽然我听不懂他说些什么，但还是受到气氛的感染，心里充满了给予的欢喜。

除了岸上的队伍，临近水边也有风景。河上有小船顺流而下，船上坐着僧人和化缘的收获。看到有站在岸边等待的人，师父便停下小船，安放好船桨，接过布施者的物品，放进小船里。岸边的民众跪在

安帕瓦的晨起布施

河边，倾听船僧的祝福。太阳渐渐出来了，水面上一个又一个船僧缓缓划行，袈裟在阳光下显出耀眼的金黄色，在水波荡漾中，勾勒出一幅水乡的图画。

布施是佛教国家里的日常，不知道有多少镜头，都记录过这样动人的场景。而这些外国人镜头里的风景，却是很多泰国人每天必做的功课，给予是很多信佛的泰国人一生的习惯。

王室也是如此，在重要的佛教节日或者生日，诗琳通公主也会早早动身去布施，还要去河边放生鱼和乌龟。泰国人的放生习惯也与佛教有关，让生命重获自由，同时也放走烦恼和忧愁。这就是为什么湄南河里，鱼多的几近沸腾，泰国人却从来不去捕捞来吃的缘故。

布施船僧

有一次陪同公主去武汉，在汉江边的公园里游览，公主望着干净的河水，很自然地问：这里会放鱼和乌龟吗？一时间，当地陪同人员都愣在那里，对公主的问题没反应过来。熟悉泰国习俗的人会知道，因为泰国的佛教习惯，公主才会看到河水，就自然联想到放生的事。简单的问话，让我清晰地看到不同国家之间的文化差异。刚到泰国的时候，我一样也是对湄南河水里挤挤挨挨的鱼群，发出感慨。

南传佛教僧侣们一天吃两顿，过午不食。所有食物都是化缘而来，施主给什么就吃什么，有荤有素，酸甜苦辣都掺和着吃，用来锻炼心性。僧人们的理念是：吃饭不是为了享受，而是为了生存。

周末和同事结伴去参观寺庙，泰国的北揽寺曾经出过全泰国的僧王，香火很盛。寺院里最引人注目的是硕大的柚木长廊，层层叠叠，围绕在讲经的佛殿四周。地板也是柚木的，因为年代久远，木头包浆可见，闪着深邃柔和的光亮。光着脚走上去，厚重光滑。那一天礼佛的人，从殿里一直跪到殿外的大理石地面。虽然挤挤挨挨，可是内外鸦雀，燃香、念经、拜佛，都在静谧的气氛中进行，毫无拥挤，人与人之间互相礼让，亲如一家。

中午时分，寺里的斋饭已经摆上了。和尚有和尚的席位，居士有居士的，我们这些来"打酱油"的也有地方席地而坐。排队领米饭，大锅菜，义工分发食物，盘子刀叉都是干干净净的，盛饭的义工和蔼地招呼大家，生怕有人吃不到，帮助大伙儿按需分配，饭后还有红毛丹做甜点。人们赤着脚，端着菜盘或坐或立，吃完饭继续听高僧讲话，或者在回廊下乘凉休息。正午的阳光懒懒的，不知道谁家的狗儿也来凑热闹，随便找个喜欢的人就过去腻着。

泰国男子的一生中一定要有一次出家的经历，这对他的成长、心智的成熟，至为重要。而做僧人的时间却没有硬性要求，随自己的心愿，可长可短。如果一家人里有个孩子准备到寺里出家，为自己和家人修功德，那将是全家的光荣，父母会大办筵席，宴请宾客，放鞭炮欢送他。

曾经偶然路过这样一个筵席，就办在要出家的寺庙门口，简直跟办喜宴一样热闹。亲朋邻里都过来祝贺，送的礼物有袈裟、香花、果品等，带着羡慕的心情看着别人家的孩子剃度，从此走上了光明的旅途，成长为一个负有责任心的男人。

不少大学生也会选择去寺庙体验一段时间朴素的生活，很早起床，打扫，化缘，念经学法，坐禅修行，几个小时的打坐对身体和精神都是一种磨炼。女生不能化妆，都穿一样的白色衣服，上交手机，回到自然的与佛亲近的平静生活。没有欲望,没有攀比,这样的生活会让刚成年的学生心里留下深刻的印记,并成为以后生活中的美好回忆和前行的动力,信仰的力量不可估量。

泰国的老百姓对钱财看得比较淡,他们中的很多人没有存钱的习惯,除了日常的生活开销,做慈善是他们一项很重要的支出。他们可能自己过着很简单的生活,却会把辛苦挣来的钱捐给寺庙和学校。诗琳通公主是一位热心的慈善家,从年轻时候起,就随父母做慈善工作,致力于改善贫困地区人民的生活,建学校、工厂、医院、红十字会。从帮助孩子培养卫生习惯,每天喝一杯牛奶开始,从一件件小事做起,可以说事无巨细,殚精竭虑。

公主在2015年画了一组小动物的卡通画,把这些画免费给泰国的电信公司做成表情包,用户聊天时,下载这些动画表情包的费用,全部用于红十字会的慈善项目。公主特意给每幅画都配了诙谐的文字,让这些动物都拟人化了。猫头鹰是智慧的化身,于是那只卡通猫头鹰说"我知道了";而大嘴河马的配文是"我饿了";还有一只蜘蛛,一边结网一边说"我想到你";慢吞吞的乌龟旁边的文字是:"等等我",让人忍俊不禁。

公主手绘表情包

依然记得刚来泰国不久的那个宁静的下午,我利用周末去参观好多旅游书上都推荐的古老寺庙——黎明寺。黎明寺坐落在湄南河边,爬上寺院里镶满中国古老瓷片的高塔,可以遥望夕阳下的整个大王宫。那时候刚到泰国一个星期,出神地坐在佛塔下的长椅上,听轻风摇曳,塔铃清脆。忽然眼前闪过一道橘红的色彩,抬起头,一句流利的英语已经飘过来,于是快乐地攀谈。那位年轻的僧人是来黎明寺进修的,聊了很多修行的感想。请他落座长椅却不肯,自始至终站着,后来才知道,小乘佛教的僧人和女人是要严格保持一定身体距离的,递送物品、同坐舟车,都要避免有身体触碰。

现在完全忘了当时聊些什么,只记得他背靠着明艳的斜阳,似有顿悟地悠悠地说:僧人虽然不可以结婚,但是我们也可以 love in heart。这句话,使他黄昏的背影分外动人。

黎明寺,摄影:秦裕森

金山寺,摄影:杜志勇

永世佛光

给公主上课时,如果讲佛教方面的知识,心里是忐忑的。因为泰国人从小就接触佛教,小学的时候就已经有佛学方面的知识讲授。尽管中国的佛学源远流长,大师辈出,且带有本土文化的特点,但在公主面前谈佛,总有一种班门弄斧的感觉。

公主懂梵文、巴利文,又研究印度文化,对佛教的各宗各派了如指掌。为了给公主介绍即将出访的五台山,我精心准备了中国四大佛教名山的PPT,用图片和导游图,串起了四座名山的胜迹、庙宇和历史掌故。

从历史上看,中国历代帝王对佛教的态度差别很大。在佛教兴盛的时候,庙宇广布,香火旺盛,而灭佛的时候又走了另一个极端,毁经卷驱沙弥,血雨腥风。作为一个保存了佛教诸多典籍,佛学大师辈出的国家,中国的佛教发展有自己的国别特点,和泰国的佛教发展是不同的。我挑选出一些和本土文化结合紧密的敦煌壁画,讲解敦煌壁画中的佛经故事,希望公主通过文化对比,了解中国本土佛教的一些传说和往事。

比如讲到浙江的佛教名山普陀山,我找到敦煌壁画里保存的一个故事,故事名为《观音菩萨与普陀山》。一位在五台山修行的日本和尚,看到五台山供奉的古老的木质观音像美轮美奂,动了私心,想请回日本去供奉。作为本寺宝物,方丈自是不会同意。日本和尚软磨硬泡未果,于是趁着夜黑风高,把木雕观音给偷走了。他怕五台山的和尚来追,不敢休息,日夜兼程来到了浙江普陀,准备渡海东去。

得知宝物丢失的方丈并没有深究,对义愤填膺的僧人们只是云淡风轻地说了句:万事皆有因果。日本和尚抱着钟爱的观音像准备返回日本,可是渡海的旅程却并不顺利。三次企图,一次渡海风浪大作,二次渡海浊浪滔天,三次渡海铁莲花阻挡,这些异象表明,中国的观音菩萨是不愿意东渡日本的。日本和尚实在没办法,在普陀山一位老翁的开示下,在普陀修建寺庙,供奉这尊观音,称为"不肯去观音院"。

公主学习了这篇文章,很高兴观音的结局圆满。公主是讲故事的大师,对事物充满了想象力,她觉得,这尊观音可能有自己的想法,想以普陀为自己的道场。而观音自己没办法离开,于是让这个日本人偷到海岛,但是又不肯去日本,所以有很多异象,阻船东渡,直至建立观音院。否则观音法力无边,为什么没有阻止日本和尚逃出五台山呢?看来公主是最懂观音的人啊!

中国的和尚一般不可轻易还俗,而在泰国做和尚好像是经历一场人生的体验。不论刚会走路的小孩子,还是年长之人,都可以出家,而且出家的长短由自己决定。有的人犯了错误,或者人生出现波折,遇到了难以解决的问题,都会选择短期出家,在寺庙里安静下来,认真思考自己的未来。

他们每天清早出外化缘,诵读佛经,通过践行僧人的简单生活,开悟到人生的深刻哲理。听一个泰国朋友说,她的一个朋友修行之后,断了拿枪报复劈腿女友的念头,放过了初恋,也放过了自己。这样的例子还有很多。对于泰国人来说，出家就是放空自己，在一段特定的时间里，清净地思考人生，忘掉纠结与烦恼，找回初心重新上路。

而中国的和尚一旦落发为僧就要和尘缘了断，这一生便有了使命感，青灯古佛无怨无悔。想起多才多艺的弘一法师，倾心侍佛，心无旁骛，一转身，便决绝地关闭了尘缘那一道门。

敦煌壁画故事里面也写到了玄奘取经的故事，公主阅读过《西游记》，知道美猴王孙悟空，对当年玄奘到印度的取经之路也很了解。我拿一张古代地图，跟公主一起聊玄奘，他当年走过了印度的哪些地方，在哪些地方开坛宣讲，举行辩论会。时不时地，公主会说，这个地方我去过，然后如数家珍地告诉我，现在这个城市有什么变化，还留存有哪些名胜古迹。

无论是在俗界江湖，还是在清静的寺庙，其实人心最重要，小乘佛教重在修心，提倡的是内心的圆满和欢乐。忽然耳边就传来《女儿情》的旋律，一起说起女儿国那位有情有义的女王。无奈玄奘法师取经意志坚定，不取得真经誓不罢休，女儿国王也只好泪眼相送。听着那几句主题曲："我柔情万种，他去意更坚，今生无缘，为你祝福，西行一路多珍重。"女王把倒换的关文放在意中人手中，放他自由归去，其实这也是一种慈悲啊！

泰国有一位支持汉语教学，对"一带一路"了如指掌的大和尚，他就是曼谷最大的华寺金佛寺的住持，泰国副僧王赵坤通猜大师。他提倡大家节假日到寺庙念诵经文，增加福报，他推动寺庙的孔子课堂和汉语教学。每年的春节，公主都要到曼谷的唐人街看望华人，而到达唐人街的第一件事情，就是到金佛寺进香，与住持聊一聊。

据说令通猜大师声名鹊起的一个事件是：泰国很有实力的 King Power 公司的老板，买了英国一支不起眼的球队，这支球队没什么名气，更别提得过什么名次了。而那一年比赛的时候，泰国老板请通猜大师来英国，给球队运动员做法加持。没想到的是，球队在随后的比赛中，如神兵天降，出乎所有人意料，破天荒得了一次冠军。这件看起来非常戏剧化的事件，使大师一夜成名。从此大师的符咒成了人人求之不得的圣物。

拜曼谷中国文化中心的资深顾问秦裕森前辈所赠，我给诗琳通公主带去一件符咒。公主早就知道英国球队的事，见到符咒非常开心，赶快给符咒拍照发给朋友看。而对于符咒的魔力，公主说，取得冠军后，记者采访赵坤通猜大师，他说取得胜利不仅是符咒加持的力量，更是队员团结一致的力量。公主觉得这个提法非常好。后来我把公主的话转述给赵坤通猜大师，大师腼腆地笑了。智者之间，本来就是心意相通的。

和公主出去参加活动，无论是文物古迹，还是天体物理研究所，抑或纳米科研中心，每个领域公主都可以游刃有余。宾主落座后，公主马上进入状态，记笔记问问题，一气呵成。而因为团队行程早出晚归，我们往往还在倦怠中。公主如此精力充沛，学识渊博，让人敬服。

2016年，清华大学举办梁思成乡土遗产研究国际研讨会，公主率队前往。各国学者依次登上讲坛侃侃而谈，有讲自己国家城市变迁和保护的，有讲某个景点的修复工作的。其中一位中国学者，讲的就是梁思成和林徽因考古发现五台山唐代寺庙的历史过程，以及寺庙保护的重要性。公主听得聚精会神，那一次出访就已经定下行程，公主决定第二年到访山西。

2017年，带着对唐代古老寺庙建筑探秘的心情，公主的团队终于来到了山西。坐落于五台县的佛光寺，因为梁思成在此发现了唐代最早的木结构建筑而蜚声中外。荒山野岭中的这座寺庙，人迹罕至，因为大梁上的供养人字迹，让梁思成一行最终确定了建筑的年代。陪同的讲解人员把电筒打到屋顶厚实的大梁上，果然唐代的字迹依然清晰："女弟子宁公遇"。大家难以置信，眼前看到的字迹正是当年梁思成和林徽因看到的字迹。而更难以想象的是，一个唐代人就那么随手写下的一行字，却给后人提供了断代的重要依据。公主和随行人员不由得发出惊叹的声音。

陪同的文物局领导知识相当丰富。佛光寺和南禅寺墙壁的白灰为什么加入植物纤维更加结实，木制房屋建筑结构在唐代是怎样的，斗拱的布局等等讲解得非常细致，给我们大家上了一堂唐代古建课。一句"金箱斗底槽"，中方和泰方陪同人员都拿本子使劲记，没听懂的还互相问："金箱什么？""什么斗？""槽怎么写？"好学的各位估计都准备回去补课了。而我后来回到泰国，也趁热打铁，查询资料，结合曼谷中国文化中心赠送公主的古建模型，给公主准备了一堂中国古代建筑方面的讲座，重点就是那个让大家云里雾里的"金箱斗底槽"。

"地上文物看山西"。在山西的考察中，公主是我们中间记笔记最认真的，笔从来不停，在大本子上刷刷地记着。随行的各位专家教授，不管自己从事什么专业，都对中国历史表现出浓厚的兴趣。大家认真的劲头让我想起大学一年级的时候，在首都师范大学历史系，唐史大家宁可教授，给我们讲古建筑史的情形。那时候大一的学生懵懵懂懂，能够听到名老先生的一堂讲座，简直幸福得要晕倒。

从古希腊的花柱到唐代建筑屋顶的等级，从中世纪欧洲的哥特式教堂，到承载祖先智慧的飞梁斗拱，满肚子的学问娓娓道来。如今大师已经驾鹤西去，没想到二十多年前播下的种子，在这里开出花朵来。

车队行走在荒山之中，北京已是繁花的季节，山西的春天才刚刚醒来。佛光寺坐落在群山之中，山间有杏花一簇一簇地开放，给黄褐色的山峦点缀了点点娇艳。有机会随公主前来参观是件很幸运的事情。

参观结束后，佛光寺管理人员求公主题词。作为唐代的遗迹，佛光寺对后人的影响是精神上的，"佛光"既是寺庙的名字，也是佛教传承的光芒。题写什么好呢？"佛光普照"似乎是最现成的，唐代距今一千多年，"千年佛光"也不错，只是想来这光芒流传千年，显然是不够的。于是公主拿起毛笔，饱蘸墨汁，留下了四个苍劲的大字——"永世佛光"。我想这不仅是对佛光寺，也是对佛法传承，送出的一份美好祝愿。

千年古刹，永世佛光

山西佛光寺

尊贵的高度

入境问俗,来泰国之前,应该了解一些泰国的礼仪。比如不要摸小孩子的头,头是高贵的,不要用脚触碰别人的东西,不要对佛像不恭敬。在很多的规矩中,我看到了一种尊贵的高度。

泰国人见面不握手,而是双手合十,说"萨瓦迪卡",见面和告别,都是如此。合十的双手有如一朵含苞的莲花,"萨瓦迪卡"来自梵语,本意是"祝福

你好　　　　　　　　谢谢

你吉祥平安",后来演变成了问候语"你好"的意思,这样的礼仪带有浓郁的亚洲风情和佛教意味。

早年常驻法国,领略过奔放的法式贴面礼。朋友之间,男人和女人,女人和女人见面与分手的时候,都要贴对方的脸,嘴里发出亲吻的声音,不然就是不礼貌。有个尴尬的问题是,法国南部和北部的贴面次数有所不同,有的贴面一次,有的两次,有的竟然是四次。对于外国人来说,永远也搞不清楚应该贴几次脸才够礼貌。假如碰上晚会结束,一大群朋友互相告别,按着顺序依次贴上去,彬彬有礼,依依不舍,亲吻声此起彼伏,感觉真的需要花费不少时间。

与贴面和握手的礼节不同,泰国的合十礼没有肢体接触,男女老幼都适用。表达敬意是依靠手掌的高度来区分的,对于国王和僧侣,要用最高的礼节,合十的双手要举到额头,深深地鞠躬九十度;对于父母和长辈,要举到鼻尖,鞠躬可以小于九十度;而对于平辈的同学朋友,手指尖与下巴平齐就可以。双手合十的时候,目光要对着行礼的人,口里说着打招呼的话。如果一次碰到好几个人在一起,要一位一位地按次序行礼,从最尊贵的开始,不能马虎。

泰国人觐见王室成员,有一套传统的王室礼仪和规范。女士要穿裙子,绝对不能穿裤子,裙子还需要过膝,上衣要有袖子,吊带是不可以的。在旅游景点如大王宫、邦巴茵行宫,如果你的着装没有达到要求,裙子短了,或者穿了裤子,在租借处可以免费借来一块漂亮的布,把自己裹得严严实实,才可

泰国的麦当劳叔叔

以入内参观。

泰国人非常尊敬王室，觐见的时候会行大礼。和跪拜佛像的五体投地式不同，而是双腿屈膝靠一侧跪坐，坐的时候双腿相叠，脚要巧妙地藏在后面，如果让对面的人看到自己的脚，那是很不礼貌的。行礼的时候，靠下面的膝盖对着要跪拜的人，整个身体以这条腿为轴，面对尊者，双手合十，拇指靠在眉心，深深地拜下去，一直到地面。

王室跪拜礼

曾经天降大雨，看到跪拜者毫不吝惜自己的漂亮服饰，在泥泞中也坚持行跪拜大礼，借此表达对王室的一片敬意。即使身为泰国的总理，为了表达对王室的尊敬，也会在公开的场合行这样的大礼。网上轻易就可以找到当年英拉总理身着公务员的白色制服，倒地跪拜诗琳通公主的照片。

给公主上课时，工作人员会膝行进来送茶水和水果，然后跪着行礼退出，这是泰国王室基本的礼仪。公主理解中国和泰国礼仪的不同，并不苛求老师的举止。

泰国孩子很小就习惯膝行，在父母长辈面前，在老师面前，都用得上膝行，他们膝盖力量锻炼得很好。我曾经问过泰国的女孩子，她们说用膝盖走路不会觉得痛，而且已经磨出茧子了。看到过公主身边膝行的工作人员和觐见的官员，身板挺直，动作利落。而没有受过训练的外国人，很容易就成了"手脚并用"。

泰国的礼仪中可以看到尊贵的高度，而表示谦虚的方法就是放低身体。如果长辈坐着，自己就要跪着，高度不能盖过长辈。听泰国朋友说，泰语里一种说法就是：自己的影子不能盖过尊贵的人。泰国媒体曾经报道过一家银行里发生的打架事件，其中一个原因是，客户非常生气，那个银行员工居然在他坐着的时候，站起身来和他理论，这简直是侮辱。如果不了解泰国的传统文化，会很难理解这样的想法。

在泰国，敬师，是延续下来的传统礼仪。教师节的时候，要举行拜师礼，学生会成群结队膝行到老师身边，给老师献上茉莉花环，聆听他们的教诲。平常在课堂上问老师问题，如果老师坐着，学生就要跪着，身体不能比老师高。

每年王室成员要给重要人物颁奖，或者给大学毕业生颁发毕业证。在这种时候，礼仪需要特别的训练。接受证书的人，无论泰国人还是外国人，都需要按照王室礼仪，进行排练，有时候还要彩排很多次。

在司仪的引导下，学生按照预先彩排的标准礼仪依次上前，男同学鞠躬，女同学行屈膝礼，然后再走上前单腿下跪，从国王或者王子、公主手中领取自己的毕业证书。领取的时候，手掌需先往上抬一下，再伸手过去接。接到证书以后，单手把证书靠在身前，后退，再鞠躬或者屈膝，然后离开。整个动作一气呵成，整个仪式，中规中矩，有条不紊。

曾经跟随诗琳通公主到乡下看一座拉玛五世时期的寺庙，从快到寺庙的田野路边一直到寺庙门口，密密匝匝地跪着迎接公主的百姓，还有戴着领巾的童子军。他们在阳光下默默地流汗，一脸的虔诚，大家都热爱公主，能远远地见公主一面，就已经非常满足了。

庙内壁画上画着泰国先王的生活画面，金粉勾勒，非常精美。公主拜完大和尚，接受祝福之后，特意用汉语给我这个外国人讲解寺庙的历史。我恭敬地站在那里倾听，过了一会儿，回头一看，庙里的所有人，只有我和公主在站着，其余的人都已经毕恭毕敬地跪在殿内的红地毯上。

跪拜礼之外，与王室对话，泰国百姓要使用一套不同于平民社会的语言，称作王语。王语基于标准泰文，附加了许多敬辞和专门称谓，表达方式更加复杂。王语中很多名词和动词的使用，都和普通泰语有所不同，而且根据王室成员的尊贵等级，使用的王语也会有所不同。面对王室成员的问询，要用王语对答。王语虽然在学校里会教，但却不是每个人都能够运用自如的，需要特殊的讲授和练习。这和中国古代皇室使用的语言有相似之处，比如吃饭的"吃"，泰国王语的表达类似于"进膳"；指称自己要说"朕"；上厕所要说"出恭"，等等。

在泰国王室授权出版的漫画版《国王的微笑》这本书里，记载了这么一个故事。九世国王到偏远的农村去考察，随从发现当地一个农民可以熟练地使用王语和国王交谈，感到非常奇怪。他这样对国王描述他的鸟：我现在有三只鸟，王后跑了，扔下两个王子，有一个还在咿呀学语，只好由父王来管孩子。国王忍住笑，问他怎么使用王语这么熟练？农人解释说，以前曾做过泰国传统剧的演员，一直扮演国王。

在泰国还有这么一种现象，让初到泰国的旅游者颇感惊讶。好好地走在路上，或者正在体育场跑步，忽然一阵动听的歌曲响起，大家都像约好了一样，暂停了手里的一切，一动不动。卖东西的小贩停止了售卖，坐着等公交的人也站了起来，不明就里的旅游者看着这一幕，连大口吃手里的美食都觉得不好意思了。仿佛世界一下子静止下来，时间也凝固了一样。这就是每天下午六点，广播里开始播放《颂圣歌》的情形。

泰国人热爱国王，每天都用这种静立的方式向国王表达敬意。不仅如此，电影院里每场电影开场前，全体都会自觉起立，一同观看有关国王事迹的纪录片。影片里国王慈祥和蔼，为百姓辛苦奔波，为国家奉献，有的泰国人看得泪流满面。

在泰国的每一天，都会感受到一种敬畏。敬畏神灵佛祖，尊敬王室，尊重父母、老师和长辈，也善待身边的陌生人。从别人面前经过，尽量把身体放低；如果车辆礼让了行人，行人也会弯腰颔首表达谢意。进入房间打扫、修缮的物业人员，商场送货上门的工作人员，都会自觉脱掉鞋子，光脚进入房间。在泰国最偏僻地方的加油站里，也一样会有一尘不染的厕所，地面用水冲洗得干干净净，洗手池旁，常常放着一小瓷盆清水，水上飘着美丽的鸡蛋花。

尊重和敬畏，让人感受到一种温暖与和谐的力量。

泰国随处摆放的美丽花朵

火车票忘带了

泰国人性格中柔软和善的成分居多，不忍心看到别人受苦。

我的一个朋友去瀑布公园游玩，不小心滑了一个跟头，手腕青肿了。一位素不相识的路人看到，马上递上一瓶清凉的药膏，帮朋友缓解疼痛。

泰国的地铁票是黑色的塑料圆片，我因为马虎，常常把这"黑豆子"夹在找回的零钱里不知所终。有时候忘在售票窗口，有时候是掉到地上，每次都会有人追上来还给我，让我想丢都不容易。

在驻泰生活中，这样的小事很多，让人处处感受到仁慈的力量。

悠悠的湄南河在曼谷这座城市中穿行，水边经常会碰到喂鱼或者放生的人。大人们买来面包，和小孩子一起喂给水里的鱼儿，那些鱼因为没有人吃它们，长得健壮肥硕。小情侣或者一家人出去玩的时候，时常会买一笼子小鸟，打开笼子放掉。寺庙里也养着一些牛、羊之类的牲畜，这些都是老百姓从屠夫的刀下买回送给寺庙的，这些绝处逢生的动物们，会无忧无虑地在寺庙里终老。

在泰国，仁慈之心不只表现在对他人的善良和施予，还表现在诚实守信。

泰国的商家无论是大饭馆、小摊贩，或是旅游景点的售货亭，都很讲究公平买卖，诚信经营。琳琅满目的泰国特色商品让人眼花缭乱，不论你是来旅游的外国人，还是说着蹩脚泰语的常驻人员，抑或是巷子里斜对门住着的大嫂，价格只会是一个。不会因为你是外国人，就拿高价卖给你，而且可能会得到更加周到的照顾和热情的指点。

曼谷气候炎热，街上有不少卖鲜榨果汁的，有橘子汁、石榴汁、甘蔗汁，等等。如果是没有加其他东西的纯果汁，价格就会高些，否则就会便宜些。商贩会把它们分开摆放，标价清清楚楚。小摊儿上卖的菠萝切片，如果是泰国北部的名产小菠萝就会贵些，如果是普通大菠萝就会便宜些。而两种菠萝从切片上是看不出区别的，只能从味道上辨别。买过很多次，没有发现过以次充好的"聪明人"。小贩们在自己的买卖面前，神态自若，眼神中流露出江湖中少有的纯净。我相信，那份纯净，来自于清澈如水的内心。

曼谷的街头是繁忙而安静的，街上虽然车很多，但是因为禁止按喇叭，除了汽车马达的噪音无有其他。在中国已经司空见惯的，玩车技一般的频繁并道，在这里基本看不到。旁边的掉头车道空着，空着就空着，没有多少车动歪脑筋去借道，就在自己的那条道上优哉地前行。即使最爱超车赶路的出租司机，也罕见地冷静。

有一次打出租，明明两条车道可以拐弯，旁边那条道并没有多少车，我的司机就坚守在自己的那条道上，不愿意去插别人的队伍。我只好好言相劝：

——您看啊，咱们旁边的道路没有什么车啊。

——嗯。

——那咱们可以从那条路上走哦。

——嗯。

看起来好像还是没有动的意思。等得实在太久，我终于失了耐性，于是对司机说："Pika（大哥），咱们走那条道吧，谢谢！""好。"司机看我着急，终于听从了我的建议，不慌不忙地转到那条道上来。

繁忙的都市中，停车位总是难找，一次好不容易看到一处居民楼里的空位。门卫解释说，这是内部停车的。我恳求说就停二十分钟可以吗？他想了想说，那好吧，于是轻易地就被放进去。我很快办完事回来，生怕辜负了他的信任。心里想，他为什么那么相信我呢，如果我迟迟不归，耽误小区里正常停车怎么办呢？可能是我多虑了，在一个信用卡都可以交给工作人员去刷，完全不用担心盗刷的地方，对他人的信任是起码的底线吧。还是因为诚信，我经历了一次无票乘火车，说给国内的朋友听，大家都不信。

泰国的铁路是窄轨，和国际上通行的火车轨道有所不同。窄窄的车厢，慢悠悠的速度，车窗外的乡村景致，这些都吸引人想尝试一下泰式火车的风情。于是兴冲冲地买了到桂河大桥的火车票，票价居然比城里的出租车都便宜。桂河大桥离曼谷不远，因为那部蜚声中外的电影"The Bridge on the River Kwai"成为热门的旅游景点。一路都有高速，自驾车只需要两个小时，而火车往返差不多要坐一天。

为了节约时间，决定和同事体验半程火车，也就是自驾车开到一半再上车。早上开车出门，半小时后忽然发现，糟糕，车票居然忘了。泰国的火车票不是电子票，而且各站并不联网，我非常沮丧，怎么办呢？唯一值得庆幸的是，我无意中记住了票上写的车厢和座位号，同伴和我决定不抱什么希望地试试看，不行的话再重新买票。

火车慢吞吞地进站了，我们做贼心虚地上车，找到自己的座位。然后用磕磕绊绊的泰文解释：车票忘带了，这两个座位是我们订的。乘务员苦笑地说：

没有车票啊！他可能也不知道怎么办好，又不忍说出拒绝的话，就不再理会我们，转身去查别人的票了。

我们坐在自己的座位上，等着解决办法。汽笛响了，下车休息的乘客纷纷回来就座，没有人再过问我们这两个没票乘车的"歪果仁"。可能乘务员觉得，既然记得座位号码，而且一路这座位都空着，说明就是我们的吧，于是就默认了我们的所有权。

车开了，我还在座位上没缓过神来，就这么相信我们了？同伴扭头过来笑道：你到底是怎么记住座位号的？

火车行驶在通往桂河大桥的平原上，远山如此清晰，云彩如此斑斓，恍惚就在诺曼底了。记得从巴黎去诺曼底的火车上，看到的也是这样很印象派的风光。窄轨列车跟摇篮似的，晃得我有点晕，没有空调，也没有窗玻璃，田野的风直接吹进来。想起曼谷城里的很多无空调大巴，也是没有窗玻璃的。四季炎热的曼谷，根本是不需要窗玻璃的，玻璃是为空调准备的。

在火车上摇晃的，除了几位同样来体验泰国火车的欧洲人，基本都是泰国本地人。他们非常安静，不怎么交谈，只是一个劲儿地在喝水。我和同伴如刘姥姥进了大观园，一会儿指着田野说，看！有牛啊！一会儿指着大片花海招呼着拍照，其实泰国的田野到处都是一样的，大片的绿色，花朵竞相绽放，只是我们太喜欢这种坐着小火车东游西逛的自在，看什么都稀奇起来。

火车里的泰国人淡定地望着他们自己的家园，可能心里在笑我们这些"歪果仁"的少见多怪。我们后排坐着一对泰国年轻小情侣，面无表情，喝了一瓶又一瓶饮料，我都怕他们坚持不到下车上厕所的时间，这两节小火车上可没看到厕所的影子啊！我都不敢喝水呢。走了一路，他们还是一句话也不说，最多互相微笑一下，以至于我们最初以为他们根本是不会说话的。到了站才知道，人家只是天热懒得多说话而已,听我们用中文聒噪了一路。

没有惊喜的旅途是平淡无味的,这趟行程意外遭遇了一场小事故,让我们又一次领教了泰国人民的淡定。

快到瀑布景点的时候,火车忽然一个紧急刹车,铁轨发出怪叫声。车上的人东倒西歪的,因为火车速度慢,大家都安然无恙。刚才还不动不说的乘客,忽然间都苏醒过来了,纷纷从敞开的车窗探出头去。

火车小事故

窗外的事故现场有点吓人,火车和一辆准备横穿铁轨的小轿车相撞了。那小轿车是红色的,车头已经钻到火车下面,火柴盒一样被压得皱皱巴巴了。幸好没伤着人,火车司机赶快下车,帮忙拽开小轿车的车门,下来的居然是穿着白纱裙的新娘!在新郎的搀扶下,新娘哆哆嗦嗦地钻出了红色的婚车,惊魂未定,满脸泪痕,美丽的新娘装都哭花了。火车窗口探出的一长串脑袋,只负责安安静静地看热闹,没人说话。大家都很同情这对新人,他们可能太着急去自己的婚礼吧,这下可怎么办呢?

看热闹的我们因为热,已经丧失了思考,只想着小轿车里的人,却忘了我们自己的行程怎么办。应该等吊车来把小红车从火车下面弄出来吧,这需要多久呢?没有行驶中车窗飘进来的风,铁皮火车酷热难当,可是大家都不急不躁,耐心地等待安排。其实很多时候,急躁只能让解决问题的进程更加缓慢,毫无用处,司机和乘务员正在想办法,我们能做的就是等待。不知道过了多久,得到通知说,前面的瀑布景点已经不太远了,大家步行过去吧,然后等火车开过去。

　　乘务员用蹩脚的英文,给我们几个没搞明白状况的老外连比画带解释。我跟同事学的那几句"三脚猫"泰语,居然派上了用场,听懂之后还帮着用英文翻译。大家都明白了几点集合,于是各自背上包,跟着大部队沿着铁轨往前走。大家认识的不认识的一起说说笑笑,恢复了出来旅行的快乐情绪。踩着铁轨走走停停,一个回眸,就在铁轨边上,一树繁花独自盛放,艳美的橘色花朵开得死去活来,把我们都看呆了。

　　如果没有徒步行走,大家可能根本不会注意到,这里还藏着一树如此灿烂的花朵,在蓝天下独自绽放。如果没有这场小事故,我也不会了解泰国人可以如此温和淡定。整个事故现场没有争吵抱怨,也没有看客的幸灾乐祸,安静而有秩序。如果不是忘记带火车票,我同样也无法真正了解,在泰国,人与人之间的信任可以到什么程度。一切都是刚刚好的样子,而感受这些不可思议,品味旅途中的意外与惊喜,不也正是出外旅行的初衷吗?

坐着火车游桂河

欢乐永远进行时

在使领馆驻外,守护的是中国领土,升起的是五星红旗,节日也是按中国本土的假期来过。但是可以有机会领略驻在国的假日风采,亲身参与和假日有关的文化活动,了解民风民情,是个颇有意思的经历。

泰国一年大大小小的节日有近三十个,其中,法定假日有十四个,共十六天。这相当于几乎每月都有假期,赶上和周末连在一起,就是我们常说的"小长假"。泰国的法定假日不但多,而且类型全,包括国际性节日、宗教节日和王室纪念日等。在泰国,使用佛历纪年(公历加上543即为佛历年份,公历2017年,也就是佛历2560年)。和我们用农历来计算春节、中秋等节假日类似,泰国每年的公共假日,具体时间也会根据泰历有所调整。如果公共假期正巧赶上周六或者周日,那也不用担心,下一个工作日就会拿来补上公共假期,不会让假期因为赶上周末而缩水。

每年泰国外交部都会给各国驻泰外交机构发一份法定假日表,告知大家在这些时间里,政府部门是停止办公的。下面是2017年十世王即位后,新调整的泰国主要法定假日表:

2017年泰国法定假日表

日　期	星　期	节　日	备　　注
1月2-3日	星期一、二	元旦	补年末及元旦假期
2月13日	星期一	万佛节	泰历3月15日，补周末假
4月6日	星期四	曼谷王朝纪念日	纪念曼谷却克里王朝建立
4月13日	星期四	宋干节／泼水节	泰历传统新年
4月14日	星期五	宋干节／泼水节	泰历传统新年
4月17日	星期一	宋干节／泼水节	泰历传统新年补假
5月5日	星期五	国王登基纪念	纪念普密蓬国王加冕
5月10日	星期三	佛诞节	纪念佛祖释迦牟尼诞生
5月12日	星期五	春耕节	祈求农业丰收
7月8日	星期六	三宝佛节	泰历8月15日 佛、法、僧三宝齐备日
7月9日	星期日	守夏节	泰历8月16日，僧尼雨季禁足安居，为期三个月斋戒期开始
7月10日	星期一		补周末假
8月12日	星期六	母亲节	诗丽吉王后生日
8月14日	星期一		补周末假
10月23日	星期一	五世王节	朱拉隆功大帝逝世纪念日
12月5日	星期二	父亲节 泰国国庆日	普密蓬国王生日
12月10日	星期日	宪法日	纪念1932年立宪
12月11日	星期一		补周末假

作为佛教国家，法定假日中有不少跟佛教有关的节日，实际上泰国的传统节日中，大都能找到佛教的影子。

在我们的印象中，一提到庙宇，一般都是殿堂巍峨，让人一见顿觉庄严肃穆的样子。而作为亚洲的佛教中心，泰国的小乘佛教，融合了印度、中国、斯里兰卡等其他国家的文化传统，又带有泰国特有的文化气息，给人一种自然亲和的味道。在这里，礼佛并不一定需要形式上的沐浴更衣，初一、十五的进香，而是内化成每天的衣食住行。在街道的拐角处，就可以与佛结缘，奉献一串香花、一盘糕点、一瓶饮料，便是每日的修行了。

曾经观摩过泰国一个寺庙震撼的万佛节点灯仪式，那一年的万佛节与中国的元宵节、西方的情人节刚巧在同一天，让人记忆犹新。世界各地参与的信众甚多，场面宏大，管理水平也很高，好几万人的会场，秩序井然。我们在入口处领了水和塑料布，就随大家席地而坐。各国记者们则利落地爬上一个脚手架，远距离拍摄一年一度万众燃灯的场面。

身穿白衣的信众每人守着一盏明灯，上万盏明灯围绕着圣坛层层叠叠，在黄昏的日光里闪耀。硕大的圆形圣坛上，僧侣也是坐得层层叠叠，黄色的袈裟和黄色的灯影铺陈出神秘的氛围。天完全黑下来以后，在绝美的音乐中礼花绽放，让人觉得好似参加一个普通的节日庆典，与宗教无关。

泰国九世王普密蓬陛下的生日是12月5日，这一天既是父亲节，也是泰国的国庆节。普密蓬国王在泰国享有至高无上的地位，深受百姓爱戴。每当国王生日，大街小巷都悬挂着国王和王后的画像，在大王宫和王家田广场，都会举行盛大的游行活动为国王祈福。

曾经在国王生日这天来到大王宫观礼，曼谷的老老少少，把王宫外的道路围得水泄不通，已经成了一片黄色的海洋。主干道是游行的队伍，有来自泰国各府的民族服装打扮的方阵，有军乐团方阵、学生方阵，还看到山羊方阵，都伴着音乐行进。

老百姓一边观赏游行方队，一边快乐地吃吃喝喝。和所有的节日一样，马路边少不了泰国特色小吃摊，五颜六色的烤串、炸排叉、海鲜饭，还有各种鲜榨果汁，绝对保障看热闹的饮食供应。夜幕时分，男女老少衣着黄衫，一个挨一个，安安静静地跪坐在王宫外面的马路两边，等着国王的车辆经过。国王的生日，真正成了所有老百姓的节日。

美丽的诗丽吉王后的生日是8月12日，作为母亲节，也是政府法定假日。每年的这个日子，满城茉莉飘香，白色的茉莉花洁白芬芳，是母亲节的象征。它终年盛开，代表着母亲对孩子无与伦比的无私之爱。母亲节这一天，儿女们要双手将茉莉花环敬献给母亲，来表达感激之情。

2017年的元旦，与同事顺应泰国的民俗，认真去拜了九个寺庙。一大早出门，沿着悠悠的湄南河，跟着手机导航，徒步一个寺庙一个寺庙拜下去，既是对九世王普密蓬国王表达敬意，也是为新的一年虔诚地献上祝福。不论是泰国寺庙还是唐人街的华寺，香火都很旺，人们排起了长龙，在佛前许下愿望，敲钟祈福，河边放生，到处是新年的气象，在佛教盛行的国家，所有的期盼都可以安放。

泰国最浪漫的节日当属水灯节了，那时候正是泰国河水上涨、月儿清辉、气候渐凉的美好时节。在水灯节的夜晚，不论是城市还是乡村，广播里都播放着水灯之歌，只要是临水的地方，水面上都会漂满水灯，闪耀着一片

水灯节

新年拜佛之旅

金佛寺的纯金大佛

烛光。据说这一习俗,起初是为了赶走厄运,祈求水神的赐福。

这一天虽然不是政府法定假日,可是大家都会走出家门,在歌声缥缈中放漂手中各式各样的水灯。这些水灯工艺精美,有香蕉叶做的,有果子皮做的,还有可以直接喂鱼的大面包水灯。在漂水灯之前,按照泰国习俗,还可以剪下自己的一点头发和指甲,放入水灯内,或者加入一枚硬币。大家站在水边,双手合十,各自许下心愿,看水灯渐行渐远,带走忧愁和烦恼。清迈府还组织大型聚会,一起放飞孔明灯,点亮整个夜空,璀璨耀眼有如童话世界。

水灯漂,带走忧愁和烦恼

作为世界上幸福指数位于前列的泰国,最长最欢乐的假期当数泰国的新年——宋干节,也就是泼水节。这是泰国一年之中最热的时候,人们相互泼水祝福,用清凉之水洗去疾病与灾难。最热闹的地方当然是步行街石龙路和考山路,这里是政府划出的泼水大战的主战场,没到过这里,就体会不到什么叫作举国狂欢。

除了这些政府规定的假日,西方的圣诞节、情人节、万圣节,泰国人也会按照西方的传统,认真地热闹地过。节日最讨商家和孩子们的喜欢,商场摆出打折的大广告,吸引大家到商场来吃饭购物一起嗨皮!情人节这一天,满街的玫瑰也和其他地方一样卖出了高价。

不仅如此,泰国还有自己独有的浪漫传统,那就是情侣们手拿着玫瑰花,来到位于市中心的世贸广场上,双双跪下,向一尊佛祖祈求幸福。据说那尊金佛掌管着姻缘,会给小情侣带来好运气,可能和我们的月下老人一样吧。香火缭绕，人来人往，佛前供案上的玫瑰花堆成了小山，我望着那些虔诚跪拜的年轻人，心想，这是一位多么幸福的佛祖啊！

在泰国的华侨很多，许多中国传统的节日，泰国人也一起过，比如春节、元宵节和端午节，传承了中国南方的节日风俗。到了泰国的端午节，作为北京人的我，从来没有见过那么多种类的粽子，粽子的形状和馅料都在挑战北方人的想象力。

第一次见到泰国友人送来的大粽子，简直吃了一惊：鸡肉、广式香肠、鸭蛋黄、香菇、白果、栗子、花生，当然还有糯米，难以想象还有什么不能包进去的。打开粽子，像打开了百宝囊，馅料如此丰富，吃一个粽子简直就等于吃了一顿饭啊！而泰国粽子的发音"芭掌"，就是来自潮汕话"肉粽"的发音，可见泰国吃粽子的风俗，深受潮汕文化的影响。到了端午节，曼谷的唐人街上，到处是翠绿的"芭掌"，让人眼花缭乱。

泰国的月下老　　　　　　　　祈福

"吉掌"

除了"芭掌",泰国还有一种粽子叫"吉掌",风格完全不同,个头比较小。泡糯米的水里,要加上榴莲皮烧成灰烬做成的食用碱,一般需要浸泡十几个小时,然后上锅蒸四个小时。出锅之后,糯米已经看不出米粒的形状,看起来像淡黄色的果冻,很有弹性,可以蘸糖吃。

在泰国这几年,只吃过一次"吉掌",还是办公室同事汪洋的朋友从泰南带来的。晶莹剔透,吃到嘴里有淡淡的碱味和粽叶的浓香。后来跟公主聊起来吃泰南粽子的感受,公主说,这种粽子我还没有吃过呢!不敢怠慢,回馆"打劫"了同事准备慢慢吃的几个"吉掌",进宫带给公主品尝。同事听说是为了公主,二话不说,倾囊献出自己的美食。

此外,泰国还有自己的教师节和儿童节。泰国尊师重教的传统非常浓厚,每年有不止一次向老师表达谢意的拜师节。学生们跪行到老师面前,献上花环,聆听老师寄语,师生之间的亲密情谊让人动容。儿童节的时候,学校老师也会给孩子们组织活动,公园和游乐场所免费开放。有一年儿童节,富有童心的诗琳通公主准备了礼物:小马存钱罐,分发给她的工作人员,并且也没忘记给我准备了一份。猜想公主回到父母那里,应该也会有一个惊喜吧。

生活中难免会碰到不如意,真心希望我们每个人和泰国人一样,心情永远在节日中。那些承载着节日欢乐的美好祝福,鼓励我们努力前行,把平淡的日子过成花好月圆。

唐人街的大年初一

每年大年初一，曼谷唐人街就装扮成了美丽的华人新娘。火红的灯笼、火红的福字、火红的衣衫，唐人街的"王府井"——耀华力路成了一片红色的海洋。这条最繁华的马路上商铺林立，商贾如云，燕窝、金店、美食城，大大的霓虹招牌鳞次栉比，在夜空里闪耀。

唐人街浓缩了华人的奋斗史，华人用自己的商业智慧，把一个偏僻的小小街区，建设成了九省通衢一般的枢纽所在。以前这个地方因为毗邻湄南河，货物水运方便，被华人看中，开始从事贸易。勤劳的商人从卖粿条、种子等小商品开始，不断寻找商机，用诚信的服务赢得了一席之地。现在这片区域已经成为曼谷热闹的商贸区和重要的旅游景点，成为华人的一张金色名片。

临近春节，这里的店铺张灯结彩，传统小吃和装饰品应有尽有。在中国本土都很难见到的节日小玩物，我小时候玩过的能扭来扭去的花纸蛇、小拨浪鼓、一捏就叫的小鸭子，等等，在这里都有的卖，大街小巷洋溢着过年的味道。

到了大年初一，以唐人街金佛寺为中心，迎春的仪仗早早搭建起来，因为这里准备迎接一位尊贵的客人——诗琳通公主。印有公主设计的生肖图案和祝福语的红色T恤，往往还没到春节，就已经被抢购一空。红T恤的图案都是公主亲自绘画，再配上一个中国生肖成语，表达了公主对新年的祝福。比如马年是马到成功，羊年是三阳开泰，猴年是金猴奋起。飞奔的骏马，一家三口恩恩爱爱的羊，机灵的猴子，这些中国的属相在公主的笔下，活灵活现，增添了无穷意趣。

大年初一，公主做的第一件事就是到金佛寺礼佛。金佛寺位于耀华力路的入口，以一尊历经沧桑的纯金大佛著称，金佛殿在寺院的最高层，登上重重叠叠的高台阶，一抹斜阳把高大的殿堂映得红彤彤的，金佛宝相庄严，在曼谷的艳阳里灿烂辉煌。公主走上前，给金佛点上新年的吉祥香，大年初一的香火意义重大，每年能跟着公主到金佛寺礼佛，是一件让人颇为荣幸和有福气的事情。公主与住持赵坤通猜大和尚亲切交谈，我们跪坐在公主身后，静静地聆听大师细语，等着公主来抽一支签。有一次公主抽到的签是一年中旅行很多，我们都笑起来，真的很准呢。

殿外广场上，也是红彤彤的人群，密密匝匝，却没有一点声响。其中不少是外国来的旅游者。

从2004年开始，中国文化部、泰国旅游体育部、中国驻泰国使馆、曼谷市政府联合举办"欢乐春节"活动，到今天已经成为中泰两国政府共同举办的文化品牌项目。2004年的"欢乐春节"，诗琳通公主和诗丽吉王后亲自驾临，看演出，品尝美食。那一天，精彩的文艺演出从中午一直持续到半夜，整个唐人街人山人海，成为一片红色的海洋。据官方统计，当天的人流量达到百万。

曼谷的春节活动成为海外举办的规模最大、规格最高的春节活动，也成为曼谷旅游不可错过的风景，在周边和世界各国都产生了很大影响。有一年瑞典

大年初一公主与赵坤通猜

公主在花车上接受民众的祝福

国王访问泰国，特别提出要参观唐人街，接待方问其原因，国王回答说，因为在电视上看到诗琳通公主每年都出席这里的春节活动。

拜佛活动结束，公主的队伍一走出金佛寺，漫山遍野山呼千岁的声音一浪高过一浪，跪等多时的泰国民众用呼声表达着对公主的敬意。公主一边向民众微笑致意，一边登上早已等候在一旁的花车。装饰着紫色缎带的第一辆花车是公主的座驾，红色的人群伸长脖子，希望能够离公主更近一些，看得更清楚一些。

趁着公主和民众互动的当口，我们陪同人员也匆忙奔向第二辆花车，两辆花车缓慢前进。我们坐在车上拿着相机捕捉着感人的画面，车子下面是跟车行走的穿着制服的特勤人员。二月的曼谷依然炎热，我们在花车上坐着，他们在车子周围围成一圈警戒，汗流浃背，辛苦地履行他们护佑的职责。

接下来的活动是公主在圣寿无疆牌坊下面，欣赏由中国文化部选送来的春节歌舞表演。圣寿无疆牌坊，是泰国华人社团敬献给九世国王登基60周年的礼物，高大壮美。它矗立在耀华力路的入口，是唐人街的地标，每年"欢乐春节"的主会场就设在这里。

公主队伍到达的时候，中国大使夫妇、中国文化部的官员已经等候多时，公主像见到老熟人一样和大家用中文亲切地聊上几句。欢乐的歌舞表演，满坑满谷的中国红，来自世界各地的游客，因为中国的农历新年欢聚在一起，共同享受美好的泰式新春。公主一身红色衣裙，笑容满面，仪态万方，她的到来，点燃了唐人街的新春热情，开启了过

唐人街的泰国记者

大年的序幕。

晚饭按惯例会去品尝唐人街的一家中餐厅,这家餐厅一定是盛装待客,红色玫瑰、紫色兰花布满厅堂,宾主喜笑颜开。为了烘托气氛,有一次还邀请了我的古筝老师夫妇,来一场古筝二胡的民乐表演助兴。美食结束后,公主特意走来,跟李杨老师亲切交谈。李老师是诗公主的妹妹——朱拉蓬公主的古筝老师。朱公主也非常喜爱中国的文化,潜心修习古筝多年,还在曼谷开过音乐会,很可惜无缘聆听。

大厨使出浑身解数,给公主献上中华美食,菜品精致而不奢华。春节是中国人传统意义上团圆喜庆的日子,这个时候应该是父母家人围坐在一起吃大餐、看节目的时候。尽管远离北京,在曼谷的唐人街,与公主一起品尝美食,却让我体会到了更加浓厚的年味。公主不仅邀请自己的中文老师,还非常体贴地邀请了一些在大学里工作的中文教授,大家欢聚一堂,其乐融融。

美食之后公主如果身体适宜,会徒步去拜访耀华力路上的华人商铺。记得有一家卖补品的老店,老板是一位老人家,每年都摆出自己的补品敬献公主,人参、鹿茸、虫草、灵芝应有尽有。老人还特意熬制出一锅大补汤给公主品尝,每次公主都盛情难却,喝掉那碗大补汤,和这家的老老小小亲切合影。

围观群众在警戒线之外,羡慕地看着这家华人商铺。公主从店里出来,接着在这条最繁华的商业街上行走,泰国总理、曼谷市长,和我们这些随行人员拥挤在一起,跟在公主身后。我走着走着一回头,看到巴育总理正在和其他老师聊天,旁边的保镖忙着兼职翻译。总理有纯真的笑容,和蔼的眼神,和我们一样穿着红色的T恤。因为行伍出身,身板挺直,特别精神。红色的T恤穿在他身上,跟穿制服的效果没什么区别。

总理愉快地接受老师们的建议,大家一起合影留念。在行走的队伍里合影

与巴育总理在唐人街,摄影:傅增有

可不是件容易的事情,大家一边合影,一边挪动脚步,以期跟上公主的移动速度,节奏很难掌握,拍了好几张才成功。这位泰国民众喜爱的总理,的确非常有耐心。

在耀华力路的起点,有一尊高大的金身观世音菩萨像,每逢农历新年,不论华人还是泰国人都会到此敬拜,祈求身体健康。这尊佛像就立在"天华"医院的大门口,公主很熟悉这里,拜完观音之后就和医院的管理者亲切交谈。"天华"医院已经有百年的历史,是华人创建的慈善医院。"施医赠药、不分地域、不分种族",只要是患者,拿身份证或护照挂号就可以看病,而且从挂号到开药全程免费。这里有很多泰籍华裔的医生,也是泰国多所中医学校的实习基地,在泰国的土地上种下了一个个传承中医文化的种子。

唐人街的过大年活动就这样从下午开始,一直持续到夜色阑珊。耀华力路因为公主的到来,展现出最美丽的容颜。春节,这个中国的传统节日,已经成为世界各国人民的一场大联欢。

来曼谷湿身

四月,陪同诗琳通公主访华归来,正赶上热烈祥和的传统泰历新年"宋干节"。公主无论出访何地,在这个隆重的日子里,一定会回到曼谷,与家人和泰国民众共度新年。与中国的春节一样,团圆,同样是泰历新年的主旋律。

春节期间是北方冬季里最寒冷的日子,而泰国新年,正经历着一年中最酷热的时光。我们庆祝的方式是吃饺子,贴春联福字,外加震天动地的鞭炮,一切都是火热的。而泰国则相反,在新年里应对火热的方式是——泼水。

临近新年,每天清晨都是从火辣辣的阳光开始,街上走路的行人步履匆匆,感觉自己下一秒就要融化在马路上。平日里在花草丛中悠然散步的流浪狗,此刻也慵懒地睡在超市门口一动不动,酣畅地享受着冷气,任由小车、购物袋在眼前晃来晃去。

大商场里的节日气氛很浓,广播里播放着欢快的乐曲,商品比往常丰富很多,而且打折的力度也很大,蔬菜、水果、海鲜,堆成一幅幅艳丽诱人的图画。商场醒目的地方,会摆放一尊金灿灿的佛像,在熙熙攘攘中自有一番清静自在。莲花座下鲜花簇拥,鲜花丛中银色的雕花小盆里,盛放着浸着花瓣的敬佛香水。路过的泰国人会自动停下来，用更小的银色小杯，舀起漂着鲜花的香水，淋在佛像之上。浴佛之后，双手合十静默一会儿，然后继续赶路。佛像就在采买年货的匆匆人流中，安享一份祈盼，给大家带来新年的祝福。

宋干节期间，五颜六色的热带花衣服和大大小小的水枪，热热闹闹地占据着商场最显眼的位置，这是参加泼水大战的标配。每年四月，当这些商品悄悄上架的时候，大家都知道，泼水大战的序幕已经拉开。其他的参战武器还有小桶、彩粉等。当然除了泼水装备，还要有防水装备，塑料防护眼镜和防止打湿相机镜头的塑料袋也是不可缺少的。

据说宋干节源自印度婆罗门教的一种仪式，教徒们每年都有一个宗教日要到河边沐浴，洗去身上的罪恶。因年老体弱的人不能到河边去，于是他们的家人好友就为他们把水挑回，给他们泼水洗罪。

如今穿着鲜花小褂的男男女女，早已不再去想什么宗教意义，只想着欢乐地战斗。有的用水枪滋，有的用水管子喷射，有的干脆用小桶泼，这些代表祝福的清凉之水如果泼到你身上，是绝对不能生气的，不然好运气就没了。这一天，简直就是泰国的狂欢节。越来越多的各国旅游者，加入到狂欢的队伍中。

传统的宋干节，清晨第一项仪式就是祈福。年轻人要向家族的长辈表达敬意，希望得到长者的赐福，给新的一年带来吉祥安康。这和我们大年初一敬长辈，给长辈拜年一个道理。有华人血统的家庭，在这一天，也和春节一样，长辈会给小辈发红包。

诗琳通公主会在宋干节期间回家看望父母，王室成员互相祝福新年。王宫办公室的秘书和其他泰国朋友，会通过微信和我互道新年问候，我能够从他们发来的问候中感受到浓浓的情谊。能够在泰国感受当地的传统新年，真是一生中难得的经历。

到了下午，暑热散去，街角的战场逐渐摆开。也有不少人开着皮卡，车上摆着水桶，年轻人围着水桶端着水枪摆开架势，打一枪换一个地方，展开游击战。政府会在繁华地段摆放补给水，最有名的是石龙路和考山路。那可不是一般的水哦，而是地地道道的冰水，往身上一泼，暑气全消，真正的冰爽。节日里大家互道祝福的方式就是互相泼水，这时候被泼最多的人，收到的祝福也最多。

还可以往别人脸上抹一种白色的爽身粉，那些偷偷爱着的人，也可以趁此机会表达爱意，街上"挂彩"的人，个个脸上露出幸福的笑容。孩子们见到行驶缓慢的汽车便一拥而上，用各种颜色的特制水粉给汽车"美容"，于是街上到处可以看到涂抹得五颜六色的"花车"。

不仅曼谷，著名的旅游地区如大城、清迈、普吉岛都已经是欢乐的海洋，很多旅游者专程赶来参加当地的游行。记得有一年在大城府举行大象泼水游行，几头浓妆艳抹的大象，披红挂彩地在街上和民众嬉戏。高兴的时候从水桶

大象花洒

里用鼻子吸上水，可以给一皮卡的人来个畅快的淋浴。大象喷水的时候，堪比一个大块头的花洒，水花飞溅处，顿时欢声笑语一片。

因为白象是吉祥的象征，有一只小象还给涂上了白粉，欢快地在队伍里跑来跑去。我正乐呵呵地看着浑身湿透的泰国人与小象嬉戏，一位泰国老太太走过我身边，口里说着"水晶晶"，泰文意思是漂亮啊！我还没明白怎么回事，脸上就多了一处白粉，看我在原地傻笑，老人家满意地走了。

泰国是水资源非常丰富的国家，2016年却出现了干旱。政府呼吁减少泼水量，曼谷副市长宣布，曼谷的泼水活动从原先的四天改为三天，并且不能使用大型的水枪。水源公共补给处，也取消了以前最吸引眼球的，喷洒面积超大的消防水枪。巴育总理特意在电视镜头前建议民众，可以使用浇花的喷水壶作为泼水大战的节水武器。于是我们乘坐地铁去泼水集中地的时候，就遇到不少泰国民众，真的带了自家的小喷壶。高高大大的男人和孩子气的小喷壶同框，让人忍俊不禁，感觉不是要去泼水战场，而是到女朋友家里浇花一样。

地铁里因为乘坐了太多湿漉漉的乘客，一走进去感觉像到了桑拿房。车厢地板上、扶手上，甚至座位上都是湿漉漉的。可是没有人在意，大家就是来"湿身"的。

参加泼水大战有一个不成文的规定，如果你不穿花衣服，手里没拿水枪，就会被默认不参战，一般不会受到攻击。我因为不太喜欢湿漉漉地行走，会选择到石龙路的高架桥上观战。那条路在泼水的日子里成为步行街，站在桥上，可以清晰地看到下面道路上疯狂的场面。

桥下的道路上人挨着人，几乎没有缝隙，一个五彩缤纷的方阵缓慢向前移动。或三五成群地集结，熟人之间互相射击；或一个人扛着水枪漫无目的地行走，见人就来一梭子。还有的小朋友藏在路边的草丛里，有人经过就拿着水枪跳出来。

泰国警察就站在路边树荫下，有的也挂了彩，制服湿乎乎的。他们带着过节的心情，笑呵呵地看着人流欢快地移动，好像不是来执勤，而是来感受热闹的。

我和同事站在高高的桥上，远离战场，从容地给下面的热闹拍照，记录泰国文化中难忘的泼水新年。本来以为很安全，冷不防也会有身后的偷袭，回过头去，相互一笑，各自走开。

街边的酒吧配合着劲爆的音乐，宣泄着这路大军的心情。有的人走着走着，干脆就在酒吧门口劲舞起来，于是就会有更多的青年加入。不同种族不同肤色的人聚集在一起，本来是专程跑来看风景，看着看着，自己也成了一道风景。

炎热并没有减弱，大街小巷依然是明晃晃的太阳。而节日的这几天，大家的生活因为水而变得清新明快起来，这是一个把自娱自乐演化到极致的新年。来吧，放下大大小小的烦恼和纠结，曼谷邀你来"湿身"。

泼水大战

神奇的酱料与美食

很多思乡的情绪,是寄托在一种味道上的。杨柳的气味,木樨的辛香,胡同口炸油条的味道,也可以是家里特有的温暖味道,比如妈妈炖的一碗肉,奶奶烧的一锅汤,这些都能勾起浓浓的乡情。而泰国的味道,我认为是建立在各种热带香草和酱料之上的,一种浓郁的混合的香气。让人离开几日便念念不忘,一回想起来就产生味蕾的冲动。

曾经与公主访华团队的朋友一起聊天,团队里除了我以外,都是泰国本地人,有公主的护士和医生,有御用摄影师,有大学汉语系的教授,还有科学家。大家都出门旅行好几天了,有人提出一个话题是:大家离开泰国最想念的是什么?答案居然不约而同,是泰式粿条和炒面padthai。

粿条是中国福建、潮汕等地区的传统小吃,用米粉调成,蒸成薄片后切成条状,一般有宽粉和细粉两种选择。一碗粿条里面的配料可以任意组合,通常有牛肉、叉烧肉、鱼丸和各种蔬菜。由于大量的潮汕移民把粿条带出国门,在东南亚国家已经落叶生根,粿条逐渐成为泰国当地的特色小吃。没有吃过泰国的粿条,就好像没有吃过泰国的冬阴功汤和青木瓜丝一样,等于没有品尝过泰国美食。

泰国是喜欢酱料的国家,很多菜品都要配着酱料吃,而且味道千奇百怪,绝不雷同。在饭馆里点个面条,跟着简单的汤面端上来的,往往是比汤面还要壮观的一堆小碟子。即使是街边小吃摊,也绝不马虎,而且各家有各家的绝活。即使最普通的柠檬醋泡小辣椒圈,也因为各自的调配比例不同,滋味各异。有些人长期偏爱一家饭馆,可能并不是看中他家的菜品,而是偏爱他家调配出来的酱料,那可真是让人难以割舍的滋味。

上课时和公主说到中国的一个新闻,说泰国的方便面已经进驻了家乐福超市。公主马上问是"妈妈"牌的吗?然后就如数家珍地罗列出"妈妈"牌方便面的种类,有冬阴功的、鸡肉的,还有猪肉末的,都很好吃。公主说从小就吃这个牌子,每当出国访问的时候,只要团队里带着"妈妈"牌方便面,她的团队就不会有思乡情绪,那是传统的泰式味道。

其实无论是"妈妈"牌方便面还是粿条,真正让人惦念的是其中的酱料,没有那些酸酸辣辣的味道,泰餐就失去了魂魄。

而泰餐是不用醋的,我们用的米醋或者老陈醋都是中餐的调料,泰国的调料中酸味的秘密,来自于一种当地的水果——青柠。这种颜色和香味都很诱人的小小柠檬,担当着泰国饮食中的重要角色,无论汤水还是炒菜,都有这只小精灵的倩影。甚至只是普普通通的一盘子炒米饭,旁边也给配着切开的半个青柠。在泰国生活了几年,对这个颜如翡翠的小家伙简直爱得不行。除了吃饭,喝水也可以放入切成小片的青柠,大家都说这样的柠檬蜂蜜水,十分养人。

在访华间隙大家一边吃饭一边聊天,泰国外交部的一位副司长说:俞老师我跟您讨论一个问题,通常我们会说,在泰国以外的地区,最好的泰餐肯定是在大使官邸,你们也这样认为吗?我认真想了想,果然如此。如果要寻找泰最地道的中餐，那应该就是使馆里大厨们的拿手菜了。使馆的厨师都是从业多年且拥有高级证书的大厨，由各地饭店、五星餐厅或者厨师学校选送，并且还要在外交部现场烹饪，考官现场品尝，批准通过之后才能驻外任职，真可谓过五关斩六将。使馆对外宴请的中餐都是大厨的拿手菜，味道正宗，代表着当地最高的中餐标准，没有之一。

我们又聊到酱料，我说泰国恐怕是拥有最多酱料的国家，我至今还有很多没尝过。他表示赞成，并且觉得，酱料种类多到连泰国人自己都搞不清。吃哪些东西应该要配上哪些酱料，看来这真是一门学问啊！

公主对酱料也颇有研究。有一次上课的时候说到一个船夫，叫 Phan Thai Norasin，他是大城王朝时期为国王的宝船撑船的人。国王有自己传统的龙船，两头尖尖，一头是龙头，一头是龙尾。船身很长，有划桨的船夫若干，而最重要的是负责船尾掌舵的那个船夫，他的一举一动掌握整条船方向，非常重要。而在一次航行的时候，由于方向没有掌握好，国王的船撞到了河边一棵大树上。而根据当时的法律，国王的船被撞了，舵手就要被处死。虽然国王想免去船夫的死罪，可是船夫坚持认为这是法律规定的刑法，就应该接受。

舵手坚持向国王请罪，三次之后，国王虽然不忍，还是同意了他的请求，于是舵手就被处死了。关于这件事情的真实内幕有很多说法，也有的说船夫为了拖延时间，才有意撞了树，因为前面有刺客要刺杀国王；也有人埋怨船夫太傻，国王说的话就是法律，既然国王已经免罪，为什么一定要去死呢？历史扑朔迷离，众说纷纭，很多往事水流云散，而这位历史上出了名的舵手，受到后人的尊敬，他的名字成为"忠诚""守法"的代名词。

一对敬重他品格的商人夫妇，以他的名字命名了自己的辣酱，风靡了五十多年，现在成了最有名的泰式辣酱的牌子。往事如烟，历史故事可能已经无人知晓，而辣酱永存。

公主让工作人员从厨房拿来了一个大罐头瓶子，整瓶子的辣酱，就剩下浅浅的一个瓶子底儿了。公主说你看我都快吃完了，这就是那个 Phan Thai Norasin 牌子的辣酱。只见瓶子盖上有一个圆形的商标，正中间有一个水手打扮的年轻人，站在国王的长尾宝船上，船尾高高翘起。这正是那位国王的舵手，他手里握着红色的长长的船桨，在水流弯弯的湄南河上，用力地划着船，依稀可见两岸的青草依依。

我的思绪好像已经回到了大城时代。那个勇敢的舵手，可能不会想到，若干年后，他的生命，会绽放在一罐罐美味的辣酱上，日复一日，年复一年，在全泰国的餐桌上流转。

在很多乡村的小市场上，一定不会缺少酱料摊子，有的放在小陶瓷坛子里，有的放在小碗里，绿色的、红色的、橘色的，花团锦簇。有的泰国人不买小吃，只买各种酱料回去。那些泰国的主妇在一堆坛坛罐罐前面指指点点，小贩娴熟地把这些五颜六色盛起来，分别放到小袋子里，熟练地打上一个结，让她们方便地带回家去。我猜想这些巧手的主妇应该也是做酱料的能手，可能有些酱料的成分比较复杂，配伍也讲究，各种香草不容易齐全，调制起来也费时费力，所以才到市场上来买现成的吧。

我经常站在曼谷莲花超市的酱料架子前面，对着林林总总的酱料，简直无所适

有故事的美味酱料

从。每一种都暗藏玄机，都是配合某种食物来吃的，就像吃中国烤鸭要配甜面酱，吃日本生鱼片要配绿芥末，吃法国的蜗牛要配奶油一样，如果酱料搭配错了，那美味佳肴也难以下咽了。比如这种 Phan Thai Norasin 牌子的辣酱，就有微辣直到超级辣很多种，闻起来味道是咸甜的，公主介绍说不仅做菜的时候可以用，早上抹面包吃味道也不错。下课的时候还拿了一小罐给我带回去尝尝，这一罐子从宫中御膳房流转出来的辣酱，成了我了解泰国酱料的开始。

如果你认为酱料单单只是做菜或者抹面包用，那就 out 了，酱料在泰国，还有一个非常神奇的用途，这个用途让刚来泰国的我吃惊不小，从此对食品的搭配又有了新的认知，这就是——和水果一起吃。

总是看到街上卖水果的摊贩，包好一塑料袋水果还给个小调料包，也不知道里面是什么东西，从来没打开过。很久以后才知道，原来是糖和辣椒的混合物，这些和水果搭配在一起的调料，让我不知所措。后来在和公主上课的时候，我还吃到了更加神奇的搭配。

那次的汉语课堂上，公主请我品尝了一种从南部刚刚送进宫的小芒果，这在拥有几百个芒果品种的泰国，也算是比较难见到的品种。果肉为鹅黄色，被薄薄地切成了小片，细腻温软，不像我吃过的大黄芒果的爆发式的甜蜜，也不像芒果糯米饭用的那种清香的象牙芒，更没有绿色青芒果特有的酸味，而是甜中带酸的味道，如清风掠过树叶一般，轻轻巧巧的。

精巧的芒果碟子旁边，放着一小盘同样精巧的泰式海鲜酱料，里面洒着切碎的细小的洋葱颗粒。我学着公主的样子，用叉子叉起一片嫩滑的小芒果，浸入海鲜酱里，稍一翻转，然后带着浓厚的酱汁放入口中。不用多说，就可以想象这样一种充满异域情调的味觉感受：海鲜酱带着浓浓的虾蟹味儿，鲜咸中又略带点沙茶酱的甜味儿，约定俗成的荤菜的浓香包裹着清新的芒果，看似完全不沾边的海鲜和水果两种味道的结合,给味蕾带来了颠覆性的冲击,却又融合得天衣无缝,毫无违和感,这真是一种奇妙的感受。

几片芒果,一勺酱料,就撑起了一场激动人心的美食之旅,在泰国的餐桌上,还有什么是想不到的吗?

在公主家品尝泰国芒果

无冰不欢

泰国是个无冰不欢的国度。

第一次到泰餐馆吃饭,服务员连问都不问,给每人端来满满一杯冰,冰里插着吸管。在我惊愕的眼神中,又端来一大瓶子水,给每个人的冰里加点水。后来我学会的第一个泰语句子是:请不要加冰。

中国人从小就被中医教导:不要喝凉水。父母长辈也是谆谆教导:多喝热水对身体好,尤其是感冒的时候。《红楼梦》里薛姨妈劝宝玉不要喝冷酒,以免写字手打颤儿。宝姐姐更是一大套理论:酒若冷吃下去,便凝结在体内,需要以五脏的热力去暖他,身体岂不受害。

然而十里不同风,百里不同俗。常驻热带国家,完全颠覆了我们对冰的习惯性感受,吃冰喝冰已经成为我们的日常,没有冰,简直就无法生活。

在泰国,冰是宝贵的东西。说它宝贵,并不是像珠玉或爱情那样,因为稀缺而宝贵,而是像空气和水一样,因为每日不可或缺而宝贵。街头的食品摊儿需要冰来保鲜,超市里买了鲜的鱼虾,卖家会给你的包装里加几块冰,不然,还没走回家就烂掉了。冰淇淋店买了冰皮月饼,也是用冰块打包严实给顾客带回家的。

所有的冷饮店都有制冰机，曼谷大街小巷随处可见的7-ELEVEn小超市里，经常看到一个顾客拿着杯子在制冰机前面接冰。只要投币进去，碎冰就哗啦啦地流出，然后才去接可乐芬达等冷饮。在快餐店肯德基、麦当劳里面，如果买饮料喝，一般只有三分之一甚至更少的饮料，剩下的全是冰。如果你说不加冰，店员也会毫不吝啬地给你一整杯不加冰的饮料，好像也没有哪里不对。冰块大家都喜欢，如果你不要，吃亏的当然是你咯。怎么让人感觉在泰国，冰块比饮料价格还要高呢！

冰水除了喝，还能够泼呢！中国北方的新年是在冬天里最寒冷的日子，泰国的新年却是在一年中最酷热的日子，走在大街小巷，被这样的冰水一泼，那个透心凉简直无法形容，整个暑气都烟消云散了。

不仅人类热爱冰，动物也一样。曾经参观过一个建在楼顶的空中动物园，看到不少或庞大，或令人惊艳的大小动物。那个壮实的大金刚足有200公斤，插着手雄赳赳地走路。旁边笼子里的大猿猴看到我们情绪激动，一个劲地鼓捣铁栅栏，跟发疯一样。直到工作人员给他手心里放了几块冰，才算平息了怒气，看来冰块还有镇静的作用啊。动物园经常给动物冰块玩耍，食物也常常和冰冻在一起，动物们一边舔冰一边开饭。

泰国一年分为三季，热季、雨季和凉季。而很多人会这样开玩笑：泰国只有三个季节：热、很热、最热。在泰国每天的生活离不开空调，进车门，进办公室，进超市都是热热地进去，然后把自己冰镇之后又凉凉地出来。每天身体都这样反复锤炼，变得越来越适应环境。

因为天气炎热，食物在露天放几分钟就可能面目全非，所以只要有饮食售卖的地方，一定会有冰块，超市里还有成袋包装的冰块，让顾客方便地带回家。在北京的时候，一位泰国学生问我：老师，为什么超市里找不到冰块？老师，我去冷饮店买果汁，要加冰块，服务员不懂我。我望着室外零下几度的天，和在北风中摇曳的光秃秃的树枝，问她：你真的确认在这个季节也要吃冰吗？她表情认真地回答：对呀。

在泰国举行招待会的酒店或者泰国朋友宴请的餐厅，室内空调一般会调整到要穿毛衣的温度。热情的泰国人还会先给你来一杯冰水，实打实的冰水，大半杯子的冰。刚来的外乡人往往受不了这种热情的"冰"，曾经来泰国访问的作家川妮，在经过几天的"热情"接待之后，终于败下阵来，肚子提抗议了。但是天气炎热，那杯冰水看起来是多么的诱人啊！有冰块的地方，意味着安全、舒适、凉爽，可能泰国人看到冰块的感受，就如同大冬天北京人看到羊肉火锅一样吧。

公主在自己的访华实录《踏访龙的国土》里提到：到达西安华清池，有主管人员致欢迎词，在致辞中有"热烈欢迎"的句子。同行的泰国人问翻译说，"温暖欢迎"还不够吗？公主觉得，如果在泰国，天气太热了，"凉爽欢迎"应该是最妙的了！看来，因为天气的不同，各国表达热情的方式也会有差别啊！在中国人的心理感受中，热的总是美好的、健康的，而在泰国，凉爽是更舒适的感受，这就是跨文化交际的差别吧。

一个这么热爱冰，需要冰的国家，靠自然的力量却是得不到冰的。我们现在可以用冰箱、制冰机，以前没有这些电器的时候怎么办呢？在中国明清时期，皇帝在北京的紫禁城居住，用冰可以就近取自本地的护城河。冬季结冰后，将冰面断开成方块，搬运至皇家"冰窖"里面贮存，可以在夏季使用。皇帝和后妃都有用冰多少的定例，清代的官员按品级也可以配给定量的冰。

《红楼梦》里也提到，宝玉素昔秉性柔脆，虽暑月不敢用冰，只以新汲井水将茶连壶浸在盆内,不时更换,取其凉意而已。在清代,因为夏天冰的价格高,平民百姓没有财力,常常利用井水来冰镇茶水饮料,或者冰镇水果。二十世纪七八十年代,在中国冰箱还没有普及,北京的自来水都是清凉扎手的,接上一桶水,把买来的西瓜放在里面冰镇,饭后全家分食,凉意阵阵,非常消暑解渴。

在泰国用冰是什么情形呢?我向公主请教了这个问题。公主说冰对泰国人来说非常重要,没有冰箱的日子,印象中王宫里用的冰是从美国、新加坡等遥远的地方运来,很贵。有一次王宫里运来一个大冰块,几个随从抬着走,公主那时年纪还小,看了非常开心,也不管三七二十一,上去就舔了一下,结果就闹肚子了,后来才知道这种工厂里做的冰不干净。

我忽然明白为啥泰国人对饮料中有一半冰,却收一杯饮料的费用毫不在意了。冰是很珍贵的,至少和饮料同等价值。泰国全境都很难靠自然的力量产出冰来,没有冰的日子,老百姓为了延长食物保存的时间,喜欢把食物油炸,放入玻璃罐里面保存,可以油炸小鱼啊、猪肉啊,这样储存起来,能吃很长时间。这个传统习惯,到现在还依然保持着。尽管天气炎热,街上的烧烤摊,油炸鸡翅的摊子依然是热闹的所在,在炎炎烈日下滋滋地冒着油烟。

有一次公主的司机问我北京天气怎么样,我说现在是冬天,都结冰了。他说,真好啊,我喜欢寒冷。中国驻泰使馆的一位泰籍雇员也曾经说,非常喜欢下雪的冬天。我原来以为,这些都是热带生活的人的浪漫想法,因为感受不到,所以向往,等到真的领教了北京的冬天,就知道什么叫北风那个吹雪花那个飘了。可是后来见到那些到中国留学的泰国年轻人回来,依然念念不忘北京的冬天,还有在北京生活的泰国职员,总是盼望下雪的冬天,我才知道他们是真的喜欢。可能狂乱的北风和漫天的飞雪,寄托了他们另一种情怀吧。

公主对于寒冷的中国北方的冬天，一样毫无惧色，而且在滴水成冰的一月，去了哈尔滨看冰灯！而且！而且还到达了北方的黑河！我听着身上都起了一层寒意，问：您真的不冷吗？公主笑着说：我就是想知道每天都冷是一个什么感觉。本来申请去最北端的漠河，结果外交部没同意，可能考虑到那里的路不好走，冰冻的路面不太安全吧，所以只到了黑河。公主还记得在冰天雪地参观的时候，中方的陪同人员都冻得够呛，自己却感觉没那么冷。

公主还在加拿大看到过冻住的海。整个海面的波浪瞬间被冻住了，冰浪的各种诡异造型就展开在眼前，场面非常壮观惊险。喜欢探险的公主还要求自己骑摩托在冰上走，结果一个跟头摔下来，把大家都吓坏了，连警卫都生气了，禁止再骑。公主只好无可奈何地换成了狗拉雪橇。

对冰雪的挑战并没有止步于此，公主还曾经两次踏足南极，在冰山雪域看企鹅。她绘声绘色地形容当时的场面：我穿着羽绒服，躺在雪地上，几只企鹅兴致勃勃地走过来探望，还招呼别的同伴一起来看。我觉得它们一定在想，这是谁啊？来我们这里做客。在南极，它们才是真正的主人。

大　象

　　大象伸着长长的鼻子，目光温和。鼻子的另一端，普密蓬国王正伸出手和这头大象亲切握手，像是久未谋面的两个好朋友。在公主的摄影展上，这是令人印象很深的一幅照片。整个画面光线柔和，背景温馨，画面上的一段脉脉温情让人过目难忘。

　　公主说这是王宫里的大象。小时候在王宫里有很多动物，有调皮的猴子，经常惹麻烦，还有许多父亲捡来的流浪狗。九世王喜爱动物，不论是珍贵的野

大象也温柔

生动物，还是身份低微的流浪狗，泰王都教导民众要爱护它们，不要伤害。泰王离世以后，有十头大象组成的吊祭团专程来到曼谷。象夫身穿黑衣，大象披挂着黑底金边的斗篷，戴着金色盖头，在一头白色大公象的带领下，来到大王宫门前，整齐地以下跪礼哀悼国王。

泰国是产象大国，在茂密的森林里，经常有野象出没。泰国人与象关系密切，相处和谐。大象受到人们的尊重和关爱，它自古就给人们提供多种帮助，尤其是在重体力劳动方面。在森林里，大象是搬运木头的好伙伴，在古代战场上，它又是冲锋陷阵的战将坐骑，威武雄壮，不输汗血宝马。

除了一般的大象，还有金黄、银白、淡红等肤色的品种，其中数白象最为珍贵，在东南亚被视为至宝。在泰国，白象象征着国运昌盛，象征着王权与繁荣。泰国政府规定，白象是王室财产，任何人发现白象，必须献给王室。白象生活在王宫中，被当作神兽，受到极佳的待遇。历史上，暹罗（泰国的旧称）与缅甸之间著名的"白象之战"，就是为争夺两头白象而引发的。大象是泰国历史上身经百战的功臣，古代战将骑着战象驰骋沙场的场面，经常会出现在壁画中。一位泰国历史学家曾说：如果没有大象，泰国的历史可能要重写。

大象是泰国的象征，走在街头，经常会与"大象"不期而遇。佛寺门前、酒店门口，都能看到大象的雕塑。泰丝围巾、沙发靠垫、领带、布艺手包，这些旅游者耳熟能详的手工艺品，也常常印有精美的大象图案。连泰国最有名的啤酒都是叫作"大象"牌的。构思中泰友好的logo，最恰当的莫过于中国大熊猫和泰国大象在一起的友好画面。

公主撰写的游记中，也有关于大象的内容：中国传说有象可以耕田，泰国大象很多，但是不用来耕田，只用于拖拽木头，象在森林里和山上是很好的劳力。有时候大象也表演戏剧，和人一起玩足球，不过大象不喜欢遵守规则。

公主说小时候喜欢和小象一起玩，这种动物善解人意，很聪明，也很温顺，那个时候每天下午都拉着象鼻子散步。不过公主笔锋一转，又写到另一个现象：看守动物园的人员不太喜欢象，他们说，大象喜欢损坏树木，是植物的最大敌人。

大象看来是比较好奇的动物，长鼻子又那么有力量，总能搞些恶作剧出来。有一次公主去外府参观，府尹沮丧地对公主说，为了迎接公主的到来，到处都用了紫色的小旗子装饰，插在木桩子上。可是野外的大象不知道什么时候来了，把旗子都拔走了，所以现在什么都看不到了。公主毫不介意，笑着对府尹说：大象可能觉得这些旗子很漂亮好玩吧。大象遇到了公主这样的知音，真有福气。

离曼谷一个多小时车程，有一处叫做"大山"的森林，那里有野象出没。旅游者会专门趁着夜色开车到那里，为的就是能和野象不期而遇，据说这是非常吉利的事情。不过野象比较怕人，不能离得太近。报纸上曾经报道过这里有一头象走过，不知和轿车里的人发生了什么矛盾，大象很不高兴地围着轿车不走，车里的人都吓坏了。后来大象把车踩坏，才心满意足地离开，幸亏没有人受伤。

弄坏个把铁家伙，对大象来说不费吹灰之力，听说它记忆力特别好，最好不要惹恼它。这件事的结局很有意思，报道说有些迷信的泰国民众一定要买这辆损坏的车，司机如果不卖车，卖车前盖也可以，因为野象触碰的那个部分，据说会给人带来好运气。

在泰国东北部的素林府，每年的11月下旬会举行传统大象节。节日活动由检阅战象开始，人们给挑选出来的，最威风矫健的大象们披上盖布、彩带，挂上小铃铛，这些装扮一新的大象，傲然阔步行进在会场上，接受检阅。接着是表演节目。传统的节目有"跑象拾物"：在跑道上每隔10米处放一些小物件，如香蕉、瓶子、火柴盒等，最远处放一面小旗。参赛的象在起点站好，一声令下，个个向前奔跑，用长鼻子将小物件一个一个依次捡回到起点，最先将小旗捡回的就是优胜者。还有"象步跨人"：自告奋勇者成排卧在草地上，中间留一定距离，大象笨重的身躯要从人的身上跨过去。如果这还不够惊险，在旅游者常去的曼谷龙虎园，还安排有大象按摩的节目。大象那么庞大的身躯，却可以用自己的粗腿温柔地给男女志愿者按摩，卧地者安然无恙，观众却都捏着一把汗，这就是传说中的铁汉柔情吧。

早就听说过清迈的大象训练营，终于有机会前往。在驯象师的指挥下，大象们踢足球、扔篮球，用鼻子扔飞镖扎气球，无所不能。在象师引导下，它们还会用象鼻吸住画具，鼻起鼻落，不到半个小时，一幅幅精美的图画便在眼前了。配色整齐，远景与近景搭配，画风别致，让人叹为观止。据说有头大象还会写"中泰一家亲"的书法呢！

在这个象园里，有一幅长十二米的花圃画，是由八头大象和它们的老师一起完成的，已经被列入吉尼斯世界纪录了。这幅画的其中六米已经出售，所得款项用于慈善用途。另外还有一幅很有名的画是由象脚踏印而成的，象征着星星、月亮和太阳，这幅画也已经出售。

我留存有一幅同事从清迈带回的大象画，图画中有粉色的花树，有三只大象，既有侧面，也有背影，还有大象画家的签名：Suda。这幅大象图是大象自己画自己的杰作，一直放在我的办公室里展览。同事们来到我这里，一遍遍发出惊叹和感慨，如果大象有知，一定会非常开心："这位 Suda 是谁？""这真是大象画的？""真漂亮啊！"希望亲爱的 Suda 同学，可以感知我们这些人类对它的喜爱，希望在它不开心的日子里，可以获得些许安慰。

大象画家

大象 Suda 的作品

　　据说大象在受训过程中会受到伤痛，小象从四五岁入学接受训练，大约十岁左右"毕业"，然后工作到六十岁"退休"，有的象可以活到一百岁。为了保护大象，在泰国象牙已经被全面禁止，对大象的虐待也受到越来越多人的关注。

　　大象是人类的朋友，充满智慧和力量，保护大象的生存环境已经成为人们努力的方向。希望大象与人类友好相处，得到善待和关爱，在这个有着美丽的花朵和冬阴功汤的国度，健康幸福地成长。

留住传统

新年给公主带去了礼物，从北京文博会购买的紫色琉璃宝瓶，瓶身印着一个福字，瓶底部还挂着紫色的流苏，是很有名的琉璃世家手工制作的。公主一见，笑着说这是瓶子，平安的意思吧？我说对啊，还有一个福字怎么讲呢？公主想了想，回答说：嗯，平安有福。公主的确是中国通，对中国传统手工制品的吉祥寓意非常熟悉。平安有福，是我对公主最真挚的新年祝福。

公主喜爱中国文化，对泰国本土的传统文化更是珍爱有加。她非常推崇泰餐，自己也喜欢做饭给朋友们品尝。公主说泰餐和中餐一样，也讲究色香味。而且泰国人喜欢用不同颜色的盘子装食品，这样看着漂亮，所以吃得多。只有满足五官的感受，吃饭才满意，才有乐趣。

关于泰餐的中文翻译，曾经在泰国驻华大使馆的宴席上有一场争论。起因是有泰语专家提出，泰餐里最有名的冬阴功汤，应该翻译成冬阳功汤。因为阳是太阳，是明亮的，阴是月亮，是黑暗的。公主笑，并不反驳，而是用温和的语气说：阴可以代表女人，阳代表男人，阴太多和阳太多都不是好事，平衡才是最好的。在座的泰语和汉语专家纷纷点头，心里都在叹服公主的辩证思考。

在这个大千世界里,阴与阳本没有好坏之分,都有各自的作用,只有阴阳相调和,人体才能健康,世界才能和谐。

为了支持传统的泰式戏剧,公主每年都要去位于安帕瓦的基金会观看泰剧表演。就像我们的京剧一样,泰剧是泰国古老的剧种,内容多来自印度史诗《罗摩衍那》,原先在户外的草地上演出,别有一番韵味。泰剧与中国的戏曲不同,剧中的男女演员都不出声,只做手势和舞蹈动作,负责表演这一项内容。而舞台边上有专门的小乐队,负责音乐伴奏;有专门的配音演员,给剧中人物配念白和歌唱。不像京剧,演员要把唱、念、做、打的功夫集于一身。

泰剧表演

泰剧表演的服装颜色艳丽,金光闪闪。剧中的人物,慢条斯理地说话,慢条斯理地歌唱,即使是武打动作也很温和。公主看得非常专注,黄昏时分的斜阳和灯火,把草地上的演出映衬得金碧辉煌。看戏的民众都跪坐在草地上,安安静静地和公主一起,度过三个小时的美好时光。当演出结束的时候,全体演员排列成金碧辉煌的方队,迎候公主,场面宏大。

等候公主接见

公主对传统文化的珍惜还表现在对待老物件上。因为同样是历史系科班出身,我非常能理解公主的情感,理解她为什么对那些逝去的美好,心怀慈悲。公主说以前没有地毯的时候,泰国使用的是一种油毯,防水,很结实。后来因为有了新的材料，就被淘汰了，现在已经很难找到，非常可惜。翻译中国小说的时候提到校园的钟，公主说吉拉达学校也有用于上下课敲的钟，非常古老，学校应该保留这些老物件，用作校史展览。

传统的手工技艺需要很多时间打磨，这是慢慢地花费功夫，用时间雕刻的花朵。王后手工艺造办处展出的工艺品都让人叹为观止，这些美轮美奂的器物，不仅需要匠心巧手，还需要坚韧的耐心和定力。用无数漂亮的甲壳虫闪亮翅膀做成的装饰、螺钿镶嵌、丝织绣品、繁复的镂空木雕，每一样都精美绝伦，观赏这些作品的美丽，触摸到的是时间的年轮。

在泰国的传统技艺中，僧人和盆景似乎有一种天然的联系，泰国的历史小说中多次提到和尚对于盆景制作的造诣。僧人热爱自然，深居简出，不追名利，潜心研究，常常能达到常人所不能的精巧。有位大和尚送给公主一种大树的盆景，公主说，这位大和尚有很高妙的技术，可以让大树在盆子里成长为造型精妙的艺术品。

王世襄先生在《锦灰堆》中提到：盆景重在景，一件佳品必须是大自然的美妙景色的缩影，而且更集中、更典型，能小中见大，趣味隽永。我国的盆景艺术可以追溯到初唐时期，今天常见的盆景可分为山水盆景和树木盆景，它们和山水画一样是大自然的缩影，盆景和绘画从来就是相通的。作画忌"山无气脉"，"水无源流"，盆景也同理，需要山水气脉相连，顾盼有情。若能够体现出高度、深度、远度，自然是上品。而树木盆景要求用狭盆浅壤培育出苍古矫健、姿态动人的老树来。

公主园子里的盆景使用青花瓷盆，摆放得高低错落。清晨的阳光，透过花香满枝的老树随意地洒落，光影漫布在树下盆景的枝叶上，有一种说不出的古典之美。一个盆景，如何栽种，枝干如何去留，细枝怎样修剪盘扎，如何灌溉，都是学问，也是一项繁重的劳动。公主不无遗憾地说，现在想钻研这门学问的人越来越少了。想来这位和尚在寺庙里清净修行，以平和之心养育盆景，每日的劳作与诵经打坐一样，其实也是一种修行。

和中国的很多手艺一样，泰国的传统工艺大多也是口口相传的，没有学校，没有书本，手艺也会随着老之将至而渐行渐远。送公主盆景的老和尚常常感慨没有弟子愿意学习，为了保护古老的盆景文化，公主专门派

盆景艺术

出几个心灵手巧的工作人员，住到这个偏远的寺庙中，跟着老和尚学习盆景制作。

传承古老文化的不仅有和尚，还有一种人也值得一提，那就是监狱里的人。有一次聊起木头家具，公主说做家具最用功的人，应该是监狱里的人，因为他们有时间慢慢琢磨，慢慢地做。公主说在泰国的监狱里可以学到很多东西，比如计算机啊，手工啊，等等，还可以上大学。有的人在监狱里取得了五个证书，本来可以出狱了，听说公主要来监狱视察，坚决赖着不走，监狱管理人员好说歹说，终于把他送走了。看来监狱也有值得留恋的地方，可以有吃有喝，可以学文化，甚至还可以见到公主。

传统技艺之外，有些古老的风俗，中泰之间似乎也有某种默契。跟公主说到端午节，依照中国的传统，节日里会在孩子额头上，用雄黄酒画个"王"字。

因为老虎头上有个"王"字，老虎是百兽之王，这样就会保佑孩子不会生病了。公主说泰国也有一个古老风俗，如果有人得了甲状腺肿大的毛病，就用墨水在那人的脸颊上写上两个字："老虎"。大家也不知道这是什么缘故，只是认为这样病就能快点好。我猜想这大概是中泰两国的民间智慧，借用老虎的威名，让疾病快点离开，以此保佑当事人。

在《红楼梦》里有这样的描述，春天到了，贾府的年轻人在宅子里放风筝，连体弱多病的林妹妹也参加进来。大家对她说，赶快剪断风筝线吧，这样你的病就会好得快些。旧京风俗，放风筝的时候，剪断手中的绳子，让风筝飞远，它可以带走风筝主人的坏运气。而风筝在泰国也有悠久的历史，每年四月风起的时节，泰国人就不约而同地放起风筝来，而且还举办五彩缤纷的风筝比赛。而泰国的一种玩法是，用自己手中的风筝去缠住别人的风筝，然后把别人的风筝赢过来，又叫"斗风筝"。

除了斗风筝，斗鸟、斗鱼在泰国也别具特色。

学习老舍的《茶馆》，翻译到老北京爷们儿遛鸟的段落，我给公主介绍说，老北京人遛鸟的时候会用蓝布盖着笼子，以防遇到别的鸟儿学坏了，或者一言不合，掐起架来。公主说自己也有黄鸟，叫声清脆悦耳。曾经看到过公主拍摄的一幅照片：高高的木杆子上，挂着成百上千的鸟笼子，笼子颜色各有不同。公主解释说这是泰国的鸟叫比赛。我暗自纳闷，不知道叫声乱成一片的时候，评委是怎么工作的。所幸泰国小说《四朝代》里面描写了泰国的斗鸟比赛：斗鸟的时候，那些鸟可能先用鸟语互相辱骂，哪只鸟冷静，不易动怒，对骂又过硬，它就斗得时间长些。哪只鸟对骂不过，就会发怒，就在笼中挣扎着要跟另一只去斗。这时胜败就初见分晓了。凡是先发怒的鸟儿，到真的争斗时，往往是失败者。

美丽斗鱼

  斗鱼更有意思，公主把斗鱼称作"打架鱼"。这种喜欢搏斗的鱼主要产于泰国，在全世界都非常出名。斗鱼有着孔雀开屏一般漂亮的尾鳍，在水中裙袂摇曳，轻盈艳丽。没想到这样曼妙的拖着裙摆的鱼儿，脾气却大得很，雄性斗鱼只要两两相见，必然发生"口角"，进而撕咬不已，遍体鳞伤也在所不惜，一定要分出伯仲才肯罢休。所以养斗鱼用来观赏的人，为了防止鱼打架，要分开来养，一个鱼缸里只能放一条斗鱼。即便如此，如果斗鱼先生无意中发现另一个缸里的同类，也会不爽，它会立即摇头摆尾，气势汹汹地冲过去。

  每到新年的时候，普密蓬国王会发布一张手写的贺卡，给泰国人民带来新年祝福。每次等待国王的新年贺卡，应该是全泰国人民幸福的时刻，这也成了泰国的传统。他们挚爱的国王总是有很多灵感，有时候在贺卡里画上泰国的传统乐器，有时候是神话传说里的人物。写出来的每句话都不是简单的祝福，而是充满哲理，启发民众思考的金句，勉励民众面对困难，勇敢前行。

  后来国王年纪大了，写不动了，也依然没有终止这个让老百姓期盼的贺卡。而是换了一种形式，不再亲手书写，换作打印上一行新年的祝福，放一张国王和心爱的王宫狗狗的照片。父王离开后,诗琳通公主并没有让这一传统中断,让民众失望,而是继续这个几十年的传统,继续给百姓带来新年的祝福。

又到了新的一年,公主向全泰国人民发表了她的鸡年祝福贺卡。亲手绘制了可爱的卡通小公鸡,旁边配着泰文的祝福语:"晨鸡齐鸣送旧岁,旭日东升天华明。新年元旦迎快乐,事业进步得善果。"

公主设计的鸡年生肖邮票

百炼钢与绕指柔

每周六的清早,当工作了一周的同事开始度周末的时候,我收拾起书本和备课材料,搭配好得体的衣服,悄悄走出宿舍楼。王宫派出的车已经在楼下等候,司机双手合十,微笑着打招呼,然后帮我拉开车门,轻车熟路地驶出使馆大院。晨起的花工和王宫的司机早已熟识,有时候在大门口还互相开个玩笑。

车子走在路上,有阳光、绿树、早点铺子。四年多,与街边的景物两百多次的遇见,早已经说不清谁是主人,谁是客人。我原本是这里的客人,却在离别时发现,早已成为这座城市的一部分。我在这座城市生活,在这里烦恼,也在这里欢笑。如果把这段经历比喻成一首乐曲,那最华美的乐章,便是与公主两百多次的会面,六百多个小时的倾心交谈。公主就像一本书,有讲也讲不完的故事,笑也笑不完的趣闻。靠近她,我才知道,什么叫作阳光雨露。

公主喜欢听我分享在泰国的新发现,看到了什么好玩的地方,参加了什么有趣的活动,她都表现出浓厚的兴趣。有一次我汇报说,我开始练泰拳了。她吓了一跳,不相信地看着我的细胳膊。我开玩笑说,等我学好了可以给您当保镖哈!公主笑起来,说当年自己的曾祖母身边,就有一位工作人员泰拳相当厉害。有一次他请曾祖母赐名,曾祖母很喜欢 om sin(存钱)这个词,就把这个名字赐给他。后来这个人成了泰拳高手,估计真的很有钱了。

泰拳在国际上威名远播,泰拳武馆在曼谷非常普遍,遍地开花。第一次在公寓楼二层的购物中心里闲逛,被一阵喊杀声吸引过去。灯火闪耀处,有一个标准的拳台,上面有老师和学生在做对抗练习。拳台下面不小的场地上,一对一对的练习小组鏖战正酣,里面有不少西方面孔。拳师据说都是来自正式比赛的拳手,退役下来做教头。听说泰拳的运动员都是从小练习,而且大多家境不宽裕,打拳是一种谋生的手段。他们都有自己一路摔打的历史,和着血和泪。

来到泰国没有尝试泰拳是一种遗憾,于是报名练习。泰拳招式很酷,运用拳、肘、膝、腿,进攻凶猛,招招稳准狠。教练拿着防护手套,身手矫健,虽然看上去凶巴巴的,但对女学员还是很怜香惜玉的。

先做热身,练习泰拳基本动作,得要领之后,开始实战。和正式比赛一样,三分钟一个回合。开始的时候动作不熟练,到处都是破绽。教练会找准时机,温柔地给一下子,目的是让你知道,哪里是薄弱环节。比如出拳时头要放低,用膝攻击对手时要护住肚子,等等。慢慢地适应了节奏,打、踢、踹、扫一气呵成。有的教练心地善良,经常假摔,做出痛苦状,满足一下女学员的虚荣心,用心可谓良苦。

感受泰拳

三分钟,拳手正式比赛一局的长度。

听起来没多长时间，一局下来，气喘如牛，汗如雨下，好久无法平静下来。抱着玩耍的心态却体会到了挑战极限的过程。这些泰拳教练个个彪悍，少年习武，参加过大大小小的比赛。有时候上课来，脸上还挂着彩，说前一天去打比赛了。训练中教练只防御和躲闪，让学员练习进攻。当然如果换他们来进攻，估计大家都活不成了。有时候满场都是女学员，对着膀大腰圆肤色黝黑的教练拳打脚踢，杀声震天，引得逛商场的、路过的都驻足观看，场面好不香艳。

训练结束，总能发现腿上青一块紫一块的，身体疲累，精神却格外轻松，感觉自我被重塑。我相信那些累积起来的三分钟，一定会悄悄改变着什么。

泰拳和中华武术一样，讲求修养和社会担当。在他们眼中，没有什么专业和业余的区分，如果愿意加入就应该严肃认真，并乐于传承泰拳的精神。

泰国文化部开设的免费泰拳班，为此还专门设立了面试环节。是否了解泰拳的历史和精髓？是否能够坚持练习？是否愿意与他人分享？还庄严地赋予了我们推广泰拳的使命。虽然后来因为自己的身体原因中断了学习，但是我从泰拳教练们的言传身教中，了解到很多泰拳的理念和泰国的传统文化。

在泰国，包括总理在内的很多名人都修习泰拳，茫茫人海中，藏着各路高手。走在路上，迎面走过的长发美女，可能上了拳场就是另一副面孔。文静优雅与威猛强悍，其实只隔着一双泰拳手套的距离。

一直想看一场专业的泰拳比赛，近距离感受血与火的氛围，一直未能如愿。没成想在离任之前，国际顶级拳击赛"昆仑决"来到曼谷。中国作为主办方，用"昆仑决"这样的名字自有它的一番深意，让人联想起谭嗣同那首"我自横刀向天笑，去留肝胆两昆仑"的诗句。虽然不用以命相搏，不用担负起家国荣辱的使命，但是竞技体育总是要有一番较量，更何况，拳脚的较量一定会带有一种血腥，一股让人无法回避的杀气。

比赛的拳手来自中国、泰国、日本、法国、乌克兰等国家，师出各个门派，从刀光剑影中可以看到西方的拳击，中国的武术，泰国的传统泰拳。大赛的国际味道很浓，包容性很强，估计制定的是一个混合标准，除了要害部位，其他的招数都可以尽情发挥。

比赛开始的时候，我们一行——中国大使馆和中国文化中心的同事们，也想友谊第一比赛第二来着，友好地给各国运动员鼓掌。但是当血腥气弥漫，拳场沸腾起来的时候，各国啦啦队越来越情绪激昂，我们也毫无悬念地变成了中方啦啦队。看着场上的对决，自己浑身也使着劲，好像自己的力量也能够传到场上似的。几个回合下来，场场见血，有的还被医生抬下去，感觉非常残酷，整个场地里飞扬着震耳欲聋的乐曲和四面八方的尖叫。

与其他拳手不同，当泰拳手出场的时候有个仪式非常引人注目，这个仪式叫"拜师礼"，是泰拳独有的一套程序。拳手戴着彩色的帽圈，帽圈后面的飘带也是五颜六色的。他们在泰式音乐的陪伴下，来到拳台中央，向四个方向跪地祈祷行礼，面容安详，在这安详的氛围里，血腥的拳台仿佛已化作圣坛。

其他拳手一上台就面露杀气震慑对手，而泰拳手始终面容祥和，看不出狰狞之相，尽管头上和脸上挂着搏杀的伤痕，却依然保持着笑容。这种厮杀过程中流露出来的儒雅和善意，让人觉得非常可贵，真正的体育精神就在于此吧。

泰拳体现了力量和速度，而同样是传统文化的泰式按摩却是和风细雨，体现了泰国人民性格中温软的一面。

在泰国常驻的同事，很多都尝试过泰式按摩，有的已经养成习惯。在办公室被电脑折磨得腰酸背痛的时候，就去求助泰式按摩舒缓筋骨。泰国最有人气的 Healthland 连锁按摩，不知道什么时候已经被旅游团包了，好几百位按摩师都不够用。交费、领号、分房间和按摩师，毫不慌乱，管理有序。室内温度适宜，香薰飘着柠檬草的味道。按摩结束被领到沙发上就座，已经摆好了鞋子，泡好了茶水，一切都刚刚好。按摩师就像医生，把我们消耗了一个星期的体力又挽救过来了，感觉身体获得了重生。

泰式按摩手法独特，分为全身按摩、足底按摩、草药熏蒸、精油推拿等。很多按摩店是清一色的胖阿姨，笑容温暖、手法娴熟，她们身上的温暖气息会通过手指传递给你。有时候她们对中国客人身上拔火罐的印记很感兴趣，乐于学习，给她们解释中医的诊疗方法，也是一种文化碰撞的过程。中医按摩是按照穴位，而泰式按摩走的是经络，方法有所不同，如果能够取长补短，真是幸事。

终于按捺不住对按摩密码的探究，约了同事一起，趁着端午假期去卧佛寺按摩学校学习。卧佛寺位于泰国旅游景点 No.1 的大王宫隔壁，是全曼谷最古老的寺庙。里面有一尊金碧辉煌的巨大卧佛，神态安详，吸引大批游客前来拜谒。这所寺院最负盛名的除了卧佛，还有他的按摩学校。

在卧佛寺的墙壁上刻有很多碑文，内容有建筑、历史、佛教、医药、风俗习惯等。卧佛寺的僧人最先了解到按摩对人体健康的秘密，并把按摩的手法刻在庙里的石碑上，给民众推广，按摩从此在泰国兴盛起来。泰国卧佛寺的传统医学院，是全泰国第一所医药学校。医学院开设的传统泰式按摩、水疗及古草药医学等课程享有很高的声誉，可以说很多医药从业者、泰式按摩的培训师，都是从这里走出去的。这里的泰式按摩是全泰国的鼻祖。

庄重的拜师礼之后，我们在这所学校开始学习泰式按摩。因为假期时间有限，原定的六天课程要压缩到两天学完，一位中年按摩老师给我们这些老外用标准的英文授课。

大厅里排列着两大排在体育课上用的那种垫子，分为几个学习小组，不同

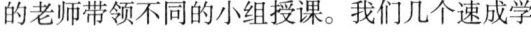
泰式按摩开课前的拜师礼

的老师带领不同的小组授课。我们几个速成学员直接给带到垫子上,边实践边学习,跨越了理论部分。这种教学方法非常高效,我们边讨论边互相实践,眼耳身手都调动起来。

老师怕我们找不到按摩的经络位置,拿出水笔,从手到脚,一个个给画上经络点。看着自己满身的圈圈,忽然想起实习大夫的笑话,为了扎针准确,要在病人的屁股上画个圆圈。一天六个小时,我们埋头苦干,遵照老师的指点,努力完成教学计划中的五个必修阶段。

我们互相折磨着,也磨炼着技巧。有时候我按摩的劲头小了,同伴说,你真的在按吗?有时候劲头大了,躺着的那位又一阵哀嚎。有时候按的顺序又错了,应该从下到上,从两边到中间。注意指法要有来有往,按摩过程中要体会到绕指柔中的内在力道。

当然还学会了一些这个行业的禁忌。比如按摩师在垫子上不许跨越枕头和人体,按摩过程中要注意私处的避让,等等。要注意的地方很多,我们常常顾了这个忘了那个,让老师哭笑不得。皮肤黝黑的泰国老师也亲自上阵轮流给我们做示范,手法稳准狠,直接把我给按哭了。老师抱歉地看着我挂着泪花继续练习。

在单调的按摩学习中我们依然保持着自娱自乐的天性,有时候让老师感到很无奈。老师很慈悲地说:学会了以后可以给小猫小狗做按摩呀,甚至可以给鱼按摩呀。德国同学汉斯调皮地问:是给餐盘里的鱼按摩吗?会不会太晚了点？我们笑倒在垫子上。从脖子到肩膀，依次有九个按摩点。因为老师的脖子比较粗，在老师脖子上实践的时候，我说找不到您的脖子啊！老师大笑说那我真抱歉啊！

按摩背部，老师说要按摩脊柱的骨头两边。一个男同学委屈地说：老师，她太结实，我根本找不到她的骨头呀！气得躺在那里的女生无可奈何。偌大的按摩大厅里，所有人都是一脸严肃的表情，默默地体会着按摩技巧，有种禅修的味道。只有我们这一组，笑料百出，笑声不绝于耳，根本停不下来。

课间休息的时候，大家会聚集在洗手池旁聊天。学员来自世界各地，德国的、法国的、日本的、斯里兰卡的，印度的……年轻人互相谈着学习按摩的体会和在泰国旅游的心得，气氛搞得跟国际学校似的，大家一见如故，非常开心。

两天的学习相当紧凑，每个人都留下酸痛的感受。泰式按摩和泰国的美食、凶猛的泰拳一样，深深留在我的记忆中。也使我明白，深刻的记忆不一定都是甜美的，而伴随苦痛和苦中作乐的记忆，往往更加持久，更加令人难以忘怀。

一个甲子的深情

公主的蛋糕书真的出版了。这是一本奇妙的书。

在一年甚至更多的时间里，代表美好祝愿的生日蛋糕，源源不断地送到公主面前。一般人过生日吃一个蛋糕，而公主有一百五十多个蛋糕。公主六十岁了。公主的六十岁生日，牵动了多少人的心啊。

卡通小动物、鲜花水果、梦幻乐园……各种颜色，各种风格，各种口味……每一个做蛋糕的人，都绞尽脑汁把对公主的祝福、爱戴和深情做成最独特的那一个，送到公主的面前。这些满怀真情做出来的蛋糕，让公主在六十岁这个重要的生日里，收获了满满的快乐。

在公主的词典里，快乐就是分享。如此美好的创意，公主自然不会独享，她非常用心地把这些蛋糕拍了照片，出版了一本生日蛋糕书，跟民众一起分享。书中的每只蛋糕下面都用泰文和英文两种文字写了说明，记录了赠送蛋糕的时间和地点，还有和这个蛋糕有关的内容。这本奇异的蛋糕书，一摆上书架就惊艳了泰国民众。这是一本见证之书，它见证了公主的六十岁生日，见证了世界各地的"亲朋好友"对公主的爱戴和祝福，也见证了公主对所有情谊的珍惜。

孔子说："三十而立，四十而不惑，五十而知天命，六十而耳顺，七十而从心所欲，不逾矩。"在中国文化中，六十岁是花甲之年，六十岁生日，要用最隆重的仪式来庆祝。公主是中国人民的老朋友，深受华人爱戴，公主六十岁的生日庆典，不论是在曼谷的，还是在北京的"亲朋好友"心里，都是一件最最重要的事情。

公主的生日，对我来说，尤为重要。不过为公主选生日礼物的时候，我犯了愁，送什么礼物才能代表我最美好的祝福呢？我真心希望送给公主一个最独特的礼物。忽然想起我读过公主撰写的儿童读物《顽皮的盖玡》，里面那一系列让人捧腹的孩童趣事，曾经深深打动过我。我知道，公主心里住着一个盖玡。用一个顽皮的卡通画作为生日礼物献给公主，是一个不错的主意。

寿桃最能表达中国人祝寿的心意，我设计出了一个完美的方案，画两个顽皮的卡通桃子，一个代表男孩子，一个代表女孩子，大大的眼睛，粉红的脸蛋，在一片绿叶中对着公主露出顽皮的笑。设计完才发现了严重的问题，我从来没画过画儿啊！但是，这幅画我一定要自己画，只有亲自画出来，才能表达出我对公主真挚的情谊。为了公主，我要挑战自己。笨手笨脚铺开了宣纸，一遍不成，再来一遍，再来一遍，画到第三遍，卡通的桃子终于接近了我心里的理想。幸好得到能写会画的大使夫人初庆玲老师相助，才敢红着脸，把我的处女作奉上。感谢公主不嫌弃，满意地收下了我的画作，还一起合影留念。

我的卡通画，只是庆祝公主生日仪式的一个小小开端，一道正餐之前的开胃小菜。我们的中国驻泰国大使馆，不久之后，为公主送上了正式的生日大餐。

在全馆人员精心准备下，一场隆重的生日庆典，在湄南河上拉开了序幕，

恭祝诗琳通公主殿下寿诞

给公主献上自己画的生日礼物

这是中国大使馆为公主六十大寿献上的盛大的船宴庆典。黄昏时分，悠悠的湄南河上，一艘用紫色缎带装扮的大型游船正在缓慢行驶。船头飘扬着公主的紫色王家旗帜，船内装点着紫色的兰花，游船四周全程有几艘警卫船跟随护卫。游船在水面上静悄悄地行驶，岸上熟悉公主王旗的泰国民众，早已经自发聚集起来，向游船致敬。

晚风习习，公主笑盈盈地在泰国巴育总理夫妇、中国宁赋魁大使夫妇的陪同下登船。先参观了船上布置的中国画展，而后公主欣然挥毫，留下墨宝"中泰好邻居"。船舱内布置着数不清的紫色花朵，两只白色兰花做的孔雀顾盼生姿。晚宴在中国音乐的伴奏中进行，中国使馆的顶尖大厨烹制了一席中华美食，烤鸭、蟹粉狮子头、佛跳墙……每一道菜都如诗如画，让人舍不得下筷。

夜色阑珊，最惊艳的一幕开始了。公主站立船头，目睹了一场烟火的盛宴，湄南河上烟花璀璨，把曼谷的夜空点缀得分外艳丽多姿。这些烟花都是精心挑选,从中国远道而来,带着中国人民最真诚最深沉的祝福。

在中国,鲜花与蛋糕的接力仍然在继续。公主到中国访问,每个到访地都会贴心地准备一个中国风的大蛋糕敬献给公主,公主开心地感受着大家的情谊。和往常一样,公主如约来到泰国驻华使馆,与前任中国大使和前任汉语教师们聚会,送给公主的礼物堆成了山,祝福公主的情谊浓得化不开。

公主的队伍一来,我便被可爱的前辈们围住,前辈们都是曾经距离公主最近的人,对公主,哪一个不是心心念念呢?前辈们最关心的是公主的中文学习,公主最近又学习了哪些内容?公主又说了哪些有趣的话?经历了什么有意思的事情?我知道不用我说什么,那些和泰国相关的美好回忆,前辈们怎么说也说不完。

我忽然想,等我离任之后,我也要成为前任教师中的一员,从每周的与公主相伴,到一年等一回。尽管心里知道,这是每一任老师都要经历的分离,但一想到这样的分离,也会轮到自己,心里还是非常难过。

公主十分理解和珍惜大家对她的感情,每次见到大家,都非常开心。询问老师们的情况,关心年纪大的老师的身体。还特意叮嘱泰国大使,一定要照顾好老师们。

公主对中国人民充满深情。在中国落成的泰国使馆和领馆,公主都会亲自去参加揭幕典礼。在中国出现自然灾害的时候,公主总是最先向灾区表达慰问,亲自捐款,并捐资建学校。当中国的某些赴泰旅游者,因为不拘小节遭到媒体诟病时,公主会说,他们有些是不了解泰国的习俗,应该多加以告知。公主对中国游客的包容,饱含着公主对中国的情谊。对于中国人民遭受的苦痛和烦忧,公主会感同身受,而对中国的进步和发展,公主会表达赞许和褒扬。公主了解中国正走在复兴之路上。公主认为,中国的强国梦想,也是世界的机遇。她让我找来习近平主席的泰文版治国理政纲要，希望中国的经验可以为泰国的老百姓带来福祉。

王毅外长曾经在北京为公主华诞准备的盛大筵席上，动情地称赞道："公主殿下出身王室，但又心系平民。在殿下的身上，高贵与平凡、典雅与质朴如此完美地结合在一起，使殿下不仅受到了泰国数千万民众的敬仰，也在中国有着众多的粉丝。"

在中国驻泰王国大使馆的院落里，有一株枝繁叶茂的老树，它是中泰友谊的见证。诗琳通公主年轻的时候驾临使馆参观，这株老树还是一棵小小的树苗，如今已经成了绿萝缠绕的参天大树。

公主用一个甲子的深情，为中泰友谊谱写了最美的华章。

公主为中国大使馆题词：江河流波远，中泰友谊长

图书在版编目（CIP）数据

星期六 公主时间 / 俞文虹. —北京：世界知识出版社，2018.2

ISNB 978-7-5012-5700-3

Ⅰ.①星… Ⅱ.①俞… Ⅲ.①散文集—中国—当代 Ⅳ.①I267

中国版本图书馆CIP数据核字(2018)第043942号

书　　　名	星期六 公主时间
作　　　者	俞文虹
责任编辑	王瑞晴　蔡金娣
文字编辑	曹力萍
出版发行	世界知识出版社
地址邮编	北京市东城区干面胡同 51 号（100010）
电　　　话	010-85112689（编辑部） 010-65265923（发行部）　010-85119023（邮购电话）
网　　　址	www.ishizhi.cn
印　　　刷	北京九州迅驰传媒文化有限公司
经　　　销	新华书店
开本印张	710×1000毫米　1/16　17印张
版次印次	2018年3月第一版　2018年3月第一次印刷
字　　数	235千字
标准书号	ISBN 978-7-5012-5700-3
定　　　价	36.00元

版权所有　侵权必究